壶山兰水 荔林新韵

福建省炎黄文化研究会 编
福建省作家协会

海峡出版发行集团 海峡书局
THE STRAITS PUBLISHING & DIBLISHING GROUP

图书在版编目(CIP)数据

走进荔城：壶山兰水 荔林新韵／福建省炎黄文化研究会, 福建省作家协会编. —— 福州：海峡书局, 2012.7

ISBN 978-7-80691-774-9

Ⅰ.①走… Ⅱ.①福… ②福… Ⅲ.①中国文学－作品综合集－当代 Ⅳ.①I217.2

中国版本图书馆CIP数据核字(2012)第171106号

责任编辑：陈月生
装帧设计：卢　清　郑必新
封面照片：
彩页照片：由中共荔城区委宣传部提供

走进荔城

壶山兰水　荔林新韵

编　　者：福建省炎黄文化研究会　福建省作家协会
出版发行：海峡书局
地　　址：福州市东水路76号出版中心12层
网　　址：www.hcsy.net.cn
邮　　编：350001
印　　刷：福州凯达印务有限公司
开　　本：787毫米×1092毫米　1/16
印　　张：17
字　　数：280千字
版　　次：2012年7月第1版
印　　次：2012年7月第1次印刷
印　　数：6000册
书　　号：ISBN 978-7-80691-774-9

定　　价：38.00元

荔城远眺

荔城"不夜天"

生态宜居荔城

SOS儿童村全景

荔港大道与荔园路互通立交桥

风驰电掣的动车

文献东拓安置房

莆仙大剧院

一级达标校——莆田四中

旷远锦江国际酒店

福建荔城经济开发区

黄石工业园区

三棵树涂料股份有限公司

才子工业园

福建省闽中有机食品有限公司

莆田工艺美术城

莆田鞋业服装城

民间作坊——晒米粉

南少林寺

梅妃故里

三清殿

古谯楼

荔枝红了

新度宋代"荔枝王"

南北洋河道

龙舟比赛

荔城区交通示意图

壶山兰水 荔林新韵

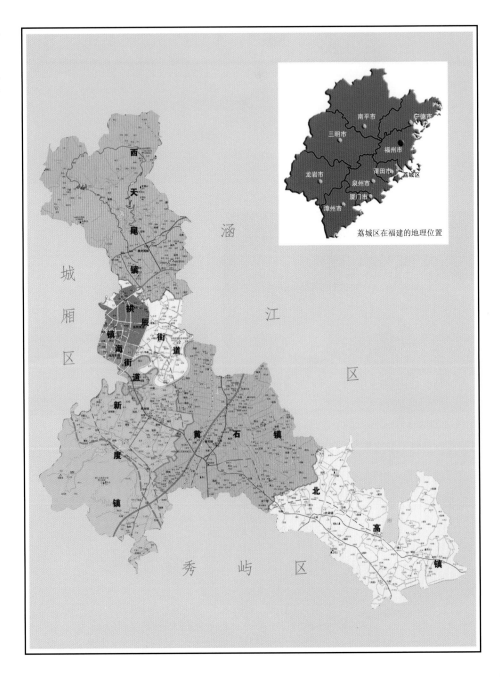

荔城区在福建的地理位置

前 言

　　荔城区位于福建东南沿海中部，与台湾隔海相望，北接莆田涵江区，南连秀屿区，西邻城厢区，东临兴化湾，是莆田市的中心城区和经济文化中心。

　　荔城区历史悠久。自唐朝起，这里就开始种植荔枝，故早在 1000 年前就有"荔城"之称。这里人文底蕴深厚，古有"海滨邹鲁"、"文献名邦"之美誉，今有"戏剧之乡"、"绘画之乡"、"田径之乡"、"历史文化名城"之佳称。区内有古迹遍布的壶公山、闻名遐迩的南少林、荔林簇翠的延寿溪，形成"一山一寺一溪"的风景名胜。还有三清殿、古谯楼等国家级、省级文物保护单位和九华叠翠、紫霄怪石等著名景点。

　　荔城区是 2002 年莆田市部分行政区域调整后设立的新区，也是奋发有为、率先跨越的新区。全区牢牢把握历史机遇，以"一区两地三中心"为发展定位，构建港城崛起的宜居创业城市中心、港城现代商业物流中心、港城互动的交通运输中心，打造兴化湾南岸先进制造业基地、人文生态休闲旅游胜地和城乡一体化先行区；同时，围绕"率先跨越、宜居荔城"的总体目标，努力实现经济发展又快又好，社会建设全面加强，取得一系列骄人的成果。近年来，先后荣获"全国科技进步先进区"、"全国计划生育优质服务先进单位"、"全国阳光体育先进县（区）"、"全国'五五'普法先进单位"以及"全省新型农村合作医疗先进区"、"全省双拥模范城"、"全省平安县（区）"等

16 项国家级、省级荣誉称号。

区势良好信心足，风清气正干劲足。"十二五"规划开局以来，荔城区正着力于经济综合实力持续优化提升、人民群众的幸福指数持续优化提升、党的建设科学化水平持续优化提升，在海西先行中持续展示率先跨越的新风采。

今年 3 月，由福建省炎黄文化研究会和福建省作家协会联合组织的作家采风团应邀走进荔城，他们深入平原、沿海地区和工厂、企业等单位，听介绍，做访谈，以生动感人的文字，记录和感悟荔城区跨越发展的历程，从而捧出了这次采风的创作成果《走进荔城——壶山兰水 荔林新韵》。

本书收录的 35 篇文章，含访谈录、报告文学、散文、随笔、游记等多种形式，为读者展现一个发生沧桑巨变、焕发勃勃生机的荔城区。

编　者

2012 年 6 月

目录

第一辑 崛起的荔城

以率先跨越创建宜居荔城

——访莆田市荔城区区委书记胡国防

谢宜兴

2012 年 8 月，莆田市荔城区将迎来建区 10 周年"华诞"。自 2002 年国务院批准撤销莆田县设立荔城区至今，10 个寒暑，荔城区完成了从"农业大县"到"城市新区"的脱胎换骨。2011 年农业产值在地区总产值中的比重下降至不足 8%，可财政收入与建区时相比却翻了 10 倍多。经济的发展和财力的增强，加快了荔城区城乡的建设和民生的改善，使区委书记胡国防对荔城的未来充满信心："随着福建省海西发展战略的深入实施和莆田市宜居港城的加快建设，荔城将迎来大有作为的重要战略机遇期。我们要凝心聚力，抢抓机遇，乘势而上，在更高的起点上实现率先跨越，在更好的发展上建设宜居荔城。"那么，如何实现跨越发展？如何建设宜居荔城？有哪些切实的思路与具体的举措？胡国防打开了话匣子——

"做大产业集群带动率先跨越"

"地方工作林林总总，但重中之重是发展经济。"胡国防开门见山，他认为，"抓经济就是抓项目，必须以项目来带动，不断增强发展后劲。"他告诉我们，2012 年荔城区安排重点项目 361 个，总投资 987 亿元，其中，在建项目 158 个，前期项目 128 个，预备项目 75 个。大部分前期项目将转为在建项目，陆续地递补与滚动，保证了项目的可持续。

"在抓项目过程中，我们的原则是'新旧并重更重旧，二三并重更重三'。"胡国防说，"我们每年引进项目上百个，竣工项目上百个。主要是工业项目。现在不少地方重复引进，'招来女婿气走了儿子'，而且现在用地紧张，因此我们力戒重复引进，鼓励已有企业进行技改，挖掘产能，向科技要生产力，也提高土地的产出率。"

　　胡国防说，检验一个地方经济处于什么层次，主要看三大产业的比例。如果第一产业超过10%，则层次较低；发达国家第三产业占比约70%，如美国、日本等。荔城区2011年工业总产值343亿元，比建区时的49.1亿元增长了近7倍，规模工业产值更是比2002年的32.8亿元增长了近10倍，并逐渐形成鞋革服装、工艺美术、食品医药和机械化工四大主导产业；荔城经济开发区和黄石工业园区也已具备一定的规模，成为工业发展的重要平台；但第三产业占比才31%，仅处于工业化中期水平。也就是说荔城未来的发展大有潜力。胡国防幽默地告诉我们，现在荔城区第二产业的引进已不像过去穷人讨老婆只要是长头发、活的都可以，而是变招商引资为选商引资。在做精一产、做强二产的同时，做大三产，主要是打造专业市场群、总部群和酒店群，以做大产业集群来带动荔城的率先跨越。

　　"一个专业市场的做大，足以支撑一个县域经济。如浙江义乌的小商品市场，安徽亳州的中药材交易市场。"胡国防说，荔城区分别于2008年和2009年建成投入使用的中国·莆田工艺美术城和中国·莆田鞋业服装城日益繁荣，其中工艺美术城已成功举办7届"中国（莆田）海峡工艺品博览会"，鞋业服装城已成为海西"一站式"鞋材服装原材料专业市场，为全国推进现代化重点联系批发市场之一。他说，我们正在加快海峡国际商贸城的建设，建成后将成为全国性、高标准、国际化、现代化的药材商贸城，也是全国唯一的台湾药品、食品、医疗器械、医疗耗材交易通道和商贸物流基地；还有福建湄洲湾国际家具城项目也于去年签约，今年可望动工。这"四城"位于中心城区"南进"的要塞，在莆田交通枢纽中心的辐射范围内，交通十分便利，建成后将对荔城区乃至整个莆田的经济发展起到带动作用。

"总部群或者说楼宇经济，也是第三产业的重要支撑，对产业的发展、就业、税收、商务环境的优化等具有催化作用。莆田本地市场小，在外经商的人很多，有的产业在全国有着举足轻重的地位，但要他们把产业搬回来是不现实的，而要他们生产、销售两头在外，把总部留在家乡却是众望所归。基于这一想法，荔城区委、区政府从2007年开始谋划发展总部经济。去年荔城区财政收入22亿元，其中总部群税收占23%。如位于城区的阿波罗酒店引进总部101家，去年税收1.2亿元。"胡国防告诉我们，2008年市里定下来在西天尾建设规划占地面积640亩的总部经济区，不仅为莆商回归，而且为大型企业集团、行业龙头企业、知名品牌企业及各类现代服务业来莆设立企业总部搭建良好的平台。现已有永恩集团（达芙妮）、信河集团、香格里拉集团等8家落地，有意进驻的还有十几家。目前正建设以总部经济区、海源周边、黄石青山、木兰金融财富中心等为核心的总部群，建成后将成为荔城经济发展新的引擎。

酒店群是荔城区正在建设的产业集群中的另一亮点。胡国防介绍说，城区以旷远酒店为中心，周边建成了6家酒店；黄石已建成冠豪酒店、猎狼酒店等，并已投入使用，另有惠好酒店、上海锦江酒店正在建设之中；西天尾将建五星级的香格里拉酒店和信河酒店，还有2家超五星级的正在洽谈中。酒店群使酒店由过去市场街居式向集中式发展，将对当地第三产业的繁荣产生巨大的促进作用。

"要让城市的文明向乡村延伸"

荔城区区委二届九次全会提出了"一区两地三中心"的发展定位，即建设城乡一体化先行区，打造兴化湾南岸先进制造业基地、人文生态休闲旅游胜地，构建港城崛起的宜居创业城市中心、港城现代商贸物流中心、港城互动的交通运输中心。胡国防告诉我们，莆田市于2010年提出推进实施城乡一体化综合改革试点构想，在2011年省委九届二次全会上，这一构想得到了参加莆田组讨论的省委书记孙春兰的支持。于是，莆田市、荔城区相应成立了城乡一体化综合改革试验区前期工作领导小组，荔城区组织了乡村土地、交通、产业、环境、公共服务等9个有关城乡一体化综合配套改革的课题展开调研，以此推进综合改革试验工作。胡国防认为，荔城区镇村街居多数农民已离开第一产业，从事二三产业工作，农田向种田能手集中，城区土地向园区集中，农村人口向城镇集中，实施城乡一体化可谓国家有政策、城市有需求、外地有经验、荔城有基础，是一顺时应势之举，也是建设宜居荔城的基础性工程。

"城乡一体化的关键是从基础设施、民生事业、城市文明、社会保障等方面缩小城乡差距，也就是让城市文明向乡村延伸。"胡国防说，荔城建区时城区面积不足3平方公里，拓展到现在已超过15平方公里，原来郊区的农村现在已融入城区。先后实施了南郊濠浦等一大批片区改造项目，新建了20多个功能完善、配套齐全的住宅小区，城乡道路建设、旧村改造、新村建设和环境综合整治步伐加快，市政设施和公用、配套设施等加快向农村延伸，以城带乡、城乡互动的活力日益增强。

胡国防介绍说，未来几年，荔城区将按照保护壶山兰水景观、突出荔林水乡特色、建设生态环保家园、打造宜居城市的要求和"建设新荔城、饮马木兰溪"的城市建设理念，坚持高档次规划、景观式建设、规范化管理，提升城市品位。与此同时，进一步加快推进城乡规划一体化、基础设施一体化及基本公共服务均等化，形成城乡经济社会一体化发展新格局，率先在全市构建城乡一体化先行区。在统筹城乡基础设施建设方面，继续实施"大交通"发展战略，构建顺畅便捷的现代综合交通网络。建立健全城乡基础设施协调发展机制，统筹推进城乡公路、公交、电力、电信、信息、邮政、供水等基础设施建设，缩小城乡之间的差距；在统筹城乡基本公共服务方面，加快建立配置公平、发展均衡的公共服务体系，加大城市人才、智力、资金等对农村的支持，积极推动公共财政向农村倾斜、公共服务向农村覆盖、公共设施向农村延伸、城市文明向农村传播，提高基本公共服务均等化水平；在统筹推进小城镇建设方面，用足用好用活小城镇综合改革试点的优惠政策，扎实推进西天尾省级、北高市级小城镇综合改革试点建设，策划生成和组织实施一批基础设施、公共服务和重大产业项目。加快促进黄石镇由中心镇向城区建制转变。不断增强小城镇集聚功能，以城镇化带动新农村建设。推进强镇扩权改革，力争率先在全市培育出财政收入超 10 亿元的经济强镇。

"经济社会发展的目的是惠及民生"

"社会发展的目的是惠及民生。"胡国防说，"不管经济、社会的发展，还是城乡的融合、进步，一切工作的出发点和落脚点都是为了更好地保障和改善民生，不断提升人民群众的幸福指数。"近几年，荔城区的民生事业发展在全省是一流的，区财政每年都投入两三亿元用于为民办实事。胡国防跟我们算了一笔账：去年全区财政收入 22 亿元，可支配财力 13 亿元，除了

·以率先跨越创建宜居荔城·

7

工资等刚性支出和相关配套支出 10 亿元外，近 3 亿元的新增财力全部投入民生工程建设。

长期在基层工作，胡国防对群众有着深厚的感情。他深深感到农民比市民对民生保障的需求更为迫切。他说，中国农民对国家的工业化、城市化建设作出过巨大的牺牲和贡献，我们要带着感恩之情抓"三农"，在经济发展的今天特别不能忘了要反哺乡村、回馈农民。荔城区每年都坚持实施一批为民办实事项目，至今有 20 多项走在全市乃至全省、全国前列，而且绝大多数项目都与农民有关，其中有一半专门针对"三农"。如在全省率先对 40 年以上党龄的农村无职业党员进行生活补助；在全市率先完成村村通水泥道路、村村通安全饮用水工程；率先实施农村部分计划生育家庭奖励扶助制度；率先开展新型农村社会养老保险，为全省 9 个国家试点县（区）之一，并于 2010 年 1 月起在全区范围内全面启动……

教育是开启民智的钥匙。莆田市民自古以来重视教育，近几年来，荔城区坚持教育优先，加大投入，使教育事业的发展取得了长足的进步。胡国防介绍说，荔城区的义务教育学校标准化建设完成率和学前教育入园率均居全市第一；去年高考升本率分别高出全省、全市 11 个和 12 个百分点。教育基础设施的投入也是最多的，校校都有塑胶跑道和远程教育设施，连最偏僻的北高农村小学都不例外。前来视察的教育部副部长陈小娅感叹：就是福州、厦门的城区学校也不见得都有塑胶跑道。胡国防说，今后荔城区将进一步加大教育事业投入力度，全面推进义务教育均衡发展，整合城乡教育资源，完善城乡学校布局，加强和创新学校管理；统筹各类教育协调发展，深化素质教育，加快发展学前教育和职业教育，实现全面普及高中阶段教育，力争 2012 年实现教育强区目标，2015 年基本实现教育现代化。

健康乃民生之本。胡国防告诉我们，荔城区率先创建全国白内障无障碍区活动，率先免费为白内障患者施行复明手术；率先实施全国残疾人社区康复示范区建设活动；在全市率先开展新型农村合作医疗和城乡困难家庭医疗救助工作；率先实行基本药物制度，对全区镇、村、社区卫生机构使用的基本药物取消药品加成，实行零差价销售……前两年他还在荔城区区长任上时，投入了1亿多元，高标准改建了4家镇卫生院和2个社区卫生服务中心，按一流标准配齐医疗器材设备，并对村卫生所进行标准化改造。他说，下一步还要继续加快卫生事业发展，全面完成基层卫生院（所）规范化建设，积极推进基层医疗卫生体制综合改革，完善城镇居民医疗保险和农村合作医疗制度，提高城乡居民的卫生服务和医疗保障水平。

同时，要继续坚持每年实施一批为民办实事项目，切实解决人民群众关心的就学、就医、就业、住房等利益问题；进一步完善养老、医疗、失业等保险制度，完善城乡社会保障体系。继续做好人口和计划生育工作，提高出生人口素质；加强老年人协会规范化建设，促进老龄事业健康发展；开展全民健身运动，提高群众身体素质。并深入开展城乡环境综合整治，加快污水管网配套、垃圾转运站、排洪排涝等基础设施建设；推动南北洋河网水系清淤，加强饮用水源和生态自然景观保护，尤其要保护荔林水乡的独特生态环境，推进生态示范区和生态镇、生态村建设，为群众创造一个宜居的自然社会环境。

"以创新管理使目标落到实处"

经济的跨越、城乡的发展、民生的改善，每一项都是千头万绪复杂的工作，荔城区如何保证将那些美好的规划化为骄人的现实？胡国防的答案是两个字：创新！他引用江泽民同志的话说，"创新是一个民族进步的灵魂，是国家兴旺发达的不竭动力。"他认为没有创新就没有发展，而各地情况不同，发展也存在差异，因此创新也要讲求因地制宜，寻求差异发展。比如"稳中求进"是中央定下的今年经济工作的总基调，但荔城区结合实际情况，提出了"稳中求进更重进"的经济工作思路，在求"稳"与求"进"两者间明确侧重。

荔城区的创新管理工作始终走在全省前列。早在2007年荔城区就尝试机关效能管理的创新，出台了包括岗位替代制、首问责任制等机关效能"七项制度"。三年后的2010年，省机关效能办出台"八项制度"，除了增加固有的"岗位责任制"外，其余七项与荔城区三年前的"七项制度"相同。胡国防说："现在地方党政机关工作中存在层层以会议贯彻会议、以会议落实会议的怪现象。"他认为主要症结是目标不明或责任不明，或目标责任明确但对象不明。因此，去年中央提出加强和创新社会管理的具体目标要求后，荔城区及时召开了全区加强和创新社会管理动员大会，研究制订了《荔城区关于加强和创新社会管理工作的实施意见》，对"重、难、弱"项工作实行目标管理，绩效考核。制订了包含经济发展、基层制度建设、公共服务管理等27项工作目标，逐项分解到具体部门相关领导，责任明确到人。总目标下设分目标，年初建账，过程查账，年底算账，以成果论实效。与评先评优、绩效奖励、提拔使用等结合起来，达到目标，适当鼓励；超过目标，表彰奖励；不达目标，问责惩戒。使每个部门每个责任人，既有动力又有压力，各项工作得到了较好的落实。同时，还开展了"三解三促"活动（了解民情民意、化解社会矛盾、破解发展难题，促进干部作风转变、促进村级组织建设、促进基层发展稳定），实现了区领导挂钩村居、部门联系村居、镇所干部驻村全覆盖，既锻炼了干部的工作能力，加快了干部的作风转变，促进社会的和谐稳定。

多年的地方工作实践，胡国防还总结出了一套自己的工作方法：目标、跟踪、监督、帮助、落实。我们将其笑称为"胡国防十字工作法"。这一套工作法，胡国防经过多年的总结、运用，经验证明行之有效。在2011年的海峡国际商贸城征地期间，虽然项目组人员尽了努力，但由于个别群众不配合，影响了工作进度。在项目跟踪过程中，他了解到问题所在，成立了由区委副书记、政法委书记等组成的"五人小组"进驻项目所在地新度镇，帮助做群众的思想工作，协调解决存在的争议问题，使难题迎刃而解，项目顺利进行。

　　荔城区还创新基层党建工作，总结形成了颇具示范价值的"168基层党建工作机制"，即建立一套村党组织领导下的组织目标管理、个人设岗定责机制，实行征求意见、议事决策、任务分解、公开承诺、组织实施、考评奖惩的"六步工作法"，发挥村级各类组织和各支队伍的"八个方面作用"。"168基层党建工作机制"使基层党组织成为推动发展、服务群众、凝聚人心、促进和谐的战斗堡垒，增强了党组织的向心力与战斗力，增强了党员队伍的生机与活力，增强了党员干部围绕中心创造性开展工作的自觉性。

　　曾以"荔城无处不荔枝"为傲的荔城区，如今产业结构发生了巨大变化，城乡面貌焕然一新，展示给我们以"丽城"的崭新形象。告别帅气、精干的胡国防，我们仿佛看到美好的明天正在向荔城招手，跨越不是梦想，宜居渐成现实！

· 以率先跨越创建宜居荔城 ·

紧抓机遇　再创辉煌

——访莆田市荔城区区长杨朝东

卓晋萍

　　2012 年是莆田市荔城区建区 10 周年。站在新起点上，今后荔城区的发展有何思路，政府在促进发展保障民生方面又有哪些规划呢？区长杨朝东就这些问题接受了采访。

构建科学产业体系

　　"经济增长的量变到一定程度，必然呼唤经济发展方式的质变，经济发展方式一旦发生质变，就会引领新的经济增长。这一点，尤其为近代以来的历史所证明。"杨朝东说，当前，我们必须既大力推动经济量的增长，又积极促进经济质的飞跃即转变经济发展方式。

　　杨朝东说，毋庸置疑，荔城区在 10 年快速发展中也累积了一些矛盾和问题，其集中表现就是经济发展方式粗放。因此，我们必须坚持科学发展，加快转变经济发展方式，努力调整产业结构，促进产业优化升级。

　　荔城建区以来，初步形成鞋业服装、机械化工、工艺美术、电子信息、食品医药五大产业集群，工业经济保持了稳定和较快发展态势，但经过几年的发展，一些问题也逐渐显现：全区产业链条仍然不够完善，比如产值约占规模企业总产值 50% 左右的鞋业，大部分企业生产成品鞋，而生产鞋机、鞋模等新型鞋材的企业较少；多数规模以上企业仍没有自己的技术研发中心、没有专职的研发人员、没有研发经费投入，企业创新能力仍然滞后；一些中小企业甚至囿于创新技改可能存在的风险，认为"不创新慢慢死、一创新加快死"。

杨朝东说，我们要坚定不移地走新型工业化道路，以节能减排为倒逼机制，推进产业结构战略性调整，大力发展先进制造业。支持企业技改创新、开拓市场，提供融资、用工服务。全力实施"工贸提升"工程，不断促进工业企业提质增效，推动工业企业上规模、上档次。

近年来，荔城区设立工业发展基金，每年财政拨出专项资金作为服务企业发展专项工作经费，用于扶助企业创办研发中心、实施各类技改等。杨朝东介绍说，目前荔城区已有近100家企业建立了研发中心或实验室。2011年度，区里的工业发展基金追加至2000万元，用于纳税大户奖励、扶助企业创品牌、创办研发中心、补助重点工业企业和快速成长型企业等。

"今后我们要加强对重点优势产业、新增长点项目的跟踪服务，挖掘工业新的经济增长点。"杨朝东说，我们推进高新技术产业化进程，力争新增国家级技术研发中心、省级工程研究（技术）中心、市级企业技术中心，积极引导企业参加"6·18"中国·海峡项目成果交易会，促进升级转化。同时实施品牌带动战略，鼓励、帮助企业创品牌。落实企业上市融资优惠政策，支持上市后备企业加快上市进程。

荔城区是莆田市区中心，加速发展现代服务业具备很好的条件。杨朝东说，在转变经济发展方式中，荔城区立足优势，大力发展现代服务业。重点打造以西天尾总部经济区、荔港大道立交桥南北两侧企业办公区、黄石青山建筑企业办公区、木兰·金融财富中心等为核心的"总部群"；大力发展旅游业，打造以体育中心周边酒店为中心的"酒店群"；加快开发南少林、壶公山森林公园等旅游景区。全力发展商贸业，打造以工艺美术城、鞋业服装城等专业市场为主的"市场群";扶持商贸流通企业做强做大,着力发展现代物流业。培育发展交通运输业,壮大客运、货运企业。规范发展房地产业,留足产业发展空间,引导企业向高端化转变,促进房地产业均衡、可持续发展。支持发展电子商务业,积极引进金融、保险、会计、资产评估、电子信息等服务业,加快发展农村服务业、社区服务业,不断拓展新领域、发展新业态、培育新亮点。

大力发展文化产业

驱车从福厦高速公路黄石出口下来,映入眼帘的是一座气势恢弘、具有莆田传统民居风格的"中国·莆田工艺美术城"。它吸引了行人的目光,也成为荔城区工艺美术之城崛起的标志性建筑。连续七届中国(莆田)海峡工艺品博览会在这里举行,海峡两岸共同演绎盛典,展示文化精髓。

荔城区工艺美术历史悠久,有着丰厚的文化底蕴,向来以"精微透雕"著称,其中脍炙人口的木雕兴于唐宋、盛于明清,具有鲜明特色和丰富的风格。木雕、玉雕、石雕、金银珠宝加工等都是荔城区的传统特色产业。杨朝东介绍说,工艺美术城投资6亿多元,建筑面积达42万平方米,由展示中心、玉雕区、木雕区、石雕区、金银珠宝区及公共服务配套设施组成,拥有商业旺铺20多万平方米,可供上千家企业入驻。如今这里是国家4A级旅游景区,众多客商、游客到这里来淘宝。

工艺美术产业蕴含着巨大潜能。杨朝东说,工艺美术产业是荔城区的优势产业之一。近年来,荔城区以莆田工艺美术城为载体,不断提高工艺美术产业集中度,增强产业集聚力,促进工艺美术产业持续发展,做大做强。目前,全区共有工艺美术规模以上企业30多家,产值每年都高速增长。

荔城区工艺美术产业主要有木雕、石雕、玉雕、铜雕、宗教雕塑、金银珠宝、古典家具等。杨朝东说，区里加大民资回归力度，以商引商，鼓励民间分散的木雕、玉雕、石雕、金银珠宝四大行业以及其他行业精品向工艺美术城集中展销，引导市场、人才、资本、技术回归，做大做强一批龙头企业。

杨朝东说，我们还帮助企业对工艺美术产业结构进行调新调优，努力提高企业的自主创新能力，引导企业创品牌，促使企业建立培养和挖掘高技能、高技术设计人才机制，提高创新能力，提升工艺美术产品品位。荔城区荣获省名牌产品和省著名商标的有"精工"宾馆家具、"金嘉利"珠宝、"加利"首饰等。华闽家具公司研发中心还获得市级企业技术中心称号。

工艺美术产业是该区文化产业快速发展的一个缩影。杨朝东说，荔城区文化底蕴深厚，被文化部评为"中国民间文化艺术之乡"，拥有木兰溪、壶公山、古谯楼、三清殿、南少林、镇海堤、梅妃故里等自然人文资源252处，惠洋十音等国家级非物质文化遗产2个。"在当前推动文化大发展大繁荣的背景下，我们要激活这些宝贵的文化资源。"杨朝东说，我们要着力实施文化发展规划，打响文化品牌，大力培育发展文化产业，以文兴业、以文壮旅、以文盛城。

杨朝东说，我们要推进文化体制机制改革创新。加快构建公共文化服务体系，加强镇综合文化站和村文化室建设，完善民间艺术等6个文化基地建设。加大对文物保护和非物质文化遗产的保护、传承、利用力度。让荔城区浑厚的历史文化底蕴，在时代发展的大潮中焕发出新的风采。

打造宜居宜商城市

木兰溪溪水潺潺，壶公山山色巍巍，荔枝林林木森森。

初夏时节，来到荔城区，站在木兰溪大桥上，桥下碧波轻漾，两侧荔林环绕，绿意盎然，一幅水清、岸绿的水乡画卷，让人流连忘返。

"如今，城市之间的竞争不仅仅是经济上的竞争，更是综合实力的竞争，而一座城市的魅力是竞争力的一个重要部分。"在杨朝东看来，兰水、壶山、荔枝是荔城区的象征和标志，也是荔城区得天独厚的自然生态资源。蜿蜒于荔城的溪流及其周边的滨水绿地是城市生态系统的重要组成部分，大小河网周边遍植层层叠叠的荔枝林，展现出"荔城无处不荔枝"的美景，一些具有莆田地方特色的民居分布其间，无处不呈现独有的魅力。我们要发挥自身独有优势，在城市建设中，更加重视突出独有的特色。

杨朝东说，近年来，位于中心城区的荔城区充分发挥中心城区集聚生产要素的功能和文化底蕴深厚、生态环境良好等优势和条件，立足于构建港城崛起的宜居创业城市中心，依托壶山兰水自然资源优势，突出荔林水乡特色，着力改善人居环境，城区范围不断扩大，城市功能不断完善，城区品位逐步提升。城市空间不断拓展，建成区面积从建区时不足 3 平方公里，拓展到现在的 15 平方公里多。

"荔城荔城，当然要有荔枝了。"杨朝东笑着说，我们用荔枝来点缀、绿化、美化城市。在城市开发与建设过程当中，我们千方百计保护新城区内 7000 多亩荔枝林，通过护岸砌体、清除淤泥、建设围堰等，在溪流两岸种植荔枝树。为再现"荔林水乡"美景，荔城经济开发区内 300 多家企业尽量保护了原有的荔枝林，10 万株绿意盎然的荔枝树与现代化工厂和谐共荣，成为荔城区一道独特的亮丽风景线。

杨朝东说，今后我们按照"保护壶山兰水景观、突出荔林水乡特色、建设生态环保家园、打造滨海宜居城市"的要求和

"建设新荔城、饮马木兰溪"的理念，坚持高档次规划、快节奏运作、景观式建设、规范化管理，提升城市品位。荔城区正围绕"闽东南沿海区域性重要通道和水乡特色明显的宜居旅游新城"发展定位，在木兰溪、延寿溪、企溪、绶溪等水畔，稳步推进玉湖新城、南郊濠浦、木兰财富广场、溪白片区等旧城改造项目，全面改造位于中心城区及工业园区中的村庄，以水乡宜居为主导，打造以傍溪荔林为特色，以商务金融、政务办公、文化核心、城市绿心为多种引擎，集商务、商业、居住、度假、文化、娱乐等于一体的新城区。

杨朝东认为，城市要建设，更需要加强管理，才能真正提升城市形象。荔城区要持续推进文明城区创建，大力推进城市净化、绿化、亮化、美化工程。积极开展市容环境综合治理，严格落实环境卫生督查考评办法，推进新一轮中心城区清扫保洁市场化运作。健全定期巡查、综合执法的工作机制，保持打击"两违"的高压态势。加大占道经营、违法广告、车辆乱停等专项整治力度，规范集贸市场、建筑工地、居民小区等场所管理。

杨朝东说，当前和今后一段时间，我们仍然要坚持在以城带镇、城乡融合、城港联动中拓展发展空间，在提升建设水平与强化城乡管理中构建宜居荔城，使人居环境更趋优美，城镇基础设施进一步完善，城市功能日趋优化，城市品位不断提升，基本形成人口、环境、资源与经济社会相互协调的可持续发展体系，成为全国生态区，建成较宜居城市。

紧抓机遇奋力发展

如今，荔城区的发展迎来了新的机遇，当然也面临挑战。作为一级地方政府，如何在新的形势下，紧抓机遇，立足高起点，坚持高要求，追求高标准，把描绘好的发展蓝图变成现实？

杨朝东分析了荔城区当前的情况。他说，荔城区既有多年来积累的许多有利条件，又有潜在的深层次矛盾和问题。大环境和小环境彼此依存，老问题和新问题互相交织。一方面，我们的经济体量小，正在想方设法培育实体企业、着力扶持骨干企业、帮助中小企业，另一方面，企业面临劳动力、土地、能源资源等要素价格上涨，造成生产成本上升的压力，企业的投资能力和意愿下降，规模以上企业增长乏力，保持较快增长的难度加大；一方面，我们要扩大投资规模，保持一定的增长幅度，2012 年安排 361 个项目，全年要完成固定投资 200 亿元，另一方面，2012 年以来，建设资金的约束、土地指标的制约越来越突出，一些急需加快推进的项目受到影响；一方面，我们要通过"大征迁、大开发"，加快推进城市建设步伐，加大交通等基础设施建设力度，进一步拉开城市框架，改善城乡面貌，另一方面，少数群众在利益调整面前，思想复杂多变，诉求多种多样，征迁阻力越来越大；一方面，我们不断加大教育、卫生、住房、治安等民生领域的投入，另一方面，与群众对公共服务多层次、多样化的需求和愿望，仍然有差距。

"这些问题，都是我们面临的难啃的硬骨头，必须以更大的决心和勇气去面对、去破解。"杨朝东说，发展是硬道理，破解难题，更是考验政府的智慧和能力，检验政府的创新力。我们要紧紧抓住制约发展的瓶颈问题，用创新的思路、创新的办法，迎难而上，把人力物力财力集中到主攻方向上，全力攻坚突破。

一级政府担负着发展一方经济，维护一方稳定，服务一方人民的重任。无论是领导干部，还是普通工作人员，都应该注重完善、提升自己的形象，以人格魅力和自身形象影响人、鼓舞人、感召人。

杨朝东说，政府是人民的政府。一定要始终把人民的利益摆在第一位，做到情为民所系，权为民所用，利为民所谋。全体政府工作人员特别是领导干部，要发扬求真务实、脚踏实地、埋头苦干、深入实际、深入群众的工作作风，坚持少说空话、多干实事；少一些浮躁，多一些思考；少一些应酬，多一些实干，真正把主要时间和精力放到解决制约跨越发展的重大问题上，放在解决影响项目建设的关键环节上，放到解决群众生产生活中的紧迫问题上，确保工作一件一件落实、项目一个一个建成、目标一项一项实现。

发展机会稍纵即逝。"我们要抓紧每一天时间，争取每一次机会，集聚每一份力量，办好每一件实事。"杨朝东的话反映了荔城区发展的迫切之情。他进一步阐述，我们要以强烈的事业心和责任感，凝聚民心、激励民志、发挥民力，以昂扬的斗志、务实的作风，乘势而上，全力而为，为实现"率先跨越、宜居荔城"的总体目标而奋斗，努力建设富裕荔城、和谐荔城、文化荔城、生态荔城、幸福荔城，实现经济综合实力持续优化提升，人民群众的幸福指数持续优化提升，使荔城成为海内外客商投资创业的乐园，全区人民幸福生活的美好家园。

水乡秀色

许怀中

　　春行莆田市荔城区，又一次被这荔林水乡的秀色所感动。记得 2007 年荔枝熟了的季节，承荔城区的邀请，和几位省里的作家去采风，撰写迎接建区 5 周年的散文、诗歌集《崛起的荔城》，我写了《荔林水乡风情》一文，至今记忆犹新。

　　此次重访荔城区，她的新崛起和跨越，她的水乡景色，更具有不可抗拒的魅力。

　　我曾乘坐小舟畅游莆田名胜风景之一延寿溪，陶醉于荔林水乡的风情之中。"绶溪钓艇"的景观，其诗情画意，令多少文人墨客心潮起伏。延寿溪不仅有垂钓之乐，而且有观赏之妙。坐于舟中，仰看蓝天白云，俯视碧水清澈，侧视两岸荔林。但见荔枝透红，垂挂于游人头顶；岸边老屋，有人凭窗眺望；新建大厦，点缀林中，透露出现代气息。此次在春雨如丝中重游延寿溪，在区旅游局同志陪同下，从公园码头下游艇，这是专为我一个人准备的，专艇和上次所乘坐的露天水泥机动船不同，而是有雅致船舱的，可以避风遮雨。游艇缓缓地在平静如湖的水上行驶，眼下碧水蓝幽幽的，犹如绿色平湖。绿水青山如画。雨珠轻轻地落在水面，微微的涟漪泛起，溪面宽广而明澄。白鹭静静地停立在水上的小石头上。延寿古桥犹如老人诉说着历史的沧桑。在密密麻麻的荔林中，偶有一座民居，更显得水乡的幽静。在船舱中，陪同者不断介绍开发旅游点的规划，保持生态的措施。木兰溪发源于德化戴云山脉，贯穿莆田市内，迁回于兴化平原，汇集了360多条支流。区内河流纵横，延寿溪雅称绶溪，系木兰溪5大支流之一，她似一条碧绿的绶带，绾系在莆田城西北郊，下游与木兰溪汇聚，滚滚东去，注入兴化湾。延寿溪发端于九鲤湖，流传着吴兴斩蛟龙的悲壮神话：相传吴兴倡起筑陂，化荡为田，开辟北洋，为了保护泗华陂，提刀入水，斩了为害的蛟龙，壮烈牺牲。在河风轻吹中，我想起近年来故乡人对母亲河和荔枝林的钟情，把它与建设和谐社会、为民造福、港城崛起相连，把荔林水乡建设得更加美丽。

　　如果说延寿溪是一幅荔林水乡的画面，那么梅妃故里黄石江东村，也是一幅碧水环绕、人文鼎盛、景观奇特的10里水乡之画卷。我随采风团成员来到距城关约10公里的浦口宫，其创建年代已无从考证，只载明万历四年（1576年）先后重修，保存建筑又于清嘉庆十三年（1808年）重修，如今成为旅游景区，是历史之游、文化之游、民俗之游，更是走近唐代开元二十五年（737年）江采苹被选入宫为唐玄宗贵妃的梅妃之旅。宫内供着梅妃塑像，端庄秀美。传说梅妃自幼聪颖，一经指点，便融会贯通。5岁能读书，7岁会作文，9岁可诵解《诗经》，14岁善吟作赋，17岁被选入宫，曾得玄宗宠爱。她淡妆雅束，酷爱梅花，所居宫内遍地梅花，称为"梅园"。她常赏梅赋诗，帝亲笔题园"梅亭"。更可贵的是她如梅花品性，高风亮节，志节清高。安禄山叛变，兵陷长安，唐明皇西蜀避难，杨贵妃命丧马嵬坡，梅妃国破不失节，不愿弃国逃命，不屈贼乱，舍身殉国，终年34岁。梅妃故里，传说故事颇多，旅游景点多处，如抬头石、牧鸭地、美人湖、犀牛浦、白玉惊鸿等，还有许多独特的民俗。这一带湖泊接连不断，荔树成荫，居民门前院后，一片池塘，一泓湖水，构成美丽水乡风韵。置身梅妃故里，想起上世纪80年代中期的一个冬夜，读了《梅妃传》，后就迫不及待地从榕城驱车到江东，途中所见，水沟纵横，河道交叉，故乡木兰溪到此处，已是尽头。我在散文《神游梅妃故里》中写道："小桥水流人家的神韵在这里活跃着，生动着。一个最初的朴实的念头浮出：如此美女似的旖旎风光，难怪要孕育出美女来"。文中留下到"望娘石"、步上"桥头将军"把守的长桥、站在水中伸长的"鸭颈子滩"头时的情景。文后附了先父晚年遗作《梅妃曲》："……生来秉性爱梅花，千树花开飘香雪。以花比人人胜花，花飞如雪人如玉。"结尾是："年年岁岁梅花落，可怜万树剩空枝。美人早已归黄土，湖山生色重千古。莆阳父老话采苹，听者动情泪如雨。"文中写到这是父亲临终时念念不忘所留下的这首长诗，他的诗友说这首诗长达900余字，比《长恨歌》还要长，大家争相传抄，"一时步韵奉和者多"。当时，父亲白内障极其严重，视力已模糊，遗稿写得重重叠叠，诗行有时重叠，有时隔得很开，不过还可辨认。在梅妃故里想起这位心地善良、忠贞不渝的天真少女，斗不过那善谋略的对手杨贵妃而被唐明皇打入冷宫，黯然神伤。然而，梅妃的精神在这水乡增添一道美丽景观，后人为之撰入传记、写进小说、编成戏剧、谱写诗词赋曲和各种歌颂梅妃的篇章，至今如缕不绝。读莆田籍作家杨金远的长篇《大唐梅妃》中写到大唐乐府著名乐师雷海青，玄宗听说他挑选梨园戏班，马上表示赞同，就把戏班送给梅妃的家乡。"至今可以考证，因了梅妃给莆田带来的还有梨园戏莆仙戏……尽管已经1000年过去，但是，戏班犹在，而且已经不再是原来的一个戏班，而是薪火相传，遍地开花……"这次才发现，浦口宫旁就有一座瑞云祖庙，供着戏神。梅妃水乡故里，飘荡着梅妃文化和戏剧文化的芳香。临行前，我还在梅妃亭留下足迹。

当我走进三棵树涂料股份有限公司时，意外地发现荔城水乡的另一种秀色。这家名牌企业环境非常优美，延寿溪流淌在这里，溪边荔树蓊郁，绿草地连片，花卉茂盛。内有百花园、钓鱼台、荔枝湖等许多景点，这些在春天更显出水乡的特色和蓬勃生机。一个工厂对荔林的眷恋传说在流传：董事长洪杰饭后到厂区马路对面的一片荔林散步，正是荔枝挂满枝头的时节，正当他事业如日中天，却又为无地建新厂而发愁。他穿梭于荔林之间，闻到荔香飘荡，忽然心情一时舒畅许多，走着走着，眼前突现一片近百亩的大空地，令他茅塞顿开：要是把新厂建在这块四周环绕荔林的空地上，那才是真正的三棵树健康漆，才是梦中追求的环保型厂房。他当即回办公室招来办事人员，连夜打报告，次日就赶到区政府向有关人员汇报他的想法。一年之后，这座现代化工厂矗立于荔林之中，2006 年年底投产。区领导赞扬说："这样的工厂才叫真正的原生态工厂。"洪杰当即表态：不管今后企业发展多大，边上的荔枝树"一棵也少不了"。像三棵树这样奔荔林而来的名牌企业，接踵而来，它们建在荔林侧映的延寿溪两旁，水乡的企业文化景观如雨后长虹出现在天空。

　　我们流连在这"三棵树"的绿色工厂内，心中回荡着企业的人文精神和文化气息。"三棵树"品牌的命名，隐含着源远流长的中国传统文化，"三"体现了"三生万物"的个体繁衍理念，寓喻企业经营如同"道生一、一生二、二生三、三生万物"。"树"体现的是"生生不息"的循环进化理念，寓喻企业生态"五行"相生的循环往复。"树"又与山水共融，与天地共生，与日月共存。根扎泥土，参天而立，馈赠人类，造化万物。以树为精神信仰，以树为文化图腾，三棵树将"三生万物"的理念与"生生不息"理念合而为一，提炼出充满东方智慧和西方神韵的企业经营哲学——"道法自然"。"三棵树"集中体现了水乡企业文化的内涵，此外还有多项文化名目，如文化愿景：和谐生态；文化概念：生态文化；文化宣言：树德、树言、树行等。公司为共同目标持续创新、奉献聪明才智，实现共同理想——这就是文化，并且这种无形的文化远远比有形的资源更有价值。

在去西天尾途中，所见都是荔林，正如郭沫若在莆田留下的诗句"荔城无处不荔枝"。西天尾是文化古镇，她走过百代流芳的历史。这座人与自然和谐共处、经济文化相互交融的海西魅力镇，历史上是精英荟萃、人文繁荣之地。公堂、书院比比皆是。我们登上坐落于省级荔城经济开发区核心地段的西天尾镇综合文化站楼，放眼眺望，一片荔林，环境清优。此处文化繁荣，近年来先后获得"全国重点镇"、"全国经济综合开发示范镇"、"全国文明村镇"、"全国环境优美镇"等荣誉称号。

莆阳沿海又是明代名将戚继光在这里抗倭的战场。老百姓为纪念戚继光建了许多宫殿寺庙。我们在戚光祠和黄石的北辰宫里重温了莆仙人民抗击倭寇的历史。我在参观梅妃亭时，当地老百姓告诉我说：这里曾经是大海，也便是抗倭的古战场，书写出一曲"闽海雄风"之歌。

告别荔林水乡前，我特地驱车到木兰大桥上，桥下木兰溪母亲河舒展着宽阔的胸怀，溪水悠悠，两岸风光映入眼帘，感受到木兰溪和荔林交汇的荔城区宝地之灵气。情不自禁想起母亲河木兰溪从故乡仙游奔泻而来，她以甘甜的乳汁，抚育着一代又一代的兴化儿女。我童年从鼓浪屿海滨回到木兰溪畔，在母亲河怀里成长，对木兰溪之情犹如溪水长流。木兰溪不仅贯穿仙游大地，而且灌溉着莆田的南北洋，环绕着荔城等4个城区、16个乡镇。南北洋水系地处木兰溪下流，形成大小数百条沟渠和湖泊，主河道长达300多公里。荔城区系南北洋水乡受益于木兰溪。近年来市里提出："保护母亲河，共建美好家园"的口号，多年前开展北洋水系"303"工程，治理所属的河道，延寿溪的治理已见成效。在南北洋河道两旁，加紧绿化、美化，打造荔林听涛、竹径寻幽、古湖新柳、桂馨月明、梅林初雪等景点，使溪更清，水更绿，人水亲和。荔城区境内有壶公山和木兰溪，凝聚着壶兰大地的精华。它继承了千年古色的优良文化传统，又朝着开创新区的现代化金光大道迈步，迈向工业发达、商贸繁荣、文化先进、环境优美、社会和谐的中心城区的宏伟目标，这一切，当会使荔林水乡的风情和秀色充满生机和魅力。

荔 林 赋

吴建华

迎着早春和煦的轻风，我们来到了著名的荔枝产地荔城区。墨绿色的荔林，用它们躁动的激情，用它们特有的风韵，迎接我们的到来。经历过多少载如梭岁月，经受了多少回春雨冬霜，荔枝林依然郁郁苍苍，用顽强的生命力，证明它们的坚韧和刚毅。

荔枝即荔支，果树名，又名离支，历史悠久。北魏贾思勰《齐民要术·荔支》中曰："荔支，树高五六尺，如桂树。绿叶蓬蓬，冬夏郁茂，青华朱实。"荔枝属无患子科，常绿乔木，根系强大，壮年结果，树枝每年抽梢3—4次，花芽在早春抽生的新梢顶部的腋芽中形成，雌雄花同株异熟，雌花授粉受精后70—90天果实成熟。汉武帝元鼎年间（公元前111年）即有移植荔枝的记载，栽培历史已达2000多年，宋代蔡襄的《荔枝谱》（1509年）是历史上最早的荔枝专著。《汉书·司马相如传》也有关于荔枝的记载："其高躁则生葴析苞荔，薜莎青薠"。《史记·司马相如列传》这样描述荔枝："隐夫郁棣，榙遝荔枝，罗乎后宫，列乎北园"。

荔子，泛指荔枝树的果实。在古代的诗词作品中，不乏关于荔子内容的描述。唐代韩愈在《柳州罗池庙碑》中写道："荔子丹兮蕉黄，杂肴蔬兮进侯堂"。清金农在《咏频婆果》之二中，则从另一角度来写："翻恨炎州鲜荔子，秪目风露不同生"。

除了应用文学作品表现荔枝外，唐宋时代还谱曲吟唱。如

《荔枝香》，亦作《荔子香》，是唐代著名的乐曲名。据《新唐书·礼乐志十二》记载："帝幸骊山，杨贵妃生日，命小部张乐长生殿奏新曲，未有名，会南方进荔枝，因名曰《荔枝香》。"宋代把它作为词牌名，系承唐乐曲而成。宋王灼《碧鸡漫志》卷四："《荔枝香》……今歇指大石两调，皆有近拍，不知何者谓本曲。"清代又把《荔枝香》作为曲牌名，梁章钜在《归田琐记·楹联剩话》中写道："广东省城有武陵会馆……既落成，其乡人梁应来为撰楹帖云：一阕《荔枝香》，听玉笛吹来，偏传南海；双声《杨柳曲》，问金尊把处，忆否西湖？"无论是乐曲、词牌，还是曲牌，古人能把普通的荔枝，吟唱得如此高雅、清新，令人拍案叫绝。

莆田县别称荔城，2002年撤县建区，为荔城区，迄今已10年。荔城区不仅以荔枝产量著称于世，还以其上乘品质闻名遐迩，有清初陈淏子编辑的《花镜》文章为证："荔枝，一名丹荔，一名离枝，为南方珍果。岭南、蜀中俱产，惟闽中为第一。"于是，"荔子甲天下，梅妃是部民"，便成为莆田人的骄傲和自豪。

据《莆田县志》记载，唐代就有种植荔枝，明代列为贡品，每年上贡荔枝840公斤。1949年种植荔枝面积3266亩，产量687.5吨。1981年起在常太乡东圳水库沿岸建立2000亩荔枝基地。1990年全县种植荔枝面积5898亩，产量831.4吨。县内主要荔枝品种有陈紫、状元红和新引进的兰竹、乌叶、糯米糍、妃子笑、雪怀子、尚书怀、水晶球、下番枝、东刘一号等。陈紫是著名的荔枝品种，素有"果中第一"的赞誉。母树出于城郊东埔，为主栽品种，果色艳红，果肉乳白色，汁多、酸甜适中，清沁爽口，香气浓郁，宜鲜食和焙干，可食率77.7%，中偏晚熟，同一穗果中有焦核果和大核果两种。宋家香荔枝被喻为荔枝的活化石，在荔城区英龙居委会原宋氏宗祠内，系莆田市文物保护单位。我过去曾看过几次，2012年3月中旬，又去了一次，由两个新芽长出的一大一小的两棵荔枝树，小树已枯死，大树却枝繁叶茂，古树的基干已经腐烂。大树四周现用铁栅栏围住，加以管护。乡贤蔡襄（1011—1067年）吃过宋家香荔枝，并在《荔枝谱》里留下珍贵的资料："宋公荔枝，树极高大，实如陈紫而小，甘美无异。或云陈紫，种出宋氏，世传其树已三百岁矣。"据此推算，宋家香荔枝树种植于唐代天宝年间（742—756年），树龄已有1200多年。关于宋家香荔枝树，在莆田有一个神奇的传说，据传唐末黄巢起义军经过莆田时，一个伙夫要砍宋家香荔枝树烧火做饭，主人王婆婆出来求情，方以得免，遗憾的是，荔树已被砍了一斧头。此后，宋家香荔枝的果核上就留下了一道伤痕。明代林奇哲还赋诗评论此事："核上俨若斧斤痕，兹事奇怪难评论。"传说虽无证可据，但宋家香荔枝的果核上果然有一道细细的横线，人们给它起一个好听的名字：玉带围。鉴于宋家香荔枝的神奇，自古以来，不少人或赋诗、或撰文赞美它。南宋林希逸曾提赞宋家香："灵根一株，生香不断，数百年之风味犹存……"1984年，我在莆田县挂职，适逢福建省农科院果树研究所对宋家香荔枝果实进行量化分析，认定其"色红艳……食之味甜而香，肉质细柔而脆"，与陈紫荔枝不相上下。有的专家还认为，宋家香荔枝可能是陈紫荔枝的母树。陈紫荔枝不仅是莆田荔枝的当家品种，而且早在本世纪初就远渡重洋，到美国的佛罗里达州落户。目前，陈紫荔枝已遍布南、北美洲的许多国家和地区。宋家香是我国树龄最高的荔枝，已被列入《中国文物之最》一书。

妃子笑荔枝，使我想起杜牧《过华清宫绝句》中的"一骑红尘妃子笑，无人知是荔枝来"的名句；想起《后汉书·和帝纪》那催人泪下的记载："旧南海献龙眼、荔枝，十里一置，五里一候，奔腾阻险，死者继路。"为了博得妃子一笑，多少人付出了宝贵的生命。

听说新度镇下横山村有一株荔枝王，为了一睹风采，我们驱车前往。当我们来到荔枝王的面前时，不禁惊呆了。硕大的荔枝树，葱郁的树冠，遮住炽热的阳光；遒劲的虬枝，伸向辽阔的云天。荔枝树下，竖立着一块石碑，正面书写着"荔枝王"三个大字，背面镌刻着"状元红简介"。状元红长年吸纳日月之精华，感受兴化平原之灵气，树势状旺，年年春花夏果，其果色味俱佳，最高年产量20多担，堪称八闽之最。此树1984年8月份被原莆田县政府确定为第二批文物保护单位。我们在荔枝树下细细观察，发现荔枝王向四个方向长出6根分枝，口径20多厘米，其中有一枝离地面只有一米多。当地村民担心折断，用一根一米多长正方形的石柱顶住。令人惊讶的是，这根石柱顶在树干的那一头，竟然被荔枝王的外皮紧紧包住，异常牢固。据当地人介绍，树皮要包住石头，起码要经历100年左右的时间。荔枝王的神奇，连同栽下此树的状元传说，深深地镌刻在我们的心扉。

在当地人的引导下，我们又在离荔枝王不远的地方，看到8棵树龄600多年的荔枝树，其中有6棵生长在河边，有2棵离河边远些。经过多少个朝代的更替和变迁，经历多少载风霜雨露的侵蚀，这8棵荔枝树和荔枝王一样，用钢铁般的意志，谱写了它们的沧桑，留下了它们的坚强。

在西天尾镇，许多与荔枝有关的故事，同样令人感动。2010年，西天尾镇被列入全省21个小城镇综合改革试点镇。在改革中，面临着如何对待荔枝树的问题，因为西天尾镇的荔枝树特别多。无论是在路旁，还是在厂区；无论是沟渠边，还是在公共场所，都可以看到摇曳着绿色叶片的荔枝树。在棘手的问题面前，明智的决策者们选择了保护。于是，城镇能保留其树的尽量保留，企业能不砍其树的尽量不砍，成为了共识。

在三棵树涂料股份有限公司（以下简称三棵树），我们听到了"三棵树荔枝节"的故事。三棵树工业园区内，有数百株百年荔枝树，有的长在水沟旁，有的长在厂区内，企业把它们统统保护起来。这些荔枝树，如同一串绿色的珍珠，环绕在厂区的周围。围绕天然湖泊，设有荔枝湖、白鹭洲、钓鱼台等24景，被来访的宾客誉为"中国最美的企业"。值得称道的是，三棵树把企业和荔枝文化有机地结合起来。自2006年开始，每当荔枝林果实成熟时，他们就会举办独具特色的荔枝节，除公司员工外，还邀请员工家属、经销商和社会各界朋友参加。在以荔枝名果著称的莆田，三棵树是第一家举办荔枝文化节的企业。通过举办荔枝节，员工和经销商在互动娱乐的同时，进一步增进了彼此了解，加深了友谊，并进一步了解了三棵树的健康文化理念。在才子衬衫责任有限公司，150多株的荔枝树，为衬衫城增添一道道亮丽的风景。

在秀水荔枝林风景带，一个以荔枝林为主题的带状公园，呈现在莆田市民的眼前，成为人们休憩的好去处。公园旁边有一条内河，水波潋滟，在阳光的照射下，闪烁着金色的光芒。几只白鹭，在悠闲地飞翔。水面平静的时候，可以看到荔枝树的倒影，时隐时现，扑朔迷离。

在荔城区前身的莆田县，大文豪郭沫若于1962年来过这里，看到满城的荔枝，挥毫写下了迄今仍让荔城区引以为荣的动人诗篇："荔城无处不荔枝，金覆平畴碧覆堤。围海作田三季熟，堵溪成库四时宜。梅妃生里传犹在，浃漈遗书有子遗。漫道江南风景好，水乡鱼米亦如之。"一边欣赏郭老的诗作，一边忆起苏东坡"日啖荔枝三百颗，不辞长作岭南人"的名句。倘若苏东坡来过荔城，一定会写出流传千古的诗句："日啖荔枝三百颗，不辞长作荔城人。"

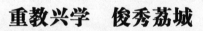

重教兴学　俊秀荔城

崔建楠

　　莆田市荔城区北高镇的岱峰是一个沿海乡村，北部面临兴化湾，常年有凛冽的北风吹拂，而岱峰中学却在一座青葱的小山包的庇护下显得生机勃勃。这座乡村中学校舍规范、设施完整，就连田径场的跑道都是红色的塑胶跑道。在校园后面的小山上，木麻黄树郁郁葱葱，树林里一座八角小亭子卓然挺立，成为了校园一处美丽的景致。其实这是国家地震局的一个观测点，岱峰中学适时将此作为了学校的科普基地，丰富了师生们的课余生活。

　　不过最让岱峰中学闻名的不是这几年校园基础设施建设的改善和进步，而是以周淑萍校长为带头人的一项"关爱留守儿童"活动的开展。

　　由于人多地少、资源匮乏，莆田人素有向外发展的传统，为了生存，背井离乡到处谋生活。在上世纪80年代，莆田有一个养蜂人的群体就十分有名，他们搭车租车，携带着蜂箱追逐着花期在全国到处游走。改革开放以来，莆田相继就有50多万人跳出一亩三分地去闯天下。许多人在市场经济大潮的沉沉浮浮中搏击，最终赢得了成功，拥有了雄厚的资本。这些莆田人分布在全国31个省（市、区），创办的企业涉及近100个行业，年创产值4000多亿元，是莆田市现有生产总值的8倍多！在全国打天下的"莆籍大军"相当于在外再建了8个莆田市。这些莆田人走南闯北，纵横九州，已经形成了颇具规模的"建材商团"、"工艺商团"、"食品商团"、"饲料商团"、"通讯器材商团"、"医疗器械商团"等实业团队，人们惊呼"神州崛起了一个莆田商团"。

父母在外打拼，留在家中的孩子形成了一个独特的群体，这个群体有着一些共同的心理问题。比较早发现这个问题并且行动起来去解决这些问题的岱峰中学校长周淑萍老师说，"留守儿童"比较集中的问题是家庭监管的缺失，"留守儿童"家中一般只有爷爷奶奶在家，爷爷奶奶在生活上能够照顾好孩子已经不易，还要监督孩子的学习甚至解决孩子的心理问题就强人所难了。周淑萍老师发现，很多"留守儿童"的家庭作业往往不能完成，她就去家访，在很多家庭看到，晚饭后很多学生是和爷爷奶奶一起看电视，没有家长监督，家庭作业完成率很低，质量也很差。从这些学习问题入手，她继而发现了更多的其他问题，例如孤独、缺乏亲情等心理问题，还有生活习惯较差、甚至青春期的心理问题以及上学放学的安全等问题。

针对这些问题，周淑萍老师在教学以及管理实践中逐渐摸索出一套行之有效的管理方法并在全校推广，这就是"临时爸妈"与"留守儿童"结帮扶对子的制度。为了让"留守儿童"和其他孩子一样健康成长，岱峰中学向全校老师发出了与"留守儿童"结成帮扶对子的倡议。老师们积极响应，一场老师与"留守儿童"结对子的活动在岱峰中学悄然展开。

每学年初，岱峰中学党支部对"留守儿童"进行全面摸底，并把"留守儿童"的家庭情况、联系方式、学业情况、心理特征等进行登记并造册建档，同时根据每位"留守儿童"的学科成绩及性格特征为其物色合适的"临时爸妈"，让"临时爸妈"与"留守儿童"签订协议，照相合影，组成新家庭。还组织班级品学兼优的同学与"留守儿童"结成好伙伴，在学习、生活上互帮互助，培养生活中自立、学习上合作的精神，共同进步。

为详细掌握全校的基本情况，岱峰中学专门设计了"留守儿童"情况调查摸底表，周淑萍老师带头入户进行仔细的调查摸底，建立详细的"留守儿童"档案，做到了底子清、情况明，档案每年更新充实一次。学校还制定出台了"临时爸妈"、等结对帮扶制度和上门走访制度、谈心制度、家校联系制度、定期反馈汇报制度、慰问制度等六项制度，确实把关爱"留守儿童"工作落到了实处。

"留守儿童"缺的是母爱和家教。为了让这些孩子随时感受到母爱的温暖，岱峰中学的老师们在节假日把孩子们接回家，给孩子们做好吃的，讲故事给孩子听，还要带孩子们出去玩……周末，要给孩子们补课、辅导作业，感冒发烧还要带他们去医院。林雪娟夫妇都是岱峰中学的教师，他们曾经与8名"留守儿童"结成了对子，一下子结这么多，当初是经过深思熟虑后才作出的。他们认为，学校的"留守儿童"很多，他们俩同在一个学校具有一定的优势，多结一个只是多操点心罢了。有一次，一位姓吴的同学得了重感冒，雪娟老师像慈母般地呵护她，看病喂药。小吴同学感到了妈妈的温暖，事后在给远在哈尔滨经商的父母打电话时，就说雪娟老师像妈妈一样。雪娟说，既然要和孩子结成对子，就要对他们负责，否则会误人子弟。正是在这种责任心的驱使下，他们夫妻俩经常向这几位孩子的科任老师了解他们的学习情况、思想表现，随时掌握孩子们的成长动态，一旦发现问题，及时进行教育疏导。

周淑萍老师发现，老师和"留守儿童"结对子以后，大部分"留守儿童"的学习成绩和精神状态都有了很大的改观。一方面是老师的学习监督使"留守儿童"的学习积极性和学习兴趣都有了很大的进步，学习成绩也相应地提高。孩子其实是有责任心的，看到有老师帮助，如果学不好，辜负老师还给老师丢脸，潜力就激发出来。同时有老师关爱，虽然不是亲爸亲妈，但是和非"留守儿童"相比，被老师"特别关注"的那种骄傲会使孩子精神面貌为之一新。周淑萍老师认为，从少年儿童整体发展规律来看，精神的健全甚至比智力发展更为重要。

什么叫"留守儿童"？周淑萍老师给予了新的解释说，就是让孩子"留在家园，守住希望"。留在家园，守住希望，每个孩子都是希望。

几年来，岱峰中学倡导的"一切为了孩子的发展"，创新关爱"留守儿童"教育活动在社会上产生了巨大的反响。校党支部组织教师学习市委、市政府关于《给十万"留守儿童"多一份"父母情"》的重要批示和市、区教育局有关文件及会议精神，讨论交流，达成共识，充分认识做好关爱"留守儿童"的重要意义。借助"校园之声"报道典型事迹，交流心得体会，开辟关爱"留守儿童"教育专栏，张贴宣传标语，积极营造关爱"留守儿童"的浓厚氛围。校党支部在"留守儿童"思想教育管理方式上，坚持以丰富的活动发展能力，以文明的环境熏陶性情，开展征文比赛、"我心中的临时爸妈"演讲比赛、"空巢家庭"主题班会、元旦联欢会、校田径运动会等活动，使他们在活动中锻炼自己的能力，感受成长的喜悦。同时发动"临时爸妈"与"留守儿童"一起过中秋、冬至等节日，利用双休日与孩子共同就餐、逛街等，让孩子们切实感受到来自"临时爸妈"的亲情关怀。每学期期初、期末，校党支部都组织教师下乡家访，每学期期中和每年春节都组织班主任按年段召开家长会，"临时爸妈"向家长和监护人介绍孩子们在校表现，并向家长宣传正确的教育方法，要求外出家长与孩子多联系，平时多关心孩子。为进一步开展关爱"留守儿童"活动，规范"临时爸妈"教育行为，客观、公正地评价"临时爸妈"工作成效，校党支部召开专题会议，研究制定《"临时爸妈"年度考核实施细则》。每年度评出十名优秀"临时爸妈"，并让他们在关爱

"留守儿童"述职报告会上做典型发言。为了奖励学校教育教学成绩突出的"临时爸妈"，激励学习成绩优异的"留守儿童"，资助贫困"留守儿童"顺利完成学业，2007年春节，学校党支部发动社会力量捐资助教，兴学育人，成立了莆田市第一个关爱"留守儿童"奖教奖学助学协会，社会各界慷慨解囊，当场收到社会各界捐资36万元。

由于岱峰中学在关爱"留守儿童"活动中的突出成绩，2007年12月，全省关爱"留守儿童"现场观摩会在岱峰中学召开，这是对学校"留守儿童"工作的充分肯定。党员先进性教育中央第五巡回检查组、团中央、团省委、省关工委、省妇联等领导也到校调研，称赞学校的关爱"留守儿童"工作别具特色，春风化雨的关怀深入人心，对构建和谐社会意义重大。2007年以来，岱峰中学认真贯彻党的教育方针，全面实施素质教育，学校办学特色鲜明。获得了莆田市委、市政府授予的"十佳学校"、"文明学校"、"法制教育先进单位"、"学校安全工作先进单位"、"花园式单位"、"实施素质工作优秀学校"等荣誉和称号。同时岱峰中学还荣获了"全国农村流动人口留守儿童先进集体"称号。

近几年来，岱峰中学的关爱"留守儿童"活动经验在荔城区、莆田市甚至全省推广。

根据荔城区教育部门的调查，该区有农村"留守儿童"一万多名，占全区中小学生总数的8.9%。为此，荔城区区委、区政府在全区建立了三级建档网络，做到区、镇（街）、村（居）三级组织网络有完整的农村留守流动儿童档案，成立了留守流动儿童之家。该区妇联还组建了一支由200多名社会各界优秀女性组成的"爱心妈妈"队伍，建立联系卡制度，依托各乡镇、村级妇联、学校，对"留守儿童"进行摸底造册，逐个建立成长档案和联系卡片。荔城团区委组织、发动区有关单位，关爱

"留守儿童"，与"留守儿童"手拉手，并举行向"留守儿童"赠报活动。区检察院办公室、荔园工业区、北高派出所等15个青年文明号单位分别与区内各小学的"留守儿童"结对，为200多名农村"留守儿童"每人捐赠一份《中国少年报》，让"留守儿童"感受到来自社会大家庭的温暖，引领他们增长知识，树立理想。荔城区教育系统关工委及时了解把握"留守儿童"中的困难对象，并且向"五老"人员反馈具体情况，组织开展结对帮扶活动。全区已有300多位老同志与500多名"留守儿童"结成帮扶对象，仅经济援助就超过10万元。如北高、拱辰、镇海等镇街属地的关工委，在"五老"人员的倡议与带头捐资下，分别设立了帮困助学基金，对品学兼优的"留守儿童"予以奖励帮助。黄石镇退休干部黄国森捐助6万元用于海滨小学设立基金会，重点奖励学习优秀的"留守儿童"。西天尾镇学校关工委的老同志同样身体力行，开展"大手拉小手"活动，有26位老同志与"留守儿童"结为对子，新度镇教育关工委部分"五老"人员也与"留守儿童"结成帮扶对子。定期在学习生活上予以热心指点帮助。为让"留守儿童"过个有意义的暑假。近几年，一些老同志自筹资金，开设绿色网吧，根据青少年兴趣特征，构筑了"留守儿童"暑假活动平台。许多老同志还发挥自己的体艺专长，在暑假期间，为"留守儿童"无偿举办十音八乐、书画、乒乓球、太极拳等各种类型的兴趣培训活动。这些举措化解了在外务工之家长的后顾之忧，深受各界好评。

因此荔城区荣获了由全国妇联、教育部命名的2009年度全国农村留守（流动）儿童工作示范县（区），福建省仅两个县（区）获此殊荣。荔城区教育部门的杰出工作获得了省委、省政府的表彰，2007年12月25日，全省农村"留守儿童"工作现场会在莆田市荔城区召开。

关爱"留守儿童"工作是改革开放时期新出现的教育工作新创造，同时荔城区的教育工作在"校安工程"、"职业教育"和"幼儿教育"等方面也取得明显成效。由此加快推进校舍安全工程建设和义务教育标准化学校建设等，便成了2012年荔城区为实现省级教育强区的基础工作。

荔城区的中小学校舍普遍建设于上个世纪的八九十年代，部分校舍甚至建于六七十年代，这些校舍在质量和面积上都已经不能适应新世纪教育的要求。近几年来，荔城区的校舍重建工作开展得轰轰烈烈，在许多学校，都能够看见校舍的基建工程在进行。就在北高岱峰中学花园般的校园里，最后一座旧校舍的改建工程正在紧张施工中。

荔城区积极推进中小学校舍安全工程建设，努力实现校园校舍标准化。2010年计划重建校舍12.3万平方米，2011年计划重建校舍6.2万平方米，计划完成梅峰小学、拱辰中心小学、拱辰南郊小学等16所中小学教学楼、综合楼建设，以及十五中食堂、中山中学食堂、四中学生宿舍楼等共21个重建项目，计划投入资金8000多万元，确保工程质量，实现80％以上的中小学、中等职业学校、幼儿园生均校舍面积和生均校园面积分别达到省规定的标准，实现70％以上寄宿制学校的学生生活服务用房（学生宿舍、食堂）面积达到省规定标准。

2011年荔城区为了实现学校内部装备标准化，投入了1000万元完善中小学图书馆自动化设施建设，实现了五所中学、四所中心小学和19所完全小学图书馆的自动化建设。投入2000万元，更新学生使用的计算机2500台，教师使用的计算机1000台，购置多媒体设备300套；实现80％的中学、中心小学网络和计算机等多媒体设备进教室；各中学和中心小学全部仪器（含图书）配备达到省颁标准，其中80％以上的学校教学仪器配备达到省颁一类标准。在实现装备标准化同时，荔城区还基本实现了学校运动场地标准化，投入200万元，实现所有中学、中心小学运动场塑胶化，85％以上的中小学、中职学校运动场、跑道、球场等设施和幼儿园活动场地达到省颁标准。

荔城区在加强"校安工程"的同时，还关注农村幼儿园建设，重点支持乡镇公办中心幼儿园的基本建设，促进各中心幼儿园办园条件全部达到省定标准。同时建立学前教育资助制度，对家庭经济困难儿童、孤儿和残疾儿童接受普惠性学前教育给予资助，大力发展残疾儿童学前康复教育。加强农村幼儿园教玩具的配备，利用小学布局调整闲置校舍大力兴办农村普惠性幼儿园，积极引导支持民办幼儿园提供面向群众、收费较低的普惠性服务，不断改善农村幼儿园的办园条件。2011年荔城区规划新建改建扩建12所农村幼儿园，进一步加强城区幼儿园建设。

近几年来，荔城区大力发展中等职业教育，重点加强莆田海峡职业中专学校的建设，加大投入，加强师资队伍建设，加强重点专业建设，深化人才培养模式改革，扩大招生规模，扩大校园面积。海峡职业中专学校与莆田工艺美术城就一路之隔，工艺美术城，从事工艺美术技术工作的人才比比皆是，同时对工艺美术人才的需求也非常大。海峡职业中专学校根据莆田人才市场的需求特点，有针对性地开设了相应的专业，并且创造性地开展了校企合作，在学校建立工艺美术企业的创作基地，将教学和创作生产紧密结合起来，使学生的专业学习与市场需求相适应。

莆田人爱读书，历史上就有"文献名邦"的美誉，从唐朝以来的1200多年间，举人进士者多达2400多名，还有许多至今传为佳话的科甲风流，例如"一家九刺史"、"一门五学士"、"兄弟两宰相"、"魁亚占双标"、"一方文武魁天下"、"六部尚书占五部"等。

如今莆田市在提倡"莆田精神"，在"文献名邦重教兴学，闽中游击队红旗不倒，兴修东圳水库团结协作，海外华侨爱国爱乡，田径之乡拼搏争先，四海为家闯天下"六个精神中，文献名邦重教兴学列为"莆田精神"的首位，这充分体现出莆田人好学成风、代代相传、科甲鼎盛、俊秀如林的优良传统。

"地瘦栽松柏，家贫子读书。"这句话影响着一代又一代的莆仙人。

· 重教兴学　俊秀荔城 ·

39

永恒的主题

——荔城区加强和创新社会管理工作扫描

黄朝霞

　　和平、安宁，人们最朴实的心愿和人世间亘古不变的主题。

　　为了48万荔城区人民这个最朴实的心愿和世间最永恒的主题，荔城建区以来，平安创建步伐一路前行：改善人居环境，让百姓安居乐业；完善制度，在规范执法中凝心聚力；主动服务，驻村入户察民情解民忧……每一个脚印，都印证着一次新的挑战；每一个步伐，都迈出了一次新的跨越；每一次跨越，都带来一个新的面貌。

　　安居才能乐业，稳定才能发展。为实现"率先跨越、宜居荔城"的宏伟目标，在更高的层次上开展平安创建，荔城区，这座古老而年轻的城市，正在以平安创建为主线，切实加强政法、综治等基层基础建设，深入开展社会矛盾化解、社会管理创新、廉洁公正执法、排查整治突出问题等重点工作，展示自己的和谐形象。

以人为本　百姓安居乐业

　　2002年，荔城区成立之初，这个脱胎于原莆田县的新生儿还只是个农村型的新区，辖区内只有三条不足两公里的"农村版"街道，古谯楼、百货高楼是当时的代表建筑，无论是道路交通还是百姓住房，总体面貌都像个羞涩的"村姑"。如今，穿梭于这座城市，但见新建的高楼有序林立，道路两旁的行道树颔首致礼，一派和谐祥和的景象。一个集居、科、教、文、卫、体于一体的新兴城市中心，在城市东面傲然崛起，"村姑"摇身一变，成了"时尚女郎"。路阔了、楼高了、灯亮了、绿多了，居住出行方便多，描绘出城市里最靓丽的风景。

居住等生活条件的改善只是城市的"面子"，良好的公共服务及安全保障才是增强一座城市吸引力与凝聚力的"里子"。近年来，荔城区在努力完善城乡教育、卫生、社会保障等惠民服务的同时，根据地处中心城区，流动人口多等情况，着力创新服务管理，以点带面，采取"试点先行、示范带动"的办法，健全完善流动人口"一站式"服务管理模式，强化公共服务及生产要素由城市向农村覆盖，由户籍人口向常住人口延伸，促进城乡一体化。在西天尾镇投资 500 万元建成莆田市首个员工服务即流动人口"一站式"服务管理工作中心的试点基础上，该区相继在各街道和社区又建立流动人口"一站式"服务管理工作中心（站），由镇街派出所、计生办、劳动保障服务所等部门人员和流动人口协管员进行集中对外办公，服务流动人口办事、子女入学和维权等，通过组织开展流动人口、租赁信息采集大会战，建立"以图管房、以房管人、人房关联、轨迹追踪"的实有人口管理新模式，强化对流动人口的"一站式"服务与管理，促进外来人口与本地人口的融合共处。

为增强百姓安全感，荔城区加快推进非物业管理小区和电子村居建设，在居住区的每幢楼房前安装视频探头，逐步实现对全区居民居住区电子警察小区改造。同时通过推选治安楼长、聘用保安人员、设立治安岗点等措施，加强管控措施。

汇涓成流　得民心聚民意

早晨 6 点半，北高镇驻村干部与村委干部每天例行的"碰头会"就已在各村进行着。几乎与此同时，黄石镇横塘村党支部书记阮超强也与驻村干部，商讨建设占地10亩的农民公园事宜。2011年起，一场旨在贴近基层、服务群众、凝心聚意的干部"驻村入户"活动，在荔城区悄悄开展，活动明确了各个单位及每位领导干部挂钩村居，要求区领导每人每月至少驻村两个晚上。区直每个单位挂钩1—2个村（居），挂钩单位每月至少1次以上深入挂钩村（居）开展调查研究，全面了解村情民意，找准挂钩村（居）工作中存在的突出问题，掌握村居群众所需、所想、所盼。通过与挂钩村居班子成员、党员、村（居）民代表、群众进行谈心交心，做好民情日记，收集对村级班子建设、党员队伍建设、干部作风建设、农村廉政建设、社会管理建设、民生事业等方面的意见和建议。努力解决影响社会和谐稳定的问题，积极帮助基层群众排忧解难。

由于驻点村或班子建设弱、或经济发展慢、或稳定任务重，驻村干部们到位后迅速深入群众，摸清村情，与他们商讨对策，从农民群众最关心、最迫切的问题入手，想方设法促进这些薄弱村的发展稳定。任新度镇锦墩村书记的区农业局干部庄清峰，积极争取农业项目补助资金，推广优质稻"佳辐占"100多亩、花生"泉花7号"100多亩和蔬菜病虫害绿色防控技术，带领村民走科技致富路。北高镇冲沁村村民张文华想扩大水产养殖规模，但缺少资金，干部驻村后帮助他联系了银行贷款，当年度增收10多万元。任新度镇阳城村书记的驻村干部梁国忠，在完善农村基础设施建设上下工夫，向市交通局、市公路局、荔城区建设局等部门争取资金11万多元，修建村道和垃圾整治点，改善全村交通状况和环境卫生。驻北高山前村的镇干部胡建新、蔡伊萍驻村后组织村民进行卫生大整治，美化环境，帮助村里修建了23个垃圾屋，绿化了13处，面积有20多亩。为解决多年来生活用水的老大难问题，任拱辰街道西洙村书记的荔城区水务局干部杨志强，与村两委多渠道筹资170万元，改造全村1200多户自来水管网。驻村干部们充分发挥自身优势，积极争取资金、政策支持，着力解决民生突出问题，让农民群众切身感受到下派干部带来的实惠。此外，他们还关心农村困难群体的生产生活，做好扶贫帮困工作；多渠道开展农业技能培训，提高农民的农业生产和外出务工技能。

为进一步激发基层党组织的生机和活力，驻村干部切实加强村级组织建设，建立健全村务公开民主管理制度。北高镇冲沁村一直想修一条3000米的海防路与后海相连，以方便村民生产，但修建这一条路要涉及13处村民的房屋、120多棵的果树和部分土地，4年多了，由于各种原因，一直无法开工建设。镇干部朱金秀、林建东驻村走访中知道了这件事，于是开始到村民家里做思想工作。经过他们苦口婆心的解释，涉及到征迁的村民终于表示支持，拖延多年的海防路修通了。村支书张国友说："路通了，心也通了！干部驻村以来，帮助村里解决了不少事情。他们与村民心连心，现在村民有什么事情也乐意找他们说。"在呈前村驻村的镇干部林秀春、黄春雄的"民情日志"里，有这样的记录：

"9月1日，早晨5点多，一场百年罕见的暴雨。心想，雨下得这么大，住在低洼地的村民怎么样？我立即穿上雨衣从村部里往6户低洼人家赶去。当我赶到村民叶进挺家的时候，水已经漫进了房屋，70多岁的叶进挺老人和2个孙子正急得团团转。看到这情况后，我马上与村干部联系，终于在危险来临之前帮助地处低洼带的6户共21名村民转移到了安全地方。"

"9月5日早上，我去村民叶煌家帮助他家办理户口手续，路上遇到村民叶金炉的儿子在村里闲逛，我走上前去问他怎么没去上课？他说，家里困难，他父亲想让他去学手艺。我想了想，叶金炉是低保户，家庭确实困难，但是再困难也应该让孩子去读书。于是，我立刻到叶金炉家了解情况，之后我们3个驻村干部每人帮助200元让他的儿子回到学校继续读书。"

枝枝叶叶总关情。对于干部驻村入户这一工作的成效，荔城区政法委副书记陈文庚说："近年来，荔城区经济社会发展快速，玉湖新城、总部经济区、黄石高速公路互通口、海峡商贸城等项目建设既关系民生也关乎发展，但这些项目的建设，大多涉及征地、拆迁、补偿等问题，如果简单采取行政命令，群众难免会产生抵触情绪，甚至激化矛盾，引发群体性上访问题。干部驻村后，和群众打成一片交了朋友，充分倾听群众心声，完善征迁方案，通过入户细致做群众工作，把长远利益与眼前利益一一说清说透，从源头上化解了社会矛盾，项目建设既顺利推进，干群关系又进一步融洽，对于基层稳定发展、得民心聚民意等方面起到了积极作用。"

干部驻村入户只是该区创新社会管理的一个缩影。建区以来，该区先后获得"全国法制县（市、区）创建活动先进单位"、"全国'五五'普法先进单位"、全省首批"平安县（区）"、"2006—2010年全省法制宣传教育先进县（市、区）"等荣誉称号。沉甸甸的成果背后，少不了决策和制度的保障。

近年来，荔城区陆续出台了加强社会矛盾源头治理、社会治安防控体系建设、维稳工作制度等一系列社会管理规范性文件，对重大、复杂、疑难的信访件，实行区领导包案、挂牌督办制度，并实行严格的跟踪考核制度。每年年初，该区区委书记、区长都与各镇街党（工）委书记、镇长（主任）、工业园区主任、区直机关各系统主要领导签订年度社会治安综合治理责任书。特别是对"两抢一盗"案件的防范和打击，制定了量化考评指标，实行重奖和重罚制度。各镇街、工业园区、区直各系统也分别与所属单位、村居、企业、学校负责人签订了综治责任书，切实把综合治理责任落实到底。

不仅如此，该区还邀请专家学者，举办系列社会管理创新专题讲座，提升干部社会管理水平。区领导多次召开常委会，专题研究加强和创新社会管理工作，讨论制定了《荔城区关于加强和创新社会管理工作的实施意见》及《荔城区社会管理创新项目建设指南》，社会管理工作的根基不断夯实。

平安音符　身边悦动

回望荔城区平安建设的点点滴滴，每一个措施的制定、每一个方案的落实都是一个个萦绕在百姓身边的平安音符。

在城市中心繁华地带的镇海街道，屯警路面全天候值守。谈到警察，不能不提社区民警卓壮杰的"四个一"工作法。卓壮杰只是镇海派出所负责文献社区的一名普通民警，但他任职以来，以群众满意为标准，进千家门、解百家难，自创了一套独特有效的"四个一"工作法：

一幅表图观全貌。以前民警们每次下基层，都要带十几本厚厚的记录本，很不方便，2007年，卓壮杰开始构思并着手制作文献社区警务信息电子平面图，有了这份详细的电子地图，只要点点鼠标一两分钟就可查询到想知道的有关信息。以前遇到群众举报、报案时，有时不知其所在位置周围的地理情况，现在就像卫星定位一样知其所在位置和周围地理情况。

一个邮箱传警情。文献社区有87家机关企事业单位，已签订治安责任保证书的出租房屋有1061户。卓壮杰注册了1个电子邮箱，定期用群发的方式将新发生的案例，每个月本社区的发案、破案情况和安全防范知识等发给群众，提醒群众搞好防范工作。

一张网卡监四方。卓壮杰把辖区内的宾馆、公共娱乐场所的监控系统配备在手提电脑上，并安装了视频监控软件。安装同一品牌的监控软件按对方提供的账号和密码，通过互联网在任何有网络的地方随时随地实施监控，又可对临时多发地段实施监控。2008年4月，镇海辖区连续发生多起抢夺、盗窃案。为尽快破案，派出所专案组民警立即联系正在福州出差的卓壮杰，请求协助调取相关监控录像。他筛选了几张比较清晰的截图发给办案民警，专案组民警根据卓壮杰提供的资料，终于将这伙犯罪嫌疑人抓获。

一本手册锁盗贼。卓壮杰对近几年来有盗窃、抢夺、抢劫、敲诈的违法犯罪人员的照片和违法犯罪行为情况进行登记，建立了"违法犯罪人员信息册"。"卓警官，我的摩托车放在自家楼下被人偷了！"这是2011年11月份的一天，卓壮杰在社区走访时听到李姓市民的诉苦。根据李先生回忆，那晚他看见一个平头小青年正蹲在摩托车旁，他急忙喊道："你做什么！"那青年抬头看着他笑了一下，站起来骑上他的摩托车飞驰而去，前后时间还不到3分钟。卓壮杰判断此案系惯偷作案的可能性很大，他连忙调出几年来收集整理的"违法犯罪人员信息册"让李先生辨认是否有他所描述的那个犯罪嫌疑人。李先生认真翻看着，突然他指着一张照片叫着："就是他！"信息册上这样记着：陈某龙，男，19岁，贵州人，曾因在步行街一带盗窃被行政拘留7天，目前暂住在做生意的叔叔家中。卓壮杰随即到其叔叔家里了解情况，动员陈某龙投案自首，争取宽大处理。

在企业密集、外地人本地人混居、治安复杂的黄石工业园区，五张防范网，保障了企业、员工及附近居民的安全。这五张网分别是：

健全平安"组织"网，营造企业安居乐业的和谐环境；

加强巡逻队"人力"网，提高多样化快速联动防控能力；

加强"技防"网，建立监控中心，实施"全球眼"防控；

加强"宣教"网，促进业主与员工和谐共赢相处；

完善"服务"网，不断提高服务质量。

在工艺美术城，看见专职联防队员们熟悉的身影，商户们的心里就有了底；在西天尾南少林路，35个"全球眼"探头照亮了乡村的平安路；在学校，校门口的"高清快速探头"及专职保安为孩子们的在校安全保驾护航；在商场，视频监控及安保人员的不间断巡防织就了百姓安全生活的天罗地网……

这些事例都是近年来荔城区创新社会巡防模式，推行"大联防、大联动、大联治"行动以来取得的丰硕成果。为了切实做好综治维稳工作，该区提出了"路面巡逻、路口设卡、路段设岗、小区管理、要素保障、责任明确、落实到位"的工作要求，全面开展"立体、交叉、联动、覆盖"的治安大联防活动，不断强化人防、物防、技防建设，建立起立体化的治安防控体系，并逐步向社会化、网络化、科技化发展。技防设施也由点到面、逐步推广，基本覆盖全区重点单位、要害部位、商业繁华区、公共复杂场所及主要街道。

花，静静地绽放，一朵一朵红得艳丽芬芳；叶，默默地映衬，一片一片绿得生机盎然：坚守职责、维护公平、传递力量、守护温暖。城市的千娇百媚中、乡村的季节轮回里，每一个窗口的团聚、每一盏灯火的明亮，不变的背景是和平、安宁，愿世间这最永恒最本色的主题似春天的江水奔流不息、永远向前。

西天尾纪行

朱谷忠

一

回到故乡莆田采访，同行中许多人发现，相关的文字材料中，出现频率最高的字眼是"西天尾镇"这几个字。对此，他们没有表示太多的惊讶，因为这些年，他们早从有关媒体中了解到西天尾是"全国重点镇"、"全国环境优美镇"、"全国经济综合开发示范镇"、"全国文明村镇"，除此，还获得全省诸多荣誉称号。不过这一次，他们中倒有不少人趁机问过我："这个镇为何叫西天尾？这个地名太特别了，一看就记住。"还有人问我："这个地名，有什么传说吗？或与西游记中的西天传说有关吧？"

我只得含笑一一作答："这个地名倒没有特别的含义，简单地说，此地古称霞梧，到清初才改称西墩尾，后因方言谐音，写成并改称西天尾，便沿用至今。"

有人并不甘心，又问："叫西墩也罢，可为什么还添个尾字？"

这一下我怔住了，沉吟了片刻，只得急中生智地说："尾字嘛，在我们莆田有个口语，叫'阿尾得三'，说的是排行最小的叫阿尾，因为小，什么事都得先给三分，什么事又都须让给三分。"

也不知问话的人是否听得明白，只听他说道："老天，想不到你还是西天尾地名的研究专家呢。"

二

说笑归说笑，不过，我熟悉西天尾的过去，只是因为我老家就在西天尾镇的旁边。该镇地处莆田西北城乡结合部，在九华山东麓，距市区 5 公里，境内胜景众多，人文悠久，也是南少林的发祥地、"海上女神"妈祖的祖籍地。

巧的是，这次要我采写的，正是西天尾小城镇综合改革试点工作情况。我记得，前些年我路过西天尾，发现西天尾已不是我当年记忆中的模样，可说是发生了惊人的变化。有感于此，我曾在报刊上发表过一首诗歌惊讶地赞美道：

西天尾吃了什么钙

楼房长高了许多

车水马龙　人声鼎沸

街巷就像流动的河

……

这一晃又几年过去了，如今的西天尾，又会有一番什么样的模样出现在我的眼前？

那一天，车出莆田城关，向东北方向一片翠绿的大地驶去，我相信，我脸上的笑容，一定会让前来接我去采访的西天尾镇的小黄，认为我昨晚中了体彩的头奖。

如果不是初次相见，我一定会当着小黄的面再念一下那首赞美西天尾的诗。不过我一路上仍见什么问什么，最终，又忍不住蹦出了几句诗："宽阔平整的大道，如绸带束起了平原与丘陵的蛮腰，洁净高大的楼房、厂房，如玳瑁凸现了历史文化名镇的骄傲……"小黄听罢，忍不住侧过脸来盯着我："瞧你这个老乡，回到自己的老家会是这个样子，啧啧！"

是啊，我的老家就离西天尾不远哩。

西天尾，你还记得我吗？你还记得那个瘦小的少年吗？那一年，在梧桐叶汲尽月光的清晨，为了抵抗辘辘饥肠，从你附近的橄榄林偷了一口袋果子，而后沿着一条小路，逃到菖蒲已经枯黄的溪边躺下，一边大嚼特嚼，一边兴奋地把自己想象为一条小鱼，隐没在青烟袅袅的溪面上……

西天尾，你还记得我吗？你还记得那个已在报上发表了诗文的小青年，为了去驻扎在三山部队操场看一场电影《地道战》，站在人群拥挤的机耕道上，忍受着厉风卷起的一阵阵呛人的尘土的情景吗？

车轮飞驰。而今，不断在车轮下延伸的再不是那忽左忽右的急弯险道了。从车的两侧掠过的，是巍峨高大的楼群商场，是格局齐整的田园，蜿蜒迷人的果林，葳蕤的植物，以及令人魅惑的三月天。

下车了。走进镇办公楼旁一幢两层的简朴又明亮的书记办公室，我见到了前一天刚刚为作家、记者在西天尾镇规划馆亲自做介绍的镇党委书记曾永生。他给我的印象是思维清晰，反应敏捷，对西天尾的前世今生了如指掌，说起该镇的改革试点进展和当下态势，更是如数家珍，加之口音清亮，话语亲切引人，使得率团的省委原副书记何少川也不由称赞道："这样的讲解很好，你们按照规划实施、项目带动、政策运用、统筹运作，取得实质性的进展，应当向你们表示祝贺。"而我在采访本上记录的，也正是曾永生在当天介绍中说到的一段话。他说："我们镇是在 2010 年我省实施五大战役时被列为省首批综合改革试点镇，在机遇面前，我们看到，单纯工业立镇的思维定式已难以适应发展需要，必须适时又尽快地将产业发展和城市建设联动，以工带城，以城促工，做大做强。因此，我们现在才有了新的目标，这就是'禅武养生地，宜居创业城'。"

这是一个亮丽的转型。

然而，诚为人们所知，西天尾镇原是个典型的农业镇，2/5是平原，3/5是山区，人口不过4万多，盛产龙眼、荔枝、枇杷、橄榄等名果。2002年实施工业兴镇，成立荔园工业区。如今，作为第一批省级小城镇综合改革建设试点，西天尾镇立即显现了其在荔城区乃至整个莆田市经济发展的特殊地位，全镇抓住了新机遇，统筹运作，持续攻关，这使有限土地的效益倍增，也为生态城市建设腾出空间。由此，该镇重新定位规划布局，以经营城市的理念谋发展，全面转攻总部商务区和宜居综合体建设。

这一期间的日子里，可称得上是如火如荼。

这一期间的日子里，也让镇党委书记曾永生、镇长李旸带领的一班人，以及龙山、吴江、北大、洞湖、后卓、溪白、澄渚、后黄、三山、渭阳、后埔、林峰、象峰、下垞、林山、碗洋村委会和东星社区全部投入到前所未有的实战之中。

在发展方向上，西天尾镇义无反顾地融入了全市"跨越发展、宜居港城"的总体目标。在发展举措上，他们创新项目"容缺预审、交叉并联"的运作模式，灵活运用优惠政策，调优配强工作力量，真抓实干，促使小城镇建设尽快见效、科学见效。

西天尾人，正一步步将该镇打造成莆田市乃至福建省的宜居典范、发展典范。

三

在采访中，曾永生感叹道："其实啊，在转攻总部商务区和宜居综合体建设期间，以生态企业、社区、村庄为特色的生态城区建设全面展开，我们的压力是非常大的。首先要多方筹资，为试点建设提供财力保障；随之，要实施土地整治和改造，盘活土地资源；还要积极争取上级支持，助推工作无障碍推进。"

我问："要做这么多事，压力可想而知，你们肯定也是'五加二'、'白加黑'了？"

"岂止是这样，在乡镇工作，本来就没有节假日的概念，那一时期，可说是纷繁庞杂，但所有人都全力以赴、毫不懈怠！"

有个记者报道说，那些日子，他走进西天尾，发现路更长了，河更宽了，水更清了，树更绿了……但是，全镇人的脚步更匆忙了；镇上的干部，脸更黑了，也更瘦了……但全镇上下溢发的生机，更叫人激奋不已！

我又问："那么，上级领导对此又如何关注呢？"

曾永生答道："上级领导对此十分关心。要知道，西天尾镇总体规划是 2010 年 7 月份编制完成，并报省委常委、副省长张志南和副省长洪捷序亲自审定，并由莆田市政府于 2010 年 8 月审批通过的。在这之前，也有相当激烈的争议，批下来才知道来之不易！"

从有关报道和简讯中获悉：莆田市市委书记杨根生，荔城区区委书记胡国防，区长杨朝东，区委常委、宣传部长彭鲤芳等各级领导，都深入过西天尾镇调研、指导；莆田市市长梁建勇，还倾力为该镇总部商务区引进了香格里拉和香港信和两家五星级酒店。

2011 年 2 月 28 日，西天尾小城镇建设现场会举行，莆田市副市长、小城镇建设战役分指挥长傅东阳出席。在现场会上，与会人员参观了西天尾镇小城镇建设规划展示厅、闽中食品工业园、林山土地整治项目现场。这一年，西天尾镇启动项目 55 个，总投资 94 亿元。

各方面的人，都对西天尾镇推进小城镇建设战役进展，包括不断加强基础设施和公共配套设施建设、加快镇容镇貌整治、污水垃圾处理设施建设、园林绿化工作和文化设施建设等，给予积极充分的肯定。

2011 年 3 月，中共中央政治局常委李长春来到西天尾镇龙山村，就推进文化建设和文化体制改革，与村民围坐一起拉起家常，并走进村文化室了解农村文化活动的开展情况。李长春指出，要以农村和基层为重点推进文化惠民工程建设，不断提高城乡公共文化服务均等水平。

李长春的指示，极大鼓舞了西天尾镇的人民群众。众所周知，西天尾是历史文化名镇，人文优势是其中一大特色。早在唐代，就有"一门九刺史"的荣耀，世称"九牧林"。境内唐代梯云斋是福建最早的学堂之一，自唐至清先后出过 100 多名进士，史籍立传的有近百人，近代更是文教兴盛，人才荟萃。现有各级文物保护单位 15 处，唐、宋、明、清摩崖石刻和碑刻 50 多块，九华山、紫霄寺、南少林寺等风景名胜，闻名省内外，加之镇内水系发达、山清水秀，已成为全市上班族休闲度假置业的理想首选。

四

作为一个莆田人，我为西天尾的发展感到由衷的高兴。我发现，西天尾人好像都有诗人的灵感，总是能运用丰富多彩的想象，把对未来的向往和新鲜的感受化为激情，投入对现实的建设和发展之中。特别是城镇战役实施后，西天尾镇综合产业、区位、人文、自然等优势，对全镇 58 平方公里土地进行全面策划、具体规划，同时按城市的标准来配置各项公共服务、公园绿地、各级路网等市政配用地，使该镇内单一的"莆田市重要轻工业基地"的普通定位，向"禅武养生地，宜居创业城"的综合性定位跃升。

曾永生见我听得趣味盎然，又介绍说，根据功能定位和发展规模，利用开发区在西天尾镇坐落的优势，按照产业相对集中、资源优化配置和保护生态环境的要求，我们实施产业转型战略，努力构建"以工业经济为主体、以配置服务业为支撑、以旅游经济为特色"的现代产业体系。这其中，实现新竣工投产项目有闽中食品工业园一期饮料车间、三棵树水性涂料主车间、才子办公楼等18个；新开工的项目有磐龙山庄安置房、廉租房、卫生院综合楼、十五中改扩建等15个。除此，我们还全力办好三件大事：一是传统产业不断壮大，其中要确保2015年实现上市企业4家（三棵树涂料、才子服装、闽中食品工业园、重型机械）；二是新兴产业取得突破，其中有在建的延寿溪畔策划生成能够发展差异化、特色化、专业化的总部商务区；将荔城经济开发区近600亩工业用地规划调整为创意产业园预留用地，以及重点发展汽车贸易、钢材贸易和化工贸易等；三是特色产业成效渐显，利用城镇内"两山一寺一水"的优势，建成以武林圣地、禅宗古刹的历史文化内涵为底蕴，集观光游览、宗教朝圣、文化欣赏、武学研究、休闲养生为一体的综合性重点景区等。

潮涌八闽，风起东南。2011年，西天尾镇实际完成投资41.12亿元，财政总收入4.2483亿元，农民人均纯收入9091元。由此，2011年西天尾镇被中央文明委评为第三批"全国文明村镇"。

曾永生的介绍，令我想起一件往事：我有一同学家住西天尾洞湖村，他高中毕业后就在该镇工作。2005年他曾打电话与我闲聊时无意说到，他最近有几个月工资还没有领到。我惊讶地问："真有此事？"他在电话那头苦笑说："镇上干部也是如此，有什么办法？"

我问曾书记："好像2005年，西天尾的财政还是入不敷出啊？"

曾永生笑了笑，说："确有此事，当时，镇上要用一万元钱，还得找人去借呢！"

抚今追昔，令人感慨。而今的西天尾，确已发生了沧桑巨变，这使我不禁在心里抒情起来：西天尾，我今日特意前来拜访你，只是想做一番新世纪的梦寻，哪承想，一个比诗更美、比梦更令人惊奇的现实已矗立在我面前。

五

在从容自如的采访过程中，我想道：自从进入改革开放和现代化建设新时期，从邓小平同志"看准了就下决心，不要动摇"的坚定信念，到推行中国的新农村建设的策略，凝结了党的几代领导集体的心血，寄托着多少人民群众的热切期望。而今我看到，一个小小的西天尾镇，也在全力推进小城镇纵深发展中，取得了令人瞩目的成就，许多梦寐以求的理想，正逐步变成现实。这期间所凝聚的信心、干劲和跨越建设精神，使人们真切地感受到走向伟大复兴的希望。

想到这里，我不由地问曾永生："如果要你个人总结一下这两年的工作亮点，你看有哪些呢？"

曾永生笑了笑，没有立即作答。而是递过了一份材料，原来是"2011 年西天尾小城镇综合改革试点工作情况汇报"，我翻了一下，果然在第 9 页上找到了想要的答案。这一页的"工作亮点"上，主要列举的有 7 条，现莫如照录于此：

一、城镇规划体系完备超前。完善了小城镇建设的总体规划、控制性细规划、专项规划及展厅建设，城镇发展定位清晰高调。

二、完成全市单村拆迁规模最大片区——溪白片区（含总部经济区）改造签约工作，其占地650亩，涉及4个自然村801户2000多人，拆除建筑面积约26.8万平方米。

三、总部商务区有效运作。一期6幅地块挂牌出让总价达到3.7亿元，每亩均价接近500万元，成功打响了西天尾镇小城镇建设的第一仗，目前6家总部企业正在进行建设方案的设计和报批。

四、宜居建设全面启动。启动了磐龙安置区、洞湖廉租房、溪白片区安置房建设项目。特别是磐龙山庄项目采取预丈量安置区来征迁建设的做法，提速了项目的进度。

五、综合整治取得实效。开展了包括少林路景观、企溪河道、畜禽污染、城区卫生整治在内的综合整治，城镇面貌大大提升。

六、城市配套日臻完善。城区路网、污水管网、公园绿化等城市配套设施功能齐备，城镇框架初步拉开。

七、社会管理不断创新。建立健全了包括社会治安、矛盾化解、特殊人群、流动人口等在内的社会管理体系。

浏览了一遍，我又问道："那么，下一步的工作打算呢？"

曾永生说："总的来讲，还要创新思维，多种措施并举，使项目建设有效推进，扎实、顺利完成小城镇既定的各项目标和任务。"

采访结束时，我对曾永生说："我还要到镇上走一走、看一看。"曾永生紧握着我的手，含笑说："欢迎欢迎，我叫小黄陪你去吧，也请你多提一些宝贵意见。"

六

车沿着东川路、南少林路、荔园路、荔涵大道、福厦路转了一圈，我又看到了施工中的九华大道。一程程映入眼帘的，依然是拔地而起的广厦、高耸林立的厂房，木兰溪、后卓溪、企溪蜿蜒如梦，荔枝林、枇杷园、龙眼树青翠欲滴。一切，显得那样清心濯尘，又显得那样富有生机、充满活力。

由于工作关系，这些年，我先后采访过同安、福安等地的乡镇综合改革试点，这些地方从时间上看都早于西天尾镇，并且都实现了区域发展的新跨越。但西天尾镇综合改革，虽然在时间上迟于这些地方，却应了西天尾的"尾"字效应，"阿尾得三"，既得了有利时机，又得了优惠政策和天时、地利、人和，从而使试点工作取得实质性的进展和骄人的成就。这使我想起多年前有一次同友人登临该镇的名胜紫霄寺，站在山顶，全镇悉收眼底。友人见我入迷的样子，就对我说："西天尾朝北坐南，风水极好；这地方，将来必定会风生水起、蓝图大展！"友人的话，而今得到印证，怎不叫人兴奋不已。

综合改革试点，确使西天尾这一片古老的大地焕发出勃勃生机，也使人看到这一方热土上的干群不甘落后、不畏艰难、加快发展、跨越向前的精神面貌。

过去，有人说西天尾如闲云野鹤，落落欲往却娇娇不群；而今走云连风，行气如虹，层次高华，怎不令人刮目相看？不过，在我看来，西天尾已变成一幅古今合璧的彩画，它以山为法，以水为用，以墨为韵，以彩为辅，正徐徐地向世人展现出不尽的美感、无穷的魅力！

风华流溢工艺城

景　艳

"莆田工艺甲天下，精品尽在工艺城。"有人说，工艺是一个国家或地区文化积累的浓缩，坐落在莆田市荔城区黄石塘头的中国·莆田工艺美术城（以下简称工艺城）就是这样一个萃集人文智慧与美的地方，是莆田人民的巧手慧心在这片沃土上开出的艺术奇葩。行走于斯，每一件艺术精品，每一道美术工艺师的凿痕，都是一道文化艺术的盛宴，让我们在享受与陶醉中寻找与这方水土的契合。

一

那是一群具有莆田古民居特色的红砖文化风格的建筑，简约婉转中尽显厚重，城内四周环绕着的2000多平方米的立体浮雕更以其逼真、独特造型成为工艺城的创意性名片。工艺城总经理陈祖强告诉记者，这座艺术之城前期聘请了5家全国有名的设计公司，通过了一系列的展示、投票、专家论证，最后确定的是福建省设计院老院长王汉民的方案。陈总经理笑称它为："500元设计出来的经典"。据说，当时请专家论证时，只是给他们支付了500元的专家费，没有想到的是，王汉民院长竟然投注了大量的心血，不仅发动了自己在省建筑轻纺设计院的学生，还一再地帮忙修改完善，当时很多人担心这一设计相对复杂，难以按期完工，而在王院长要以莆田古民居风格为主打的坚持下，这座占地 460 亩，总建筑面积 47 万平方米的工艺城终于拔地而起。

偌大的工艺城按功能和展品主题分为展示中心、珠宝中心和木雕、石雕、玉雕等几个中心区块，中间 100 多平方米的空地建成了艺术长廊，拟作木雕博物馆。以展销区来看，其中相对比较成熟的要数木雕，历史久工匠多技艺高精品多，四层三区，琳琅满目。这里的木雕多以"精微透雕"著称，不乏工艺美术大师精品博览会的获奖作品，无论是平雕、圆雕，还是透雕、镂空雕，都体现出高超的技艺手法。

石雕展销区同为四层结构，建筑面积仅有木雕区的 1/3，但丝毫不影响它里面展品的丰富多样。这里汇聚着青石雕及著名寿山石雕厂家近百家，家家都有些看家的"招牌工艺"，形象端庄、神气飘逸的佛门众相，尽显技艺高超和匠心独运。赭红色的原石被雕成粒粒饱满的荔枝，间以白色的"荔枝冻"，任谁看了都禁不住想咬上一口。近年来，莆田石雕产品已由过去单纯的人物、花鸟、神话传说、历史故事等传统门类，向传统文化与现代文化并重、东西方文化兼顾的方向转变。尤其是嫁接了传统的木雕技术，莆田石雕在全国同类市场上更具有了竞争力。

工艺城珠宝中心是一个集金饰、玉佩、玉镯、金镶玉等首饰的展销中心及批零市场，同时也是展示莆田金银珠宝行业的一个崭新平台，堪称莆田金银珠宝行业的一个缩影，凝聚了莆田金银珠宝行业的精华。像六六福、华昌珠宝等知名品牌企业的身影处处可见。展销区内产品丰富，大量批发钻石、黄金、铂金、钯金、模具和民间传统银器等众多品种，涉及项链、手链、手镯、脚链、戒指、民间传统饰品等。荔城区委、区政府的领导同志告诉我们，几年来，通过政策扶持，对建立珠宝物流配送中心的品牌珠宝商着力引导，以及大储备量的批发优势，使得工艺城所售黄金较其他商铺的黄金具有独特价格优势。里面的黄金价格与上海黄金交易所同步，黄金饰品批发零售价，每克仅在上海黄金交易所价格基础上加收加工费10—15元，同时工艺城内配备的质检机构可以免费为消费者提供权威鉴定，可以说颇具价格竞争力和销售公信力。加上工艺城不断完善的旅游等配套设施，"一站式"的便捷服务吸引了越来越多的消费者。

按照工艺城管理人员的介绍，工艺城还有许多功能区正在开发，即便如此，这里的一切已然让我们目不暇接了。工艺城原是莆田人民智慧和才情的流露，是这块热土方舟上开出的文化艺术奇葩。

二

我们一行来时并不在一个热闹的时节，人流量不算多，却更能体味到工艺城的清雅宜人，井然有序。据了解，这里采取的是"政府主导、市场运作"的模式。作为2006年度福建省的重点建设项目，工艺城是投资6亿元建起来的，这在当时也算得上是大手笔了。说到当时为什么会想到建这么一座工艺城，陈祖强说其实是行业的推动。

那是2003年，广东四会的玉雕市场相当不景气，在那里发展的几万莆田业主就想在镇里找个地方把市场搬回来，镇政府于是就依托原来的黄石工业园区进行前期调研，并把报告提交到了荔城区委、区政府，受到高度重视，认为倘若把莆田的木雕、石雕、玉雕、珠宝等行业一起整合起来可能性会更高，为此，分别召开了几个行业座谈会，没想到的是大家的意见竟是空前地统一，恰好木雕行业协会正在市区选址建木雕市场，两相一结合，正是顺风顺水。在接到荔城区政府的可行性报告之后，莆田市政府非常支持，明确指示在黄石高速路口兴建工艺城，并定下了土地按商业用地、出让金大部分返还荔城区的决策，同时，指定了一位莆田市委副书记专门来抓这项工作。在如此明快的决断之下，工艺城的建设迅速走入正轨。2004年底，人员入驻调研，走访了1000多家企业，涉及从业人员十几万；2005年初，筹办小组成立；2005年7月，注册成立莆田妈祖工艺城股份有限公司，直属荔城区政府，作为运行业主，着手实质性开发工作；2005年底完成土地征用，展开实质性建设；2006年年初，工地还没有动工，已经确定第一届中国（莆田）海峡工艺品博览会将于10月底11月初在工艺城举办了；2007年3月动工，10月展示中心封顶；2007年底工程峻工交房；2008年春节一部分业主开业，同年5月全部开业。听着陈祖强如数家珍式的介绍，一切仿佛历历在目，我想，这些数字除了体现高效之外，背后又该有怎样的艰辛和运筹帷幄呢？

"种下梧桐树，引来金凤凰"。大楼建好了，面对4000多家工艺美术企业，从业人员15万多，又该如何选择入驻的企业呢？区委、区政府决定定向定量，高门槛、高要求、高标准，名师名企名牌优先，公开公平公正，引入最有实力的厂商，马上形成效益。工艺城的民间工艺美术大师李凤荣介绍说："因为莆田工艺美术行业发达工匠多，当时报名的人特别多，就要求各商家提供详细资料，公开评分进行资格认定，结果在《湄洲日报》公示。一经入驻不得转让从事其他用途。当时的商铺售价按企业入驻级别实行不同的优惠政策，国家级的下调30%，省级龙头企业优惠10%，也不是有钱就可以获得更大的面积。国家级和省级工艺美术大师最多可以拥有4个店面，不是龙头企业的小于或等于3个店面，对企业的含金量要求高，内部审核还特别注意到有特点的厂家，包括一些外地的，文化创意产业。"陈祖强告诉记者，当时登记完成出让手续的有400多家，出租的200多家，预留了40%的空间。

壶山兰水 荔林新韵

　　为了让企业能在这里安心发展，很快形成规模影响，荔城区委、区政府对企业实行了免税三年的优惠政策，"该免的免该省的省"，同时提供物业补贴，"尽可能降低成本"。考虑到工艺城里贵重物品多，容易形成安全隐患的问题，开发公司更承担了工艺城的安全防护工作，对入驻商户实行了相对严密的安保措施，加强人防、技防和物防，包括外围墙的建设，人员出入的盘查以及探头等公共安全设施的建设，陈祖强说："安全的居住环境、安全的商业氛围对于工艺城来说非常重要。"

三

　　从2008年到2012年，4年的发展让工艺城越发地古味醇香，活力充盈，4年来，这座汇集艺术精品之城又给这块水土以及土地上的人们带来了什么呢？

　　陈祖强告诉记者，莆田的工艺产业基础非常好，木雕、玉雕、石雕和金银珠宝四大工艺行业蜚声海内外，不管是市场规模、产品产量、技术力量、企业规模还是市场占有率，在全国乃至世界都具有举足轻重的影响。近年来，生根于本土，融合了各方精彩的莆田工艺，在长期的发展中，逐步建立和形成独具特色的产业文化，在全国工艺美术行业牢牢地占据了一席之地。但10多万工艺美术从业人员长期以来却一直处于分散状态，比如原来玉雕产业集中于广东，石雕集中于黄石附近，而木雕则分散于莆田的各个角落。这样的分散的家庭作坊式的经营固然能让莆田的工艺展现出百花齐放的缤纷，但并不利于整体形象的提升，不容易形成集聚效应。政府通过行政调控，把莆田、周边乃至于外地、海外的工艺力量集中于此，等于是给业内人士提供了一个稳定的专业平台和资格认定。就拿荔城区来说，这是个人力资源丰富的地区，10多万农村劳动力中，有的活跃在田间地头成为"土专家"，有的成为企业技术骨干。但这些能工巧匠由于没有国家干部职工身份，原先没法申报专业技术职称，而依据荔城区出台的《关于人才资源开发的实施意见》等文件，2012年年初，经过统一考核认定，就有706名农民获得人事、农业部门评定的助理农艺师等职称。区人事、农业部门还建立能工巧匠的人才档案，开通了网上注册查询系统，方便用人单位挑选。"统一的规范和指导，把工艺品发展到了艺术品，把工匠培养成了艺术家，把小作坊变成了工作室，把工作室变成了规模工厂。"陈祖强说。

莆田工艺美术行业历史悠久，底蕴深厚。这里有非常有名的莆田工艺一厂，是几代莆田工艺美术者共同的艺术殿堂，而父授子艺、子承父业更是莆田雕刻工艺代代延续的最直接的方式。但是，相当长一段时间里，这种方式在技艺传承的同时也因为独立经营、技不外流而显保守落后。因为成本高昂，很多人苦于缺少外出交流展示的机会，而工艺城筹建之后，海峡工艺品博览会、中国工艺美术"百花奖"评选等一系列活动的举办，不仅给当地的能工巧匠提供了不出家门就能参展参评的机会，也让大家随时了解最高端时尚的行业发展前沿，提升了创作水平和创意层次，促进了艺术的门类发展。

工艺城内以展销的形式汇聚了来自全国各地的工艺美术大师、名家名品，汇集了巨大的信息流、技术流、商品流和人才流，它是莆田市委、市政府承接和保护庞大的工艺美术产业，吸引民间资金回归，加速莆田经济发展的一个重要举措，同时也是一个行业推广，扩大行业影响力的重要路径。对于许多个体企业来说，要想开拓出一些国际客源是相当难的事，但是，现在随着工艺城的声名远播，他们作为其中的一分子，也是"水涨船高"，新加坡等地的客商来到这里常常能够轻而易举地找到新的合作伙伴。李凤荣说："不要小看这个平台，信息的流通，彼此间的合作，不仅成就了个体技艺的创新发展，也在推动整个国家艺术品质的提升。"如果说"集思广益"是莆田雕艺传承与创新的不二法门，那么"络业伸根"便是工艺城成长发展的巨大推动力。据介绍，工艺城每年都要投入一两千万元的市场推广费，工艺城的每一个商家都能充分地享受到这里的客户资源。

工艺城里的许多木雕商都有这样的经历，以前在乡下从事木雕工艺的时候，产品加工出来，不过是随意地摆放在自家的橱子角落，五六个固定的客人来了，倘若没有看上眼，便只有吃灰染尘的份了，而在工艺城，体面的商铺、统一的格调常常让那些从家中搬来的陈品重现生机，陡增身价，"客流量大，这家不要还有那家要，东西便是活的。"尤其是好的原材料在这里找到了发挥长处的用武之地。

出乎我的意料之外的是，在工艺城里，有 10 多家台湾厂商，相当一部分发展得还挺好，他们和莆田怎么建立了联系，又为何把发展的基地定在了莆田？看出了我的好奇，陈祖强解释说，早年祖国大陆还没有对外开放的时候，莆田的雕刻工艺品有 70% 卖到台湾地区，合作对象就是苗栗的几百家商户。而祖国大陆改革开放之后，台湾厂商发现内地的市场更为广阔，成本更加低廉，就开始在莆田开工厂，眼看着收益好，便有意长驻内地，听闻莆田建了工艺城，同等的对外招商条件，就抓住了这样一个机会。相对来说，台商与东南亚客商的合作起步较早，更容易拿到便宜的原材料，他们中的许多人瞅准了工艺城庞大的商机，便开始做起了沉香、檀香等原材料的买卖。台商"苏老大"就是其中的代表性人物，他原先在内地经营楠木、桧木，因为不了解市场行情，也找不到好的出货渠道，不赚反赔，亏本了 1000 多万元，只好愁云惨淡地返回了台湾。时隔不久，便听说莆田兴建了工艺城，怀揣着再试一试的想法，他来到这里做起了檀香、沉香生意，在 2009 年一下子运进了几货柜。没有想到的是这一举动让他赚了个盆满钵满。生意火爆时，店里的木头常常供不应求，哪位看上了就写上自己的名字以示预订，倘没有成交，就把名字擦去，另一个名字立马就写了上去。此情此景，看得"苏老大"心花怒放，竟把场景拍下来传回台湾，告诉自己的同行朋友："木头原可以这么卖。"结果是吸引了更多的艳羡者。

有人说，工艺城的建立标志着莆田一个泛雕塑生态圈的形成，这固然与行业本身的传统工艺优势、创新人才优势、规模效益优势和品类齐全优势密不可分，也有赖于各级政府的政策扶持优势。有着"工艺品交易第一城"美誉的工艺城开业近四年，已发展成为全球最大的沉香、檀香木雕集散地，海西大型珠宝玉石集散地，国内规模最大、配套最齐全的工艺品市场，有力地促进了海峡两岸文化艺术交流和工艺美术产业的稳步快速发展。展望未来，机遇与挑战并存，工艺城将进一步加强业内外交流与合作，为促进海峡两岸文化艺术交流合作和打造千亿元工艺美术产业作出新的贡献。这正是"乘风破浪宏图展，艺海方舟正扬帆。"

云想衣裳花想容

——莆田鞋业服装城畅想曲

李建成

2012 年 3 月上旬，采风团来到莆田市荔城区。我的采写对象是中国·莆田鞋业服装城（以下简称鞋服城）。

3 月 7 日凌晨，鞋服城的副总郑晓章先生一大早就驾着小车到海源国际大酒店接我。

昨夜的一场春雨，带来了一丝寒意，但郑晓章却十分热情，一路上谈笑风生，不但驱赶了寒意，且令人倍感温馨。

我说："我的家乡是晋江陈埭镇，是服装鞋业的品牌之乡，今天能有机会到莆田鞋业服装城参观、取经，感到很荣幸。"

郑晓章兴奋地说："咱们还是泉州老乡哩，我祖籍惠安山腰，从小跟随在仙游糖厂当厂长的父亲生活在莆田。"难怪郑副总身上既有泉州人爱拼敢赢、豪爽侠义的特点，又有莆仙人刻苦耐劳、精明能干的优点。

无拘无束地谈话间，车子已来到了鞋服城的大门口。抬眼看去，大门设计得既气派又大方，特别是两边门柱上如同象牙般向上冲起的形象，让人们感受到鞋服城腾飞的态势。

郑晓章把我带到他的办公室，边泡茶边介绍起莆田鞋服城的缘起和发展历程。

一

以勤劳著称的莆田人历史上有"两把刀走天下"的传统，

两把刀一是理发刀，一是裁缝刀。莆田人生产的皮鞋、布鞋闻名遐迩。改革开放以来，不少海外华侨和港澳台商纷纷慕名来到莆田，办起了一家家独资、合资的鞋革厂和服装厂，引进大批的境外资金、设备和先进管理理念，创造出大量国内外知名的鞋和服装品牌，促进了莆田市的鞋和服装产品蓬勃发展，成为莆田市的两大支柱产业。其产值约占全市生产总值的1/4。如今一座座现代化的鞋革厂、服装厂像天女散花般撒在莆田大地上，无论在木兰溪之滨，在荔枝林荫下，在"九鲤湖"畔，在梅妃故里黄石镇，还是在涵江水乡……

这些鞋厂、服装厂有一个共同的特点是"两头在外"，即产品大部分外销，原材料也大部分靠进口和从外地采购。由此，也难免出现原材料价格浮动、供货时间不及时等薄弱环节。一些主要厂家呼吁，莆田市应该建立鞋业、服装的专业市场，创立"一站式"的鞋服材料商贸中心，完善鞋服产业链，带动全市鞋和服装产业升级。

鞋服企业的这一呼吁，与莆田市委、市政府实施"以港兴市、工业强市"的发展战略不谋而合，立即给予立案报批，很快，莆田鞋业服装城项目被列入福建省重点项目。

莆田市委、市政府，在距高铁莆田出口站附近的黄石商贸物流园里，划拨出300亩左右的黄金地段，兴建中国·莆田鞋业服装城，首期投资3亿多元，于2007年动工建设，并于2008年夏，完成首期工程并投入使用。

二

郑晓章带我参观了鞋服城已建成的 A、B、C、D 四个区，是由18幢三层的标准商铺组成，呈"井"字形，城中配有连桥和外引式步行梯，人徜徉其间，犹如逛"天街"。这"天街"

分为展示区和交易区两部分。

我们先来到展示区，此区由1400多个店铺组成，莆田地区有名气的制鞋厂、服装厂都会在这儿设立窗口，展示自己的名牌产品。

交易区的面积有13.6万平方米，入驻的有香港、台湾、广东、吉林、温州、内蒙古、上海各地的鞋、服装原辅材料供应商，也有鞋服生产机械、五金配件、布料、皮革、化工、塑料等。正是这些来自海内外的供应商，填补了莆田鞋服产业链的一项项空白，形成了"一站式"的鞋服材料交易中心。交易区里还引进物流配送分公司和仓储公司，提供完善的配套服务，力争实现"零库存"。郑晓章说："莆田市每年一届举办中国（莆田）国际鞋服交易博览会，鞋服城已成为博览会永不落幕的第二展馆。"

我好奇地问郑晓章："鞋服城入住的厂家和商家这么多，你们是如何实行科学管理呢？"郑晓章说："我们也是摸着石头过河。"物业管理治安管理方面，他们引进了花开富贵物业公司；行政管理方面，他们成立了鞋业服装城商会。郑晓章还带我参观了鞋服城商会。该商会制定了会员自律公约，对会员实行职业道德教育和诚信教育，为会员提供各种服务，如信息咨询，帮助会员企业向银行申请融资贷款；帮助会员企业联系官方质检部门对产品和原辅材料提供检测报告，调解供需双方的纠纷、索赔和投诉等。

郑晓章说，最近，经国家批准在莆田设立两个基地，即中国鞋业创新示范基地、中国鞋业出口基地；两个中心，即中国鞋业研发设计中心、中国鞋业信息中心。这两个基地，两个中心都决定在鞋业服装城挂牌成立，将为莆田鞋服城锦上添花，并取得国家政策上的支持。

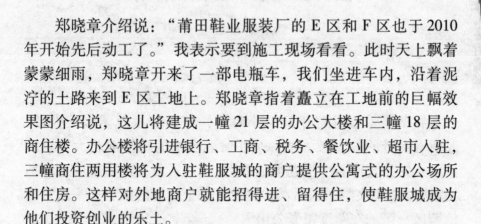

三

　　郑晓章介绍说："莆田鞋业服装厂的 E 区和 F 区也于 2010 年开始先后动工了。"我表示要到施工现场看看。此时天上飘着蒙蒙细雨，郑晓章开来了一部电瓶车，我们坐进车内，沿着泥泞的土路来到 E 区工地上。郑晓章指着矗立在工地前的巨幅效果图介绍说，这儿将建成一幢 21 层的办公大楼和三幢 18 层的商住楼。办公楼将引进银行、工商、税务、餐饮业、超市入驻，三幢商住两用楼将为入驻鞋服城的商户提供公寓式的办公场所和住房。这样对外地商户就能招得进、留得住，使鞋服城成为他们投资创业的乐土。

　　我们又来到 F 区的施工现场。听介绍，这儿将建成"中港实业锦江大饭店"。这是幢五星级的大酒楼。建成后将使鞋服城添上一只金凤凰，"有凤来仪，百鸟朝拜"……

　　交谈中，我已展开想象的双翼，尽情地畅想一年一度的中国（莆田）国际鞋服交易博览会迎来万商云集的盛况！

　　是的，不久的将来，鞋服城将与毗邻的工艺美术城、海峡国际商贸城齐飞，共同创造荔城区更加灿烂辉煌的明天。

仙公应无恙　当惊世界殊

——商贸物流园区巡礼

许培元

　　我的老家在北洋平原，小时候，是喝着木兰溪水长大的，是听着乡贤的故事长大的，是在父老乡亲的呵护下长大的。因此，我的处女作名曰《荔城放歌》。无巧不成书，这次应邀参加"走进荔城"文学采风活动，我挑了一个新鲜的课题——商贸物流园区，区址在新度镇壶公山下。

　　2012 年 3 月，冒着绵绵春雨，镇党委副书记带我进入物流园区，站在活动板房工地办公室二楼走廊上，极目远眺，不由心潮澎湃，激情满怀。占地 700 多亩的工地上摆开了壮观的阵势，承建单位是名列世界 500 强的中国建筑第七工程局有限公司，屈指一算，工地上屹立着近 20 台高几十米的 QTZ80 大塔吊。现场施工经理解释说，这种塔吊操作时，半径 56 米，可以吊起 6 吨至 8 吨建材，是个大力士。令人赞叹的是，物流园区内已建成 22 万伏变电站，变电站周边耸立着十来座直插云天的高压线电力铁塔。这些供电的大力士和塔吊大力士，欲与天公试比高，好像在暗中较量，在诗人看来，又像是半空中的一组五线谱。毫无疑问，这里正在演奏一曲响彻云霄的"率先跨越，宜居荔城"的时代交响乐。区委书记胡国防说，荔城区将打造港城现代商贸物流中心。这里是全省十大物流园区之一。新度镇党委书记说，我们将打造千亿元物流园区，也就是说，商贸物流园区建成投入使用后，一个园区的产值，将是现在全区生产总值的 5 倍。

有的读者可能会问：这可能吗？有根据吗？问得好！刚听区情介绍时，笔者同样有疑问，但深入实地采访后，疑虑顿消。

首先，我们来看看物流园区的区位优势。打开地图，可以发现，荔城区新度镇位于莆田的中部，是壶公山所在地，处于木兰溪下游。换言之，新度是市区至秀屿港、东吴港的交通要冲，对于建设"宜居港城"具有举足轻重的作用。值得注意的是高速公路、火车站出口在黄石和新度之间，新度的凌厝是站前片区黄金地段之一。镇领导说，"十二五"期间，新度将围绕"一心两岸三园"的发展目标，科学发展，实现新跨越。区政中心在阳城，两岸指北岸玉湖陈与南岸荔新区，三园即商贸物流园、文化事业产业创意园、壶公山生态旅游产业园。

为此，新度正在积极推进基础设施工程建设，在商贸物流园区内，拟新建一号路、二号路和壶公路。壶公路的建成通车，将把城港大道、荔港大道和涵港大道连接起来，届时，从荔城区到福州、厦门以及秀屿港、东吴港的交通将更加便捷，物流将更加畅通快速。同时拟新建一座横跨木兰溪的大桥——明珠桥，把北岸的玉湖陈与南岸的荔新区连接起来，天堑变通途。

有了电，有了路，水呢？自来水够用吗？笔者直截了当提出问题。原来市第三自来水厂也在新度，这个片区将成为新度乃至整个荔城区和莆田市的文化、教育、科技、医药卫生的事业产业创意园区，让更多的市民（含农民）共享改革开放成果。

莆田流传着两句优美的诗联："壶公山下千钟粟，延寿桥头万卷书"。这两句诗，准确地诠释了"鱼米之乡"、"文献名邦"的富饶和深厚文化底蕴，体现了莆田人的文化自觉和文化自信。而且壶公山和九华山的景点，即"壶公致雨"和"九华叠翠"均在荔城区内，莆田南洋与北洋大部也在此区域，可以说，荔城区占据了吾莆形胜之地，得天独厚。地灵人杰，信然？

"山不在高，有仙则灵"。史传陈仙于秦末汉初隐居于陈岩

（延寿溪北侧，九华山麓），此山故名陈岩山。整座山古木参天、郁郁葱葱、峰生九座、簇拥如莲，故又名九华山、笔架山，莆田二十四景的"九华叠翠"由此而来。陈仙乃陕西颍川郡人，因避秦乱，云游南下，在陈岩山中结草为庐，隐居静修。陈仙点石出泉，井深三尺，径二尺，泉清甘洌，万人共享，永不枯竭。日前，笔者与友人寻访至此，该井（名淘金井）在焉，井边有刘克庄当年的题诗："昔闻淘金井，今尝仙公水，身心俱清净，不知我是谁?"相传陈仙常到壶公山会晤胡仙，切磋玄机，布道行医、济世救人，被世人誉为"仙公"。有一天，陈屈指一算，直奔九华山顶，羽化成仙。至今九华山仙公尾已成游览胜地，旅游者、睡仙梦者络绎不绝。仙公尾托梦，世人说与九鲤湖一样灵验。九华山在莆之西北，壶公山在南面，两山遥相呼应。世代相传，吾莆老百姓对陈、胡两仙，对两山一直怀有敬仰之情，乃至说看见壶公山会聪明，仙公托梦灵验无比等。

上个世纪80年代初，笔者在原莆田县（辖二十六个乡镇）任政府办副主任时，到新度（当年叫渠桥公社）下乡当"工作组"，"蹲点"几个月，走遍新度的山山水水，与壶公山麓这块黄金宝地结下了不解之缘，幸甚。当年我们工作组抓甘蔗种植面积落实，因为莆田糖厂异军突起，效益好，农民增收。当年莆田糖厂修了一条小铁路，直达新度，方便庶农运送甘蔗。此外，孵小鸡、编草席、养蜜蜂、铸铁锅、养种猪等副业红红火火。当年在马路和乡间小道上各种车辆川流不息，新度的农副产品是通过这些车辆运往各地的，这些可视为当年特定时代的物流吧?

当年，新度青宅村民曾带领我们由青宅后山，步行登上壶公山顶，并在青宅拜谒香山宫。这是为纪念钱四娘而建的。长期以来，人们一直说钱四娘是长乐16岁的女子。近日，一份乡土资料认为，修建木兰陂是蔡襄首倡助推的，当年第一次建陂时，得到长乐首富钱氏家族的大量捐款。蔡襄的二媳刘四娘和三女香儿在家乡管家事，毅然挑起筑陂重任，当时香儿年方16岁，于是用钱四娘的名义带领大家筑陂。同年八九月间，连降暴雨，特大洪水铺天盖地压来，冲毁了陂，也卷走了香儿和守堤吏民。三天后，香儿的躯体漂浮到横山山麓，香闻数里，莆田人民感其英烈，设庙以祀，定名香山宫。这位乡土专家说，北宋元丰六年（1083年），经当时先后任宰相的蔡京、蔡卞、陈俊卿的努力，一座恢弘的水利工程得以大功告成。回眸历史，我们应该感谢长乐钱氏家族、侯官李氏大户以及莆阳14大户的捐资献地之举，感谢巾帼英雄刘四娘、蔡香儿以及为修建木兰陂作出贡献的人们。但木兰陂石碑上只字不提蔡氏。刘克庄曾感叹说："呜呼！千载之下，岂无蔡邑兮有感斯碑。"

史传千年之前，莆阳得道高僧妙应禅师偈云："白湖腰欲断，莆阳朱紫半；水绕壶公山，此时大好看"。有乡土专家认为，前两句说的也许是阔口的熙宁桥。后二句说的是千年之后的今天。荔城区拟建的市第三自来水厂，也许正是"水绕壶公山"的大手笔？北岸玉湖陈与南岸荔新区，拟建明珠桥，是否又是"白湖腰欲断？"加上壶公山生态旅游产业园打造成功，无疑，新度镇将成为莆田市经济、社会、文化发展的新亮点、新增长极。或曰新度将成为一个交通枢纽、物流中心。

物流园区占地1000多亩，荔港、城港、涵港大道从园区周边通过，又毗邻莆田工艺美术城、鞋服城，物流园区内已有十来家知名企业落地，其中有海峡国际商贸城（ECO城）、央企国药恒生、红星美凯龙仓储、中闽医药仓储、鹭燕医药、湄洲湾国际家具城、国货仓储、贵宝斋、兴胜工艺厂、新美公司总部大楼等。陪同考察的镇领导强调说，物流园区的仓储要求一类型的，即无污染、无干扰，严禁危险品。善哉，物流园区！

笔者手头有一本占地718亩的ECO城的分类规划图。据介绍，ECO 城的意思即生态、绿色、健康。这个健康产品交易平台，将全面对接少数民族地区特色资源，台湾地区、东南亚中医产品及健康保健产品的进出口业务。拟建设高科技、企业化运营的交易广场、中心交易大厅及配套服务设施。其中，首层有两个特色主题馆：西藏馆与新疆馆，建立西藏特色健康产品及藏药的展示、交易中心，设立新疆特色干果产品馆。

ECO 城的主题词是养生旅游，最大亮点是中医药文化创意博览园，园区乃"全球第一个以发扬中医药文化和药用植物为景观配置的百亩中医药文化创意博览园"，人们在游览过程中可以了解中医药文化，增加中医药知识。进入游乐园，可在神农谷中实地学习辨认各种奇花异草——中草药也。也可在杏林广场，呼吸由《本草纲目》中树木花草散发出的新鲜空气。游客入园时可通过电脑软件及专业中医师检测后，选择对应路径，路旁设置对应药用植物、食疗处方、运动方式，给你以温馨提示。园区中所见的花草树木，可能均具有药用价值。因此，这里是个药博园。这是一个弘扬中医药文化、传播中医药知识、健康理念、养生思想，融合互动体验等多位一体的展馆。

中医药文化创意博览园已列为国家中医药事业发展"十二五"规划重大专项研讨项目。这里将落地 4 个国家级项目：中医药文化国际合作交流基地；中医药文化国际传播基地；中医药文化祖国大陆台港澳青少年教育基地；祖国大陆台港澳中药材电子交易平台。

与此联动的还有会展酒店，定位为"莆田市首个国际会展中心"。由加拿大 B＋H 建筑设计师事务所与 ECO 城设计师团队进行数十次研讨，最后敲定方案建筑面积近 5000 平方米无柱式会展主厅，其亮点是屋顶全中药材景观绿化。

商务办公楼，规划图中有四栋，据介绍，这里将"集办公、会议、商务、宴请、休闲娱乐、购物等功能为一体，打造国际级一站式商务生活配套的全新商务办公模式",努力造成"超甲级写字楼"。

生态居住,是ECO城5大业态联动之一。业主承诺,打造"中国首席健康养生居住区",其特点也是将药用植物融入园林景观,社区将建设先进健康绿色低碳的新环境,社区内设有健康咨询及管理中心,为居民建立健康档案,并享受中国东南最大健康管理中心提供的终身养生护理。笔者赞叹:善哉!

这个项目在国内外的战略合作伙伴有:中建国际(深圳)设计顾问有限公司;广州棕榈园林股份有限公司;加拿大B+H建筑设计师事务所等8家单位。

笔者关心这个ECO城的项目进度。工程总监简要作了回应,递给我一份详细资料,资料显示:2012年5月,ECO城北京新闻发布会将在人民大会堂举行,SOHO开盘,接待中心开放;11月,召开海峡两岸首届中医药文化旅游节暨中医药文化养生高峰论坛;12月,中医药文化博览园完工,ECO城台湾新闻发布会召开。5月开放的接待中心以海上游船为造型意向,以浓密灌木为背景林,四季时花铺满通道,别具风格。笔者通过走访,查阅资料后发现,ECO城的创意,标新立异,为人们前所未见,此举对于发展繁荣中医药文化,促进祖国大陆台港澳的经贸文化交流将起到积极作用,并产生深远影响。

经济效益如何呢?这是大家普遍关注的。资料中如是说:"横跨生态产业、大型商业、养生旅游业领域的ECO城,将通过三种业态的资源共享和互动,汇聚更多的人流、物流、商流、信息流,推动三大产业链发展,引导民资,年利税总额将过10亿元,年交易额突破150亿元,解决就业1.5万人次。"

新度镇领导自信地说,我们将把莆田商贸物流园区建成:成为立足莆田,辐射周边市区的商业物流中心;覆盖海西,辐射中西部、对接台湾的商业物流中心;贯通全国,面向国际的极具活力的贸易物流园区。

园区的基本功能包括商品交易、仓储、配送、货物集散、流通加工、信息服务等。延伸功能包括会展、展销、供应链管理服务、金融保险服务、物流地产、生态健康旅游观光等。

目前，园区内占地460亩的莆田工艺美术城已于2008年5月1日全面开业，已有上千家企业入驻，年交易额达5亿元以上；占地310亩的莆田鞋业服装城已于2009年12月28日开始运营，入驻商家近900户，年交易额达20亿元以上。除ECO城外，今年安排动工建设的还有建材家居城、国药及鹭燕医药物流、国货仓储物流配送中心等项目，共占地248亩；还有许多知名企业预约项目，总投资约38亿元。这个商贸物流园的建成，必将成为荔城区乃至全市科学发展、跨越发展的新引擎，或曰经济发展的新增长极。

面对壶山兰水，面对荔城这块黄金宝地，笔者情不自禁，思接千载，由古到今，由远到近，由彼及此，由表及里，忽然茅塞顿开，觉得这个项目决策得好，这是一曲科学发展、跨越发展的荔城交响乐！美哉！

妙应禅师在天之灵有知，会感叹始料不及吧？仙公应无恙，当惊世界殊！

金潮银浪报春来

王 斌

　　早春，油菜花开了。金黄色的波涛一波一波涌向前，消失在田野的尽头。车子穿行在从黄石去往北高镇的路上，像在清朗明丽的花海中飞翔。北高，宛如一幅铺展开来的诱人图景，又似一颗璀璨斑斓的硕大明珠，在我的眼前熠熠发光。站在这片土地上，我仿佛触摸到了她的心跳与脉搏。

　　都说全国经营珠宝首饰的 10 个人中，有 9 个是福建人，其中 6 个是北高人。北高镇在外的金银首饰加工企业有 1000 家，从事这一行业的人员达 3 万多人，每年为家乡挣回加工费 2.5 亿元，北高镇从事黄金首饰的规模企业 7 家。北高镇因此赢得了"金匠之乡"的美名……

一

　　在北高镇镇政府，我见到了镇主官黄国安。40 开外的黄书记，一身休闲服，一张和善的国字脸，递烟斟茶水，待人热情。对于北高镇的镇情，黄书记了然于胸。

　　北高镇位于荔城区东南沿海，全镇面积 54 平方公里，总人口 10.5936 万人。2011 年，全镇工业产值 11.6 亿元，规模以上企业产值 10.5 亿元，农民人均纯收入 7190 元。其中，因地缘地貌自然形成了两块各具特色的经济区域：西片以北高村为中心，水资源丰富，土地肥沃，农民收入以农业为主，主要副业有建筑业、石材加工、石雕、草竹编、机砖烧制；东片以埕头村为中心，以传统特色产业——金银珠宝首饰加工业为农民的主要经济收入来源。

政府有关部门清醒地意识到：产业的发展要体现聚集的理念，北高镇民间资本雄厚，大力扶持这一产业，激活民间资本发展股份制企业，既富民，又强镇。值得一提的是，埕头村党支部积极发挥带头作用，组织和发动外出党员开展"带一批农民，富一方乡亲"和"结对子、一帮一"活动，举办珠宝加工技术培训班，以传统金银加工业的优势，通过"走出去、请进来"，内联外引，转型升级，走集约化经营之路，在埕头村的中心位置建立了"金银一条街"。埕头村的辐射，引发了莫大的效应。

在政府的积极带动扶持下，北高镇的民间资本日益壮大。金银珠宝首饰加工业已成为北高镇的支柱产业。目前全镇从事这一行业的人员达 3 万多人，遍及全国各地，控制着庞大的资金和批发零售资源，全国 1/3 的珠宝首饰店是北高人开设的。据估算，2011 年全镇创造的销售额不少于 800 亿元。就拿埕头村来说，金银珠宝交易市场店铺林林总总，加工企业 300 多家，从业人员 1.5 万余人。产品涉及项链、戒指、民间传统饰品等，年交易额达 20 多亿元。华昌、鑫石、金嘉利、加利、国美等数十家知名企业和批发中心入驻，整个市场初步形成了以首饰加工和批发为产业龙头的金银珠宝加工产业群。

有品牌才有市场。北高镇的华昌珠宝获得中华老字号品牌和中国驰名商标荣誉称号；上得利、加利、华兴获得福建省名牌荣誉称号；华昌、上得利、加利、华兴、凌志、金威、金嘉利、雪峰获得福建著名商标荣誉称号。

二

听了这一番绘声绘色的介绍，我不禁连连叹服。但忍不住问了一句：镇里下一步的招呢？

黄书记接过话茬说，从区位和交通优势上看，向莆高铁的建设，给莆田注入了活力。莆田与长三角、珠三角等中国消费能力强的区域可形成当日往返的4小时经济圈，时间与运输成本最佳。这种发展的态势促使我们加紧出手，一是策划打造更大的平台，规划创建"莆田国际珠宝首饰产业园"，打造研发、生产、销售一条龙基地。二是做好引导服务工作。北高镇相当一部分人在外加工、销售黄金珠宝首饰。这就需要我们定期派人到全国各地走访宣传，利用农村传统节日的机会，召开座谈会，以优惠的条件，热心的服务，吸引民资回归，在产业园落户，同时积极申报"中国黄金珠宝之乡"，用心汇智创品牌，注册更响更亮有创意的商标。三是向上请求在相关的职业技术学校，开设珠宝首饰专业和培训班，为发展提供人才保障。四是规划建设名贵玉石等各种原材料交易市场，为产业发展提供坚实的原材料保障。五是加大宣传力度，宣传优秀企业和人才，增强在外莆田籍企业家返乡创业的信心。

三

带着探寻的目光，我来到了埕头村黄金交易市场。

这里，已不是宁静的村庄，攒动着令人振奋的商潮。栉比鳞次的经营黄金珠宝亮丽的店铺，黄金、钻石、珍珠、宝石和玉石，在珠宝橱窗里，静静地展现耀眼风华。我被一种颜色与气派的雍容华贵包裹着，让我解读的故事实在太多……

埕头村黄金首饰业的发展可追溯到福建省莆田市金威首饰有限公司（以下简称金威公司）。接待我的是公司董事长叶清星。看不出他今年刚好 50 岁，谈吐儒雅，人也精明，待人热情。回想起创业走过的路，他感慨万千。他父亲叶金恩，新中国成立前就从事金银加工，是埕头村加工金银发源地的创首人之一。因为当时家境穷，19 岁的叶清星只念到高一便辍学了，跟着家父学打"金"手工艺。1979 年出外到广东等地"打金"，为了节俭，晚上就住一夜三元的小旅店，每餐只用 1 至 2 元的便饭。历经几年的打拼，练就了吃苦耐劳的意志，积累了一些经商经验和一定的资本，也让精明的叶清星捕捉了商机。于是，他与同乡翁文炳强强联手，筹集资金 300 万元，于 1999 年 9 月在家乡创办了金威公司。公司专门从事珠宝首饰的研发、设计、生产、批发、销售及进出口业务。产品涵盖黄金、铂金、钯金、玉器、宝石、镶嵌等各类珠宝首饰。

"细致、卓越、恒久"是金威公司经营发展的理念。金威公司积极打造一个"JW"品牌的首饰世界，及时更新生产设备，利用先进的生产技术和生产工艺，生产出一系列精致、美观、高雅的首饰品。同时，注重拓展销售空间，实施品牌加盟、联销经营、售后服务的策略，并利用现代化的网络管理，在北京、深圳、济南、广东等地设立品牌运营、配货中心，使产品运转快捷、安全。就 2008 年来说，金威公司产值达 1.4251 亿元，纳税 219 万元，纯利润 512 万元。目前，金威公司拥有现代标准化厂房、行政办公大楼和综合生活楼，并选址莆田工艺美术城作为金威公司首饰产品的展示平台，占最佳位置面积就达 800 平方米。

叶清星和许多企业家一样，富了没有忘记回报桑梓。村里有兴办公益事业，如铺路安路灯之类的，叶清星都踊跃捐资，还乐于扶贫助学。这些事，在他看来都是积善积德应该做的。

事实上，在北高镇埕头村，满村尽是"黄金铺"。在埕头村的街道两侧，前门店后厂坊式的大小金银饰店挤挤挨挨，不时传出小锤子"叮叮当当"的击打声。在"美兰银饰"店，我看到店主郑国武刚接完江苏一客商的电话，忙里偷闲坐在板椅前泡起功夫茶。我上前与他聊了聊，便知道37岁的郑国武两年前在亲友的资助下开了这家店，主营批发手链手镯等银饰。郑国武说："我就近从镇上取货，再批发给江苏客商。现在每月平均交易额达300万元，每年赢利也在百万元。经营银饰品让我脱了贫，日子过得十分惬意。"

四

怀着一份好心情，我来到了位于北高镇栏山村的莆田市永恒珠宝有限公司，只见公司正在新建几幢大楼，虽说建在山坡上，但与原有公司的建筑布局连为一体，颇为壮观。原有厂区按照功能划分为研发部门、生产部门等。在标准厂房里，以生产流程工艺划分为选玉、超声波、雕刻、抛光、金镶玉、包装等车间，技术工人在各自岗位上一丝不苟地工作。在来访过程中，时不时有来自各地的珠宝商前来洽谈业务、购买珠宝等。

公司负责人如数家珍地作了介绍。公司厂区占地180亩，有9幢标准厂房、实验室、生产车间等，开设13条生产线，有生产工人近500人。这里生产出来的金镶玉等珠宝首饰通过公司设在北京、广州、深圳等批发网点，销往全国各个零售店和加盟店。其中，该公司最早的市场开发点深圳市罗湖区恒星珠宝行，月销售额达3486万元。广州市荔湾区恒星珠宝店是广州地区最大的金镶玉批发网点，月销售额达2400万元。公司负责人说，这些销售业绩都是得益于公司致力于打造"永星珠宝"这个品牌，将研发、生产、销售一体化，产品新款、独特、精美，深受国内外消费者的青睐，产品一路走俏。

当然，企业的生存与发展在于品质与创新。恒星坚持多年的专业镶嵌之路，才摘取"镶嵌世有"之头衔。其实，有品位的人，都会把一种挚爱镶嵌于心。金镶玉、玉镶金，再加之新开发的玉镶玉工艺，金与玉完美的结合，金昭示着财富，玉象征着内涵，二者的融合诠释了美好的祝福。恒星注重文化传承，把传统文化与时尚元素有机结合，打造出众多气质与内涵兼有的产品，高雅中不失贵气，祝愿与念想尽在不言中。

"一直被追赶，从未被超越"，意味着什么，意味着直面竞争，市场竞争日趋激烈，为了使企业稳健发展，恒星一点不含糊，而是聚心智重磅出击。恒星管理层十分注重产品研发，高薪聘请一批高科技人才，专于研发，平均每天都有10多种新型款式逾1万枚新品在展厅呈现。那就进展厅看看吧。偌大的展厅，上万件工艺精湛、款式时尚前卫的各种首饰在灯光的衬托下，熠熠生辉，金碧辉煌，炫耀着它的光芒，给人们以视觉的盛宴。

如今的北高镇，我只是以"金威"、"恒星"为例，倘若还要触笔"加利"、"金嘉利"、"恒苑"、"至尊"、"鑫石"……那难免显得冗长。不管怎么样，一组采访、一段记录、一种颜色都会给我的思绪以很大触动。回想去北高的途中，我看到田野上一片黄澄澄的油菜花。每一朵花是谁的名字？每一缕芬芳是谁的眼神？花开无声，色彩炫目。我顿觉那是满地黄金漫过来，将给北高人带来一路黄金一路福……

北高的明天会更好！

"玉雕村"传奇

王晓岳

一

木兰溪是莆田的母亲河。

在木兰溪入海口的南岸，有个称作惠下的自然村，它和惠上自然村合称惠洋村。这座再普通不过的村庄就是莆田农村的一个缩影。

惠下村距兴化湾不到 2 公里。这座临海的乡村"文革"期间人口已过 4000。人多屋多自然侵蚀耕地，从谷城山遥望惠下村，低矮的土坯房、砖瓦房一座挨着一座，如同退潮时海滩上的小螃蟹，满地都是。村民叹息，"只见房子不见地，让人咋活！"外地人不禁会问，靠山吃山，靠海吃海，惠下村傍着兴化湾，为何不以打鱼为生？

惠下村的老人们便会解释道，兴化湾是内海，经千年淤积，滩广水浅，难得捕鱼，这是其一；其二是，旧时渔民被看做最低贱的穷人，岸上的乡民也不愿与渔民家儿女通婚。惠下的村民只好以木工为生。因此惠下村祖祖辈辈薪火相传的是木工手艺，盖寺庙、打家具、做仿古样样颇有名气，是座以木工出名的乡村。

上世纪末至本世纪初的 10 多年间，惠下这座"木工之村"逐渐演变为玉石加工专业村，全村 5600 多位村民竟有近 3000

人在广东肇庆的四会市等地雕玉卖玉，做起缅甸玉的营生。近几年，数百户农家拆掉了楼房，新建了一座座别墅。如今，残存的土房、乍富时盖起的楼房以及新建的别墅群，参差不齐地竖立在兴化湾畔。每当春节前夕，在广东四会做玉石生意的师傅们便拖家带口地回到故乡过年，100多辆汽车排满了惠下村的水泥路面，一时间惠下村成了轿车博览会。惠下村靠玉石加工业致富，成为莆田最富裕的乡村，于是惠下便有了"玉雕村"的美称。

二

采访惠下村那天，海风阵阵，细雨绵绵。春节前夕，村中的企业家捐资将原先4米宽的水泥路面扩建为8米，那天路上无车无人，显得格外空旷寂寥。陪同我采访的小林说，春节一过，青壮年都去了广东四会，那里有他们买下的房子和工厂，老婆孩子也都跟去了，现在的惠下村只剩下"一二一"了：一家一幢楼，楼中两老人，养着一只狗。

惠下村支书吴国文在村委会二楼接受了我的采访。吴国文是位年过花甲的老人，热情爽朗，不待我发问，便一股脑儿地把心里话都倒了出来："没有改革开放，惠下村哪能乌鸦变凤凰！惠下村靠玉石加工业由穷变富，前后不过15年，现在一年人均产值近2万元，是黄石镇的首富村。重要的是惠下村已是声名鹊起、誉满中外，成了响当当的一张名片。"

"惠下村还有穷困户吗？"我问。

"这正是我要说的，惠下走的是一条共同富裕之路，2007年莆田荔城区在广东四会成立了玉器同业协会，没法去广东四会从业的农户可以通过协会搭股，每年搭股收入也有一二十万元。这样一来，不仅带动了全村，而且带动了惠上村和整个莆田市，现在惠上村有 1500 多人，莆田市有 8 万多人在广东各地从事玉石加工业，玉石加工产业成了莆田的富民产业。"

吴国立说到此处，递给我两份材料，一份是电脑打印的新闻通稿："惠下村民用玉器'琢'小康生活"，另一份是手写的资料："惠下村玉器行业概况"，然后说道："中国有句老话，吃水不忘掘井人。在广东四会打下玉器加工业天下的吴庆生就是掘井人，最应该采访的是他。"

三

吴庆生在莆田荔城区工艺美术城的办公室里接受了我的采访。

年届五旬的吴庆生面容敦厚，语调舒徐，一边泡茶一边诉说往日的经历：

"我走进玉石行业，纯粹是命运的安排，这次人生转折是个偶然。我祖上都是木工，世代传承，只有一种活法。我 12 岁跟父亲学雕花，所谓雕花就是木工中的雕刻。两年下来，浮雕、圆雕、透雕、线雕一应技法都烂熟于心了。1976 年，我 14 岁，有了体力，学做木工大件，从莆田做到福州，给省外贸做了一阵子仿古家具。

"1976 年是我人生的第一次转折。那年歉收，夏收后我家 7 口人，才分到 7 斤稻谷。家里上有奶奶和父母，下有两个弟弟一个妹妹，大弟当年才 8 岁，如果说外出讨饭，理所当然是我。我跟父母亲说，困在家里，早晚都会饿死，现在是少一张嘴就多活一个人，你们给我 10 块钱，让我闯天下去吧。

"拿着这张带着妈妈眼泪的钱去向何方？我很茫然，脑子里只记得父亲的一句话，奔富的地方大的地方才有活路。

"第一站乘公交去了福州，花掉 2.35 元，心痛得掉眼泪。

天擦黑时我上了福州西去的火车，快天亮时，火车停在了一个大站，我醒来一看，嗬！这么多路灯，明晃晃的一片，肯定是个大地方，便跳了下来，一看站牌，写着'晒口'。在站台上我看到许多戴着矿工帽的工人在吃早餐，馒头、油条，我心里想，真富！这时，听到一个人讲莆田话，凑前一问，是莆田常泰镇人，因常泰修东圳水库，移民来到邵武晒口高峰农场。

"我问，能带我去高峰农场吗？有口饭吃就行。他问我会干什么？会做木工，我说。这是我遇到的又一位好心人，他把我带到了高峰农场的阿朱家里。阿朱原先也是木工，因为农场职工干私活就是走资本主义道路，是要挨批斗的，所以木工工具都闲在家里。我给他打了一整套的家具。

"高峰农场的职工见我活干得精细，排着队邀我打家具。那时心里只有家人，我打的家具只换粮票不收钱，一张方凳能换3斤粮票，一张圆桌能换35斤粮票，80厘米×45厘米的杉木箱换40斤粮票，一套家具竟能攒下几百斤粮票寄回家里。当时，1斤粮票再贴0.13元就能换回1斤大米，我在高峰农场苦干了8个月，救活了一家人。

"人说经历就是财富，这段人生经历让我懂得了两个道理，一是人活着得有感情，穷帮穷，亲帮亲，这就是最美的人性；二是能让他人共享你的收获就是人生的价值。后来，这两条道理成就了我的一番事业。"

在高峰农场8个月后，吴庆生被父亲召回，跟着父亲在涵江做了5年的木工。5年后的吴庆生20岁，变成了一个帅气英俊的后生。这一年他又干了两件让家人震惊的事情。

第一件事是娶黄石镇东洋村五保户郑某的养孙女邹冬梅为妻。邹冬梅的父母是台湾人，1949年来祖国大陆旅游，因战火滞留莆田，后被东洋村郑姓五保户收养，因无人能证明邹氏夫妻在台湾的身份，几十年来邹氏夫妻及其子女皆无户口。1982

年时，这是很严重的政治问题，吴庆生却认为，没有户口不是邹冬梅的罪过，冬梅人好、对我好，有这两条就足够了。他不顾整个家族的反对，毅然与邹冬梅结为夫妻。

第二件事是婚后到福州鼓山脚下的樟林镇后屿村办了个寿山石加工厂，雇了当地9位寿山石技师，做起了寿山石生意。

一位有着10多年经验的木工师傅忽然转行扑进寿山石行业的商海之中，全家族的人都为他这种"莫名其妙的折腾"捏一把汗。然而，吴庆生心中有底，因为他掌握了木雕与石雕的共性，敏锐地看到了寿山石行业的前景和商机。

从1982年到1989年，吴庆生的寿山石生意红红火火，大部分寿山石雕卖给台湾商人，部分石雕放在福州一家寿山石商店中展售。一年净赚三四万元。当时的万元户被称作先富起来的能人，吴庆生竟能赚出三四个万元，同行都觉得好生了得。

四

深秋是福州最美的季节，暑气已去，秋高气爽，北方已落叶萧萧，福州却繁花似锦，草木葱茏。1989年深秋的一日，香港美美玉器发展有限公司总经理罗吉昌秋游鼓山后乘兴逛五四路上的寿山石商店。怎奈去了十几家商店，见到的均是匠人的雕品，却不见让人眼前一亮的艺术作品。若有所失的他信步来到一家名曰"艺宝斋"的寿山石商店时，一件芙蓉石的佛祖雕像和一尊杜林石的观音雕像让他两眼放光。后来，他对吴庆生说起当时的感受："看一眼就让我记在了心里，因为它是用心打造的作品，所以佛祖和观音都洋溢着暖人肺腑的感情，这就是艺术作品和单纯商品的不同之处，艺术珍品形神兼备，有着强烈的感染力。"

这位香港来的总经理对店主说："这两件佛像我要了，但务必让我与作者见上一面。"翌日，罗吉昌见到了这两件佛像的作者吴庆生，两人相谈甚欢，算是交了朋友。以后数日，这位经理又多次走访樟林寿山石市场和吴庆生设在鼓山后屿村的寿山石加工厂。大约一周后，罗吉昌再次来到后屿村，郑重地对吴庆生说："我是代表香港美美玉器公司来福州选聘人才的，我们公司在广东四会办了一家玉石加工厂，请你去当厂长、总经理兼任艺术总监，皇冠专车一部，月薪1万港币（当时相当于人民币1.3万元），合同签5年，如何？"

吴庆生说，我当时就爽快地答应了，我思忖：樟林后屿是个小码头，广东、香港才是大港湾，人得往高处走；再说，窝在后屿一年才挣三四万元，还不如去广东四会一个季度挣得多。

待吴庆生抵达香港美美公司设在四会市的玉石加工厂后才知道，这是一家亏损企业，30多位技工单纯生产玉石手镯，仅当年（1989年）1—8月份就亏损80多万元。

是年，吴庆生把大弟二弟和多位亲戚带到广东四会，工厂由32人扩展至77人，主攻缅甸玉中的摆件。他们设计雕琢的观音和佛像拿到香港大受欢迎，仅仅三个月就弥补了先前的亏损，而且有了盈余。

去广东四会的第二年（1990年），吴庆生又从惠下村带去30多位木工师傅改作玉雕师傅，全面开发玉器的摆件、挂件和饰件。吴庆生认为，所谓传承，是继承基础上的一种超越，说白了就是吸取精华，不断创新。精华是什么，就是精湛的雕刻工艺；创新在何处？就是巧妙的构思。摆件雕刻不仅从观音佛像扩展至传统人物、历代美女，更在于造型的优美和神态的刻画；挂件设计不仅在于飞鸟奇兽、鱼虫花卉的巧色利用，更重要的是赋予它们人性化的感情。如此一来，吴庆生指导雕刻的作品大都成了活灵活现的佳作，如观音东渡，不仅白衣飘飘、祥云福照、栩栩如生，而且散发着慈悲为怀的母性。再如用紫罗兰玉石精雕细刻的梅兰竹菊，乍看争奇斗艳，细细观赏，让人感到眼前就是一个明媚绿雅的世界。吴庆生工厂的玉雕在香港、广州、东南亚一带走红，吴庆生本人的作品被竞相收藏，很快出现了一件难求的局面。

五

吴庆生笃信"言必信，行必果"的人生理念，说到做到，从不反悔。他与香港美美公司的所谓 5 年合约只是口头协议，并无文字契约，但他诚心诚意地做满了 5 年。

1995 年 7 月，吴庆生对香港美美公司的老板说，我要办厂。老板说，你已经坐上了广东玉雕师傅的头把交椅，还用再闯天下？你不要离开美美公司，工资照拿，另外给你10%的股份。

吴庆生的父亲也出面相劝，创业是有风险的，你重打锣鼓另开张，就是跟美美公司竞争，天下最精不过广东、香港人，你干得过人家吗？

吴庆生说，莆田穷，咱家最穷，坏到头也不过是再当穷光蛋，我认死理不回头的脾气怕是改不了啦，您就容我试试吧。

1995 年 8 月 1 日，吴庆生离开美美公司，走上了又一次创业之路。其实，吴庆生这次人生转折是经过深思熟虑的。

吴庆生认为，改革开放已经走过了 17 年的光辉历程，广东百姓追求的不再是温饱，而是更高的生活品位。玉石文化是中国的传统文化，《论语》中就有孔子论玉十一德的篇章，"夫昔者君子比德于玉焉，古之君子必佩玉"的名言已广为人知。经过多年的积淀，中国早已成为玉器之乡，佩戴缅甸玉器，收藏翡翠玉雕作品已成为很多民众的爱好，缅甸玉雕有着极为广阔的市场需求。而吴庆生的名字已声名远播，他与普通师傅的差别在于"创新"。"创新"是玉石价值的放大器，也是吴庆生敢于创业的制胜法宝。令吴庆生更有底气的是广东省眼界宽、政策好，广东各级政府部门有个共识：先旺丁，后旺财。意思是说，只要能留住了人，不怕没有了聚宝盆。所以，凡在广东玉石行业创业者，贷款从优，免税三年。

成功往往来自不满足，天时地利人和样样具备，这样好的环境，这样好的市场让吴庆生的"野心"按捺不住。

实践证明，吴庆生的理念和决策是对的，从1995年底到2005年的10年间，他在四会市开办的隆昌玉石雕刻厂由1个发展到6个，从选料、开片，到设计、雕刻、销售一条龙，成为上下游完备的一家龙头企业，带动了四会市玉器产业的快速发展。2005年时，四会市玉器加工业年产值已近100亿元。

这10年中，他把惠下、惠上村的农民一批又一批地带到广东四会，这些人先当徒弟后当师傅，然后学着吴庆生的榜样，自己开办工厂。他们又一批批地把荔城区的农民以及莆田市的农民带到广东四会。截至2005年，四会市玉器行业从业人员已有15万之多，而莆田人占到了一半多。这些莆田人初来四会市时两手空空，每一个人的希望都很朴实，有的希望能为儿女攒够学费，有的希望一周能吃上两次肉，有的希望翻修房子，少数人敢想买部车子……他们中的绝大多数没有失望，从广东四会起步，一步步走上了康庄大道，如今，这8万子弟兵中，几乎每张面孔都镌刻着未来。他们打心眼里感谢吴庆生，亲切地称呼他"老大"，因为他是莆田人在四会市成立的行业协会的会长，又是广东省玉器协会的常务副会长，更因为他是领路人。

四会市同样感激吴庆生，因为在吴庆生到达四会市之前，四会市只有几家传统的手镯加工作坊，不成气候，不成市场，就连香港美美公司开办的加工厂也濒临破产，是吴庆生带领莆田人创造了全国最大的玉器加工基地和全国最大的玉器批发市场，玉石加工产业已成为四会市的第一支柱产业。至今，莆田人仍占有四会市玉器市场中的摆件市场80％的份额。

四会人是讲感情的，行业中的人尊称吴庆生为"鼻祖"，市政府对他更是恩宠有加，国务院颁授四会市"玉器之乡"匾牌，让吴庆生代表四会市到北京领取荣誉；四会市将他两个弟弟、两个儿子和孙子的户口都落在四会市，世代农民转身变成了城里人；2003年全国闹"非典"时，四会市几乎与世隔绝，玉石料进不来，货走不出去，银行三个月的贷款眼看到期，数额近亿元却无法偿还，是四会市政府让银行将还贷日期推迟半年，同时将利率下浮30％，化解了危机；是四会市政府给了他许多荣誉、许多帮助，成就了他在广东近20年的辉煌。

六

2005年，莆田市作出民营企业回归家乡的战略决策，市长和书记多次到广东做动员工作。他们对吴庆生说，你是喝木兰溪水长大的，家乡需要你支持。

吴庆生说，树高千丈，叶落归根，这是本分。我提出三条建议，一是定位要准，缅甸玉材，莆田成器，把莆田建成全国最大的玉器批发市场；二是莆田玉器城要面向全国，走向世界；三是玉器行业的贷款需求巨大，离不开拼经济，莆田需要成立担保公司。市领导研究后，很快做出答复：建议很好，全部应允。吴庆生答应将68家莆田人在四会市开的重点企业带回莆田。

消息一经传开，四会市玉器市场像炸了油锅，很多人骂吴庆生忘本，他们说，四会市是你的发家之地，四会市给了你多少恩惠你全忘啦！

四会市委、市政府领导纷纷出面相劝，他们的语言相对温和，四会市委常委、宣传部长说得更加中听，她说，我们四会市六祖寺中的惠能祖师是从莆田来的，你也是从莆田来的，他是祖师，你也是祖师，说明你与四会市有缘分，缘分不能不珍惜呀！

吴庆生觉得他们说得有理，骂得也对，但家乡这头也不能不顾，最终他决定将两个弟弟和两个儿子的工厂留在四会市，孙子已是四会人也留在四会市，他义无反顾地回到了家乡，同时带回约2000人的精英和骨干力量。

2008年农历三月初五，黄道吉日，莆田工艺美术城隆重开业，玉器展区琳琅满目，似乎四会市一半的市场搬到了莆田荔城。当天，广东有位官员微服私访，他正是广东肇庆市市长杨浩民，这位在广东当官的莆田人把吴庆生请到了一家餐馆，两人在一个雅间落座后，杨浩民率先发话："你若是认我这个朋友，就莫把我来莆田的信息告诉别人。"

吴庆生说，那就苦了你市长。

杨浩民说，我就是想来看看，是什么力量能把你吴老大拽离四会市，同时给你递个话，你和68家店主任何时候都可以返回四会市，四会市随时欢迎。

吴庆生问，市长这话什么意思？

杨浩民说，荔城区的人流量与四会市相去甚远，市场的培育恐有困难，老大好自为之吧。

玉石行业大进大出，资金用量十分巨大，然而贷款资金短缺正是莆田玉器行业的软肋。吴庆生回到家乡之后，更加深刻地认识到商场如战场。

商人总是要赚钱的，总想获取更大的利益，这也许是良禽择木而栖的道理；但人是有志向讲感情的，跟着吴庆生回莆田的店主们有着一腔热爱家乡建设荔城的热血，坚守在莆田工艺美术城，他们都期望荔城区也能像四会市那样，创造一个奇迹。

吴庆生知道，荔城玉器城能不能在全国叫响，因素很多，关键之一是人才。2008 年至 2010 年，连续三年，他每年都开办一期玉器雕刻培训班，主要培训莆田籍学员。吴庆生在广东时，每年多次去云南腾冲采购缅甸玉石料，与腾冲职业技术学校校长结下了深厚友谊。这位校长曾向吴庆生问计，他说腾冲离缅甸玉石老坑最近，为什么就建不起像四会市那样的玉器市场？吴庆生说，腾冲缺乏的是人才。所以在吴庆生办的这三期培训班中，期期都有 30 多位来自腾冲技术职业学校的学员。对于腾冲来的学员，吴庆生包吃包住包路费，包学会玉器雕刻主要环节的各项技术。第一期学员结业时，吴庆生送给这些学员每人一块玉料，让他们雕刻一件作品送给自己的父母，算作"毕业论文"。当这些学员踏上汽车返乡时，个个哭成了泪人，有位学员给吴庆生深深鞠了一躬，哽咽着说，吴老师，你是腾冲的恩人，你百年之后，腾冲人给你建庙，世代供奉，你是腾冲的财神。

吴庆生不想当腾冲的财神，也不想当荔城的财神，他说，我的童年充满苦难和屈辱，见到穷苦的孩子总有伸手拉一把的本能冲动，充其量，我是一个造梦者，想为家乡更多的人造梦，想为家乡更多的人圆梦。

莆田媳妇与兴化米粉

汪 兰

从群山环抱的闽北县城嫁到兴化平原，从山城的姑娘变成海边的媳妇，我生命的溪流来了个 180 度的急转弯，就在我还来不及观赏一路上的两岸风光时，望到的却是烟波浩渺的兴化湾。

上世纪 60 年代末，正值"文革"动乱时期。我在兵荒马乱中一路辗转，来到莆田农村，眼前的一切，包括成片成片的荔枝林、龙眼林和甘蔗林，都让我感到新鲜而又惊愕。但是，不敢恭维的是，一日三餐尽稀饭！当年，浦城人和莆田人一样都很贫困，但浦城毕竟地处"闽北粮仓"，城里人一日三餐白花花的米饭还是有的，加上娘家人种点菜，养点鸡鸭，四时瓜菜不断，蛋品也不缺，日常生活还算过得去。但莆田却是个人多地少的缺粮大县，一日三餐全是照得见人影的番薯稀饭，配上一点虾皮、咸鱼。至于浦城餐桌上大盘大碟的青菜，在莆田却成了奢侈品，因为土地金贵，人们种粮都不够，哪舍得种菜！况且，烧饭的柴草还要从十几里外的山上挑回。这种生存状态让我目瞪口呆。家园的支点在哪里？倾斜降临在我心里，看来，我的人生只能任其摆布了。作为新娘子，我不免感到委屈，有时一想娘家，鼻子一酸，眼泪就挡不住了。

好在上帝关上一道门，总会同时为你打开另一扇窗。莆田再寒碜，也有浦城所没有的海鲜和特色风味小食，尤其是白如雪、细如丝的米粉，比浦城的粉干细了好几倍，因莆田古称兴化，故名兴化米粉，简称兴化粉。它价廉物美，一烫就熟，可荤可素，可煮可炒，松软滑嫩，口感极佳。我本来吃饭就慢，它最适合我细嚼慢咽，仔细品尝。每逢中秋、冬至、春节三大节，莆田人家家户户都要上一大盘炒兴化粉，平时招待亲友，它更是不可或缺的头号美味佳肴。

听我公公说，兴化粉是莆田一大特产，它大有来历：早在北宋时期，兴化军主簿黎畛奉命协助钱四娘修筑木兰陂时，为赶工期，抢进度，节省民工做饭时间，就发明了这种用白米加工制作成的细米粉，它耐贮存，便携带，易煮易熟，美味可口，堪称是中国最早的快餐食品了。当年，大理学家朱熹来莆田时，就对此赞不绝口，并赋诗曰："可口欲吞舌，美味实无穷。"此后，民间还流传一首谜语童谣："四角四角方，咸草绑腰间……"其谜底就是兴化米粉。

莆田人真是精明，连米粉这最普通的食品也有这么多文化内涵。难怪我夫君，总以为兴化粉是普天下最好吃的东西。于是，我明白，要做一个合格的莆田媳妇，首先就要学会炒兴化粉；要想做一个优秀的莆田媳妇，更要把兴化粉炒得色味香俱全！

好在我婆婆善烹调。我在帮厨时认真观察，仔细揣摩，竟也慢慢看出了一些门道。一是选料，必须选用带有大米本色即米黄色的米粉，太白的，可能加增白剂，太黑太硬的，则可能渗进廉价的淀粉，口感都不好。二是配料，若素炒，则以小葱、洋葱、豆芽菜、香菇丝、红萝卜丝等为配料，另加优质酱油、味精等；若荤炒，配料则以鲜猪肉丝为主，或鲜海蛎、生蛏、虾肉（鲜干均可），另加香菇及韭菜、芹菜、甘蓝菜或小白菜等青菜。第三，最难，也最重要的，是掌铲炒作时，必须掌握好火候和米粉的干湿度。太干，则易炒焦；太湿，则易炒糊。其秘诀在于米粉下锅前，要先预留一些汤汁，以便在炒作过程中酌情添补。此外，还有一些小窍门，我这里就不多说了。当然，要把理论付诸实践，还要多学苦练，我也是经过反复努力，才慢慢独立掌勺，让全家老小都满意的。

后来，我大女儿远嫁美国，她怀孕时，胃口不佳，很想吃炒米粉。可惜，女婿开车带她吃遍堪萨斯市的中餐馆，也没能吃到她记忆中"妈妈炒出来的味道"。听到她在越洋电话里的埋怨，我真后悔没先教会她炒米粉。于是，过了几年，她带五岁的外孙女回国探亲，我就命她进厨房，仔细看看婆婆和我是如何炒米粉的。有一天，连外孙女也围着灶台看热闹，夫君灵机一动，当即拍照留念，并命题曰：《请看，我家四代女人一起炒米粉！》

然而，说来惭愧，我当了40多年莆田媳妇，不但自己会炒米粉，还教会女儿炒米粉，但兴化米粉到底是怎么制作出来的，却不甚了了，直到这次采风，拜访荔城区米粉协会会长李燕来先生，这才恍然大悟。

李燕来先生家住木兰溪畔的黄石镇西洪村，这是个赫赫有名的"兴化米粉村"，全村生产米粉的历史近千年，声名远播海外，就连东南亚的老华侨，也都知道选购来自祖国的兴化米粉，首选西洪，因为西洪的米粉，最正宗。

李燕来出生于米粉世家。他的父亲李金宗先生，就是村里资格最老的米粉师傅。据说，早在上世纪60年代，他很小的时候，就学会了手工制作兴化米粉的全套技艺。每晚睡到三更半夜，他就要跟大人起床磨米浆，然后一天忙到晚，一共九道工序，其中有不少都是重体力活。然而，等到把半干半湿的米粉成品搬到室外晾晒，要是天公不作美，久雨不晴，米粉晒不干，发了霉，那前头的功夫也就全都泡汤了。

在手工制作米粉的历道工序中，把米浆压干是最耗体力的工序。改革开放后，人们慢慢开始用千斤顶代替石头，而后又用液压机代替千斤顶，大大减轻了劳动强度。其间，李金宗又自主研制出适合兴化粉制作的米粉机,进一步提高了效率。可以说,他是兴化米粉由手工制作走向机械化、半机械化生产的历史见证人,同时,也是推动这一历史进程的开拓者与先行者。

作为米粉世家的新一代传人,李燕来不仅从父辈那里传承了米粉生产的传统技艺,也传承了他们勤劳刻苦的优秀品格和保证质量、诚信经营的理念。与此同时,他又以独到的市场眼光,以初生牛犊不怕虎的勇气和新时代的创新精神,彻底打破原有家庭作坊式的经营模式,走出一条"公司加农户,企业联基地"的新路,在米粉同业率先创建出"农工贸一体化"的现代农业产业化经营模式。2001 年,他在自己的家乡投资办厂,办起了来康家食品有限公司,先后投资 2000 多万元,购进多条标准化米粉加工机械流水线和大型全自动恒温烘干设备,目前拥有标准厂房 3800 平方米,形成年加工大米原料 8800 吨,年产"来康家"牌米粉 8000 多吨的规模,已发展壮大成为莆田米粉民营产业化的龙头企业。

公司成立以来,奉行"开拓创新,诚信服务,以优取胜"的经营理念,成功开发出兴化米粉、新竹粉丝、园心粉丝和长寿手工面等四大系列产品。其中,新竹粉丝是根据台湾省客商要求,按台湾人的口味,以优质玉米粉为原料专门制作的,目前产量已占全厂产量的 10%。由于公司产品十分注重质量,保持兴化米粉的传统风味,敢于在商标下标明"不加漂白粉,不含防腐剂,久煮又耐炒。"以此经受住广大顾客的严格检验,大受好评。来康家公司已连续多年被评为市、区的诚信企业,公司商标已获得省级驰名商标、市级知名商标称号。省农业厅还授予它"省现代农业农产品加工示范企业"的光荣称号。公司各种米粉均通过国家 QS 质量安全认证,不但畅销海峡两岸,还远销东南亚各国。

那天,冒着霏霏细雨,我们来到西洪村,来到来康家食品有限公司，亲眼目睹了兴化米粉机械化生产制作的全过程，其中，我最感新奇的，还有以下三点：

一是整座厂房，所有车间，全都弥漫着一种热烘烘、香喷喷的气息。这是我在参观其他工厂车间时，从未闻到的气息，它散发着兴化平原粮食丰收的气息，充满着莆田农家浓浓的亲情，它让我从心底感到亲切，感到温暖。

二是车间中，有一部分老师傅，系本村村民，从他们胸有成竹的专注眼神，有条不紊的熟练动作中，可以看出他们都具有高超的技艺和丰富的经验。而令人惊奇的是，也有一些新招来的年轻工人，据说，大多是来自云南山区的苗族同胞。众所周知，云南人爱吃过桥米线，如今，却来东海之滨制作兴化米粉，这真是一项奇迹。我问他们生活是否习惯，他们异口同声地说：在这里，我们和老板同在一个食堂里吃同样的饭菜，我们的孩子，老板还出钱送他们上幼儿园，我们感觉这里就和在云南老家一样。寥寥数语，让我想到这家公司采取人性化的企业管理，劳资关系十分融洽，看来，李燕来绝非等闲之辈。

第三，让我最为感动的是，就在厂房的对面，还保留着一间没有工人，不再生产的旧车间，里头摆放着从前手工制作米粉的许多原始生产工具，据说，这都是李燕来从家里，从村里，从荔城各地搜集来的展品，俨然成为一座粗具规模的兴化米粉博物馆。它所珍藏的，正是全莆田人对兴化米粉最直观、最深刻的记忆。

即此一端，又可得知李燕来的确与众不同，棋高一着，他办企业，竟办出了如此深厚的企业文化。难怪，2008 年，莆田市第一家米粉行业协会——荔城区米粉协会成立，他就被与会者一致推选为首任主席。如今，入会的米粉企业已超过 300 家。

短暂的会见结束时，李燕来满怀信心地告诉我们：兴化米粉已成为莆田市的十大名片之一，它的生产技艺，已列入莆田市非物质文化遗产名录，目前，正申报列入省级非物质文化遗产名录，今后我们还要创造条件，申报国家级的。

作为兴化米粉的"铁杆粉丝"，我们衷心祝愿他心想事成，让保持传统风味的兴化米粉，与时俱进，走向全世界。

·莆田媳妇与兴化米粉·

荔城木雕三奇人

黄明安

一

吴文忠是荔城区木雕同业商会会长，商会草创之初，有人找他当会长，他摇手推辞：不行不行。过了些天，那人又来了，说走了一圈子，大伙儿还是推举他当会长。吴文忠现出他标准姿势：拱手、念佛、眯眼笑，方脸略显激动，神色诚恳笃定。这位40多岁的中年人，出身于黄石镇后洋村。

从老莆田县"瘦身"下来的荔城区，史上多有木雕名人。宋代刻书雕刻家陈振孙，他雕刻的蔡襄《荔枝谱》等，至今还存于荔城区万寿奄内；清代居于后街的廖明山，善于在寸许材料上，刻出多层人物、花卉、草虫等，镂雕技艺超群，一时名声远扬。廖明山孙子廖熙、廖永五兄弟，继承祖业，皆为雕艺高手。1903年，廖熙、廖永兄弟参加"巴拿马国际民间工艺博览会"，木雕《关公》荣获一等奖。

吴文忠谈到荔城木雕传承，不止一次提到县工艺一厂。吴文忠带着尊敬的口吻，提到前辈工艺大师方文桃、闵国霖、佘国平，也提到同辈工艺家李凤荣、李凤强、黄文寿，这些工艺家，原来都在一个企业里。吴文忠当时也在其中，在一个摇篮里接受木雕技艺的传统熏陶，留下永远难忘的记忆。

吴文忠学艺初随兄长，后学多家，艺龄30年。这30年，他的雕事与时代应运而生：上世纪 80 年代学手艺，90 年代开作坊，2000 年后办公司，可谓一步一个脚印，步步都迈向成功道场。8 年前，当别人只有二三十个刀工时，他的"莆阳佛像工艺品有限公司"就有百把号人马。可在同道者眼中，虽然他家大业大，但仍是一位"草根"人物：朴拙、虔诚、憨厚，有着浓郁的乡土气息。这种人亲和力强，木雕商会在他的举旗下，很快组建起来，加盟企业 80 多家。那一天，吴文忠西装革履，胸佩红花，打扮得像新郎官。他把会址选在黄石镇，请来领导坐主席台，请来木雕前辈当顾问。他操着浓重的莆田腔普通话宣布商会成立，使木雕商会与玉雕、石雕、珠宝商会一起，成为荔城区四大商会之一。

说起吴文忠的木雕生涯，颇具波折和戏剧性。他最早跟随吴文武学做根雕，从树桩、树根的形状中，寻找造型的灵感。这种工艺用刀不多，有时却有神来之笔。后来，他承接台湾人赖水兴的生意。赖有很多檀香、沉香材料，吴文忠帮他做来料加工。几年来，吴文忠积攒了一些工钱，偷偷学着做檀香沉香生意。可沉檀自古乃木中极品，其身价是木材中的贵族。吴文忠尽了力气，还是感受经营困难。有时为了进货，资金运营困难，愁得彻夜难眠。1998 年，他结识了泰国的耀海法师，那是一位深具慧眼神通的大师，大师看着吴文忠说，我看你这人不是做暴利的人，你应当去做佛菩萨，所得福报将更多！

吴文忠迅速改变了经营策略。他放弃了沉檀木雕，专攻寺庙佛像的雕刻。1999 年，吴文忠迎来了有生以来最大的一宗生意：著名佛刹广化寺要雕塑一尊观音，住持学诚找到吴文忠要请他做。当时吴文忠只在泰国做过千手观音，从来没有做过大件。他与其兄吴文武商量，文武说，阿弟，咱们天天闹木雕，做点小件的，好歹没人知道，若做大件的，且摆放在广化寺，弄不好会丢人现眼呢！吴文忠说，咱哥俩年年小打小闹，有啥

101

出息？泰国的老和尚说我要做佛菩萨，说不定会成功呢！

吃了秤砣铁了心的文忠，承接了这尊大观音。他与寺方到处寻找材料。经过辗转多地，终于在上海找到一棵非洲花梨木大材。吴文忠把花梨运回莆田，领着一帮人没日没夜地干起来。他设计了几组方案，与学诚住持选择了"滴水观音"的造像方案，通高达 10.7 米。这尊观音从打坯开始，到组装成形，开脸修光，点眼上色，整个工艺流程犹如神助。木雕安装后，寺方举行了一场盛大开光庆典。学诚住持请来 108 位高僧大德聚集广化寺。当道场法事做毕，"滴水观音"在几百双眼睛注观下，幕帘被徐徐打开：只见一位慈祥、和善、大美的观音，站在大殿上，神光映现，法喜圆满。她的目光注视着众生，她的脸呈现无边的爱，她的身姿和手近乎完美！在众人发出惊喜的欢呼声中，躲在一边的吴文忠流泪了！

这一炮打响后，吴文忠拾到了某种自信，并结缘了学诚大和尚。学诚大和尚对淳朴的吴文忠厚爱有加，把他举荐给印尼法门寺的受戒师定海大师，和学良、学凡、学慈等师兄弟，吴文忠的佛像木雕生意迅速向海外拓展。几年来，他的公司不但在国内十几省留下足迹，还先后为泰国、印尼、美国、法国、德国、澳大利亚、挪威等国家寺庙雕刻了众多佛像，就在接受采访时，他接到两宗电话生意。一宗来自印尼；一宗来自国内。他说今年在莆田木雕不很景气的形势下，他手上仍有二三千万元的订单！

不知从什么时候开始，吴文忠成为佛门皈依居士。这位工艺师有超出常人的佛教情怀和喜舍性格。他说他做的是寺方的生意，挣到的是四方财，一定要把佛像做好。一尊品貌上好的佛像，对于捐资者是一种回报，对于修行者是莫大的助缘。一尊留有瑕疵的佛像，对佛门是一种不足，对他更是一种缺憾。他对工人们说，我们做的是佛像，是佛菩萨的化身示现，是供万人瞻仰的神物，一丝一毫马虎不得！

吴文忠说人这辈子，挣多少钱都好，所得的一定要心安。当有人找他洽谈，他一般只报一个价，做得来就做，做不来就笑。价钱谈好后，他组织人马，雕刻佛像，运输安装，院方付多少钱，他就收多少钱。欠下的余款，从来不去催要。一次，认识吴文忠的一个尼姑，从宁德来到莆田请他雕观音。吴文忠与她谈好价钱签了合同，那位尼姑说到自己造庵做佛的艰辛，由于心情激动，边说边哭。说得吴文忠也跟着哭起来。一掉眼泪，慈悲心就上来了。签好的合同 35 万元，被他生生地砍掉 10 万元。

如今，吴文忠既做佛像，也做礼品木雕、古典家具，公司办的有声有色。可他心里有一桩心愿：他要在北岸开发区征一块地，建设"莆田木雕民俗博览园"。他请人规划设计博览园，那里将是莆田最大的民俗展示园，园中陈列古典家具、木雕作品、民间民俗遗物，雇佣老年人看管。他说他把这个工程当做一项文化项目，也作为回报社会的一个义举，他一定将好事办好！

二

吴金良怎么看都像一个莆田乡下人，一杯茶、一支烟，神侃海聊，无有章法。可我仔细看他冲茶，那双手穿梭起伏，手指和掌间的配合，极其灵巧。他说他最近在老家征得一片地，想盖一座别墅，用于收徒授艺，展览木雕，朋友晤会，安度晚年。

吴金良没有什么资产，除了工艺美术城店面外，他既无公司，也无厂房，生性闲散的他，平时喜欢交友，当夜猫子，早上睡到 11 点。可正是这样的一个人，对木雕却有神奇的天分。

莆田工艺美术城从 2006 年起办展会，每年一届连续办了六届中国（莆田）海峡工艺品博览会。从第三届开始，即 2009 年，展会设立了"艺鼎杯"中国木雕现场创作大赛。大赛以"现场创作、现场评分、现场公布"的形式，以"公开、公平、公正"的法则，弘扬中国木雕的技艺和文化。大赛分为个人赛和团体赛，个人赛授予当年度中国木雕的"状元、榜眼、探花和进士"。

"艺鼎杯"木雕现场创作大赛每年吸引来自全国各地、包括台港澳等地木雕工艺师参加。几十个人在一个大厅，拉锯挥斧，削切钻挖，一干就是多天，场面壮观，竞争激烈。乍看不起眼的吴金良，参加了两届"艺鼎杯"创作大赛，如同半路杀出程咬金，第二届荣获银奖，第三届荣获金奖，被称为中国木雕界"新科状元"。

木雕状元吴金良的成名并非偶然。他出身于一个木雕世家，14 岁便随父学艺。回忆起少年时代，他脸上现出淡然的微笑："小时候，我书念得不怎么好，就是喜欢玩耍。因为家里有人做木雕，我把刻木也当做一个玩具。时常拿些废料，偷出姑姑的刻刀，悄悄刻着玩。有时刻些小人儿，有时刻些小玩意，有趣得很呐！有一天，母亲看着我手里的木雕，说，你不爱念书，干脆跟你爸刻木算了！就这样我走上了刻木生涯。"

吴金良滔滔不绝说起木雕艺术，他说那时候年轻，练基本功，每天一大早就起来做木雕，整个人像着魔一样。手里拿着斧头呀、刀子呀，又砍又劈，又削又抠，一干就是一整天。那种兴奋劲，更不知道劳累。直到晚上睡觉时，才感觉手酸痛得不行！

吴金良谈到创作时说，"好徒弟，学偷艺"。那时资讯不发达，书籍也很少见，他学木雕全凭一个心眼：看到好的图样，就偷偷地临摹起来。那时他有很好的记性，好图样只看一遍两遍，他就能把样本记牢，并把它雕出来。木雕与绘画一脉相通，潜心构图再加上好的技艺，就能产生有魅力的作品。他还说到木雕与文学的关系，他说好的工艺师必须是一位文化人，他对于中国传统文化要有自己的见解和眼光。比如雕刻《隋唐演义》中的人物，《三国演义》或《水浒传》中的人物，都要对他们有文学见解。一个人物在历史中是一个模样，在民间传说中是一个模样，在工艺师的刀下是另一个模样。工艺师就既要让人看到熟悉的，也看到不熟悉的。看到熟悉的叫喜欢，看到不熟悉的叫发现，这样才能吸引人呀！

吴金良雕刻的《赵子龙》《老子》《钟馗出巡》等获得国家级金奖、银奖，可是在工艺美术城举行的"艺鼎杯"现场比赛时，他一改雕刻传统题材的强项，而选择了现代题材。第二届"艺鼎杯"木雕大赛，他雕了一件《长征》，那是一个背枪的红军战士骑着一匹马。在雕刻过程中，吴金良全神贯注，手里操着十八般武艺，不停地操作着，工艺大师方文桃走到他身边，他也浑然不觉。方大师摇头说，阿良不凿自己熟悉的传统题材，尽凿些没边的，这行吗？可正是这件没边的作品让他获得"艺鼎杯"银奖。《长征》以简洁的造型和粗犷的线条，形神兼备地表现了中国红军万里长征的艰险；底座多级重叠的石磴子，为人物的造型起到深化主题的作用。

第三届"艺鼎杯"于2011年春天举行，吴金良又创作了一件更当代的作品。那件取名为《爱是无疆》的木雕作品，取材于四川地震灾区女军官乳哺遗孤的故事。作品立意深远，造像鲜活，表情和谐，充满大爱。吴金良出手不凡，技压群雄，以明显优势征服评委，作品荣获唯一的金奖，他获得"中国木雕状元"的称号。

当谈到这两件获奖作品时，吴金良强调了题材的重要性。他说一个好的工艺师要与时代同呼吸共命运，在继承传统技艺的基础上，力求在题材和立意上有创新。参赛者在同一个大厅内，论技艺都娴熟，而论题材就有差别。熟练的工艺师是好工匠，而只有勇于探索、力求创新的人，才具备大师的资质！

陪同采访的吴文忠透露，吴金良在参加"艺鼎杯"木雕大赛前，实际上好多年没有动刀了。他参赛用的雕刻刀具还是跟我借的，他获奖的运气真好呀！

是运气，还是技艺，或是其他因素，恐怕难给吴金良下结论。一个没有多少文化的民间艺人，并在歇手了多年之后，在众目睽睽的大赛场上，在完全平等公正的比赛中，凭借自己的一双手、两只眼睛和一颗心，打造出一件又一件优秀之作，它是一种偶然吗？

我们可以通过他，发现艺术创作是某种灵性和人的某种潜在特异的秉性，在一定条件下迸发出足以启发心智的创造性劳动！

三

陈春阳原来住在城里，家居10楼，没有电梯。他把木雕作坊安在地下层，空间较大，光线昏暗。有一天，他请我到楼上看作品，登楼的时候，他说快到了，快到了。我跟在后头，问到了吗，问了多回，他还是那句话。我说你到底在几楼，他扶着楼梯笑说10楼呀，我开头说你会跟我爬吗？

后来春阳关了楼下作坊，把工作场搬到老家下亭。下亭属荔城区拱成街道办事处，那里是莆田东郊。春阳约我过去看，新开的公路从旁边经过，他在电话里说，你往公路开，仔细看车窗外，到了荔枝林带，拿破仑站在大桥头就是我家。

桥上果然竖立一座拿破仑塑像：披战袍，戴头盔，横刀立马。春阳家在桥那边，房屋老旧，红瓦翘檐，雕花飞脊，围墙庭院，坐北朝南。大门南侧几步，通向一座小桥。桥头斜立一棵榕树，披覆于水面，阴影如垂天之云。我站在树下说，好个小桥流水！

春阳是个手艺人，祖传木雕工艺，父亲陈国华雕艺出众，曾是工艺一厂知名工艺师。他与弟弟春晖子承父业，打出"陈氏木雕"旗号，既做传统，也做现代。他毕业于厦门工艺美术学院，中西雕塑皆通，善于人物塑像，尤其擅长泥塑。

他有一手泥塑绝活：能在40分钟内，当场捏出泥人。

1997年香港回归，24岁的春阳突然心血来潮，塑起了邓小平。邓小平于香港回归前夕逝世，一位盼望香港回归的老人，春阳把他塑造得极其逼真传神。春阳善于抓住时代精神，捕捉伟人瞬间的心灵，把一桩百年心事呈现出来。这件作品为他赢得艺术的荣誉。地方电视台播出后，居然被央视一套"新闻30分"栏目播出。他在莆田一夜间便出名了。

那年晋京参加中国文联首届工艺品博览会，开幕后，头面的人物一走，大家几天都守着摊子。春阳的摊子在立柱旁，不如人家宽敞，可他毫不为之苦恼。他不知从哪里弄来一包泥，乐呵呵地坐在摊子前，捏起了泥人。起先随便抓人，免费捏弄，捏得好后，围观的人多。这人一多，就变成生意。春阳捏一个泥人收费200元，在京城算是小费，想捏的人排着队等，摊子前总围满了人。拆展后大家回家，到第7天，他才从北京归来。

春阳见到我说，你知道，这回在北京捏泥人，还捏出名堂呢！有人介绍我出国，我要去马来西亚啦！

春阳笑说，钱当然是挣了，可更多的还是别人挣。呵呵，我是手艺人不会做生意的。

春阳说的是实话儿，他热情好客，经常为人塑像：政要高官，商界巨贾，平头百姓，有求必应。可真正谈到钱上，他不太善于操作。他总以手艺人自居，安守本分，知足常乐。可他塑像有一惯例，他喜欢塑好后，手里捧着作品，与被塑的人合影。他家里墙壁上，不知挂有多少这种照片。

春阳在家里为人捏像，从来分文未收。即使素不相识，也是如此。碰上好的人缘，他还帮人家翻模，送到住的宾馆。他总是乐此不疲，视泥塑为人际交流的一种方式。

春阳捏泥人时，神情异常专注，他把手中的泥团用手捏按，先仿照人捏出一个大致模样，然后再用一根竹签轻抹细挑，描绘出人的细节神态。这种活儿看似小孩玩儿，却要见真功夫的。春阳凝神创作时，立身悬腕，满脸庄重，一气呵成，鼻尖上沁出汗珠子。他一边捏着泥土，一边陪人说话。我问他，你边捏边跟人说话，那样不分心吗？春阳说，非耶，我与他说话，正是抓住他的特征，人的脸谱像一条河，只有流动它才活。

春阳捏的泥人形象逼真，神态自然生动，细节之处惟妙惟肖。往往他捏到微妙时，看的人先笑了，客人跟着也笑。捏好后，客人托着泥人，站到镜子前端详。春阳问，还行吗？客人说，好呀，好呀，只是看起来……比我还好！

你本来就帅嘛！春阳说。

客人走后，我问，你捏泥人，有没有喜恶之别？

他说，如果说喜欢，我爱捏所谓的"丑人"。丑人捏起来快，带劲！

我说，怪不得你捏美女总是费用多时。

美女在前，我也喜欢多看呀！春阳乐呵呵地笑说。

我认识春阳七八年，带人到他家多回，看他塑像不知多少回，却从来没有坐在他面前塑像。

他也从来没有说要给我塑像。我们两人好像从来没有想过这件事：他为我塑像，正像他为别人塑像的那样。

这种微妙的、也许纯属疏忽的关系，不知道他有没有留意到。

第二辑 品牌的力量

一个充满文化气息的现代企业

——访三棵树涂料股份有限公司

楚 欣

"三棵树，马上住"。

近 10 年来，不断出现在各种传媒的这句广告，给人留下深刻的印象。三棵树涂料股份有限公司（以下简称三棵树），正是借助传播"健康漆"的理念，赢得了民心，从而成功地实现其"营销占位"的策略，在本行业 8000 多个厂家、2 万多个品牌中脱颖而出。

先前，笔者对三棵树，久闻其名，而不知它在哪儿。2012 年 3 月初，到莆田市荔城区才发现，原来"此君"就在区内，于是第二天前往参观，感受这个现代企业充满的文化气息。

"健康漆"横空出世

漆与人类的生活密切相关。世界上最先使用漆的是中国，早在 6000 多年前的河姆渡时期，我们的祖先就有了用油漆涂过的器皿（朱漆木碗）。此后，漆的应用范围更广，技艺越来越精妙，战国至西汉时期，是它的第一个发展高峰，许多考古发掘出来的漆器，至今让人叹为观止。不过那时候的漆，是从某种乔木直接取下来的树脂，叫生漆，而今天广泛使用的漆，则是人工合成的有机化工材料，统称涂料。

众所周知，大凡乔迁之前，新居内部都要适当加以装修，而装修则需用涂料，但涂料气味不好，还含有不利健康的物质，装修后的房子，少者一二十天，多者几个月，才能搬进去住。住下后，有的还可能出现某种中毒现象。这个问题随着城乡住宅建设的蓬勃发展，变得越来越突出。就在此时，"三棵树，马上住"的广告横空出世，自然引起人们的高度注意，而此后的事实又一再证明，三棵树所销售的产品，的确是健康无害的，产品因此大受欢迎。

漆而健康无害，无疑让人放心，但究竟什么是"健康漆"？健康在哪里？在与三棵树品牌文化中心总监王同筱先生交谈时，笔者首先请教这个问题。王先生介绍，涂料有水性与油性之分，其中水性涂料由于使用了水作为溶剂，因此无毒环保。为了让我听明白，王先生指着公司贵宾接待室的墙面说："比方这时候有人在那里粉刷水性涂料，我们不会闻到明显的味道，有，也只是淡淡的清香味。"王先生的话让我想起三棵树提供的材料中有这样一件事，即3D原生态墙面漆上市之前，曾多次公开进行"涂料养金鱼"试验，即将金鱼放入稀释的涂料中，看鱼儿生活得怎样。试验表明，经过15天乃至一个月时间，这些小金鱼全都安然无恙，足见三棵树漆是健康无害的。

王先生还解释道，由于水性木器漆的原材料成本高、施工工艺复杂，那些资金与技术力量不够雄厚的涂料企业都不敢做，即使做了，也难以真正达到标准。而三棵树基于对健康理念的坚守，勇于探索，经过反复试验，终于使所产的水性木器漆的指标都符合要求，真正做到低碳、清味、绿色环保。

然而创业之初，三棵树的条件并不好。首先是天时欠佳，当时因国际油价暴涨而导致原材料价格的大幅度提升；其次是地利很差，福建没有完整的涂料产业链；三是人和不足，涂料行业的人才几乎集中在广东等地。就是在这样不利的情况下，三棵树迎难而上，用了不到10年的时间，创造了近似神话的业绩，由一家名不见经传的小厂，发展成为中国最具价值品牌、单月销售量突破 1.6 亿元大关的 500 强现代企业之一。

企业的竞争，说到底是人才的竞争。三棵树之所以能取得如此惊人的业绩，最大的原因是不拘一格用人才。公司一开始就建立了一整套选人、用人、育人以及有进有出的灵活机制，做到人尽其才，才尽其用。这些年来，每年新进的员工人数都在 300—400 人之间，其中既有技术精英，销售、管理方面的各类人才，也有高校的应届毕业生。目前，三棵树是中国涂料行业中唯一同时拥有院士工作站与博士后工作站的企业。雄厚的科技力量，成为公司技术创新与产品研发的强大助推器。从 2002 年至 2007 年，三棵树每隔一年就有一项国家免检产品或中国名牌产品诞生，被喻为行业内强悍的"森林狼"。从 2007 年开始，更是一路高歌猛进，创造了涂料行业的许多第一。例如：第一个成立股份制有限公司并让管理层人员持股；第一个实现无烟工厂；第一个在亚洲建设水性涂料单厂超大型的基地；第一个将涂料送上载人飞船开展太空实验；第一个投入近亿元参与央视广告竞标并成为"中国建材第一标"。

三棵树生生不息

三棵树生产的漆（涂料）是健康的，它的企业管理、营销策略、社会责任，乃至于所在地环境，无不体现健康的理念。这一切与它的企业文化有着密切的关系。

多年来，三棵树逐步建立一整套独具特色的文化体系，以文化管理企业，以文化推动经销，以文化营造温馨的公司所在地环境。

管理方面，三棵树把管理作为一种文化、一门艺术看待，强调从心开始。首先，培育员工良好的职业道德，养成积极的工作态度、诚信待人的品质，而公司则处处关心员工，给他们提供各种保障。除了工资，员工还享受基本养老保险、失业保险、工伤保险和生育保险以及医疗保险，住宿、伙食和身上的制服都是免费的。公司每年还组织员工免费体检，员工家庭如果遭遇重大变故或过不去的坎，全部由公司的"无忧基金"协调解决。正是本着这种以人为本的文化，企业管理井然有序，员工的积极性得到充分的调动。

营销方面，三棵树认识到，客户至上，客户可以没有三棵树，三棵树却不能没有客户；要让客户接受你的产品，必须首先让客户接受你的人品。营销要多从对方设想，要诚信，要做好服务工作。遵循这种营销文化，三棵树赢得了广大客户与消费者的信任。2007年，厦门喜盈门家具制品有限公司接到美国的一份订单，对方强调只能使用水性木器漆。三棵树以高度负责的态度，迅速组织人员进行水性木器漆的试验，然后将样品送到"喜盈门"转交美国客商，最终对方认定，一切合乎要求。"喜盈门"因此得到了大量订单，三棵树的水性木器漆产品也因此走出国门，走向世界。

环境方面，三棵树所在地北向莆田九华山，周边有两个天然小湖，是一个充满文化气息温馨而又美丽的家园。走近它，15层、50多米高的办公大楼前厅，就有人迎上来，很有礼貌地询问。我说明来意，那人便把我引向休闲室稍等。我在临窗的沙发上坐下，只见外面是一片水域，水的那边是荔枝林，这边是木栈道，而天空正飘着细雨。我为窗外的景色所吸引，此时有位年轻的女员工捧着一杯热茶递过来，让我不禁有一种"此处风景优美，更有宾至如归"的感受。几乎就在同时，王同箢先生带着笑容出现在面前，并应请向我介绍三棵树的有关情况。

交谈完毕，雨也停了，热情的王先生，随即陪同我四处参观。走出办公楼，我们漫步在三棵树生态工业园里，只见各个车间，宽敞、明亮、干净，秩序井然，而走向员工生活区与休闲处，更像是到了某个公园，陆续有景点出现，王先生因此不时停下来或放慢脚步为我解读。如"百草园"，这里栽植的花草品种达数百个，景点的名字则来自鲁迅的作品；"好望角"，左邻自然居（员工宿舍），右接办公楼群，视野开阔，故有此名；"康桥"，坐落在原生态餐厅前，掩映于绿树之下，桥名乃借用徐志摩的著名诗句；"荔枝湖"，湖水清澈，数百棵百年荔枝树环绕其间，临湖设有"钓鱼台"，可以静坐垂钓；"圣淘沙"，这里有种类繁多的健身器材，供员工锻炼，因为地下布满干净的沙子，便"舶来"新加坡景点的名字。

如此美景，共24处，游览其间，能体会到设计者的文化追求，从中得到精神享受，而印象最深的当属"纪念林"。这里的树木郁郁葱葱，但不是一般意义上的树，它代表了企业的荣誉和骄傲。公司规定，只有年度的优秀员工、优秀营销员、金牌经销商、高级管理人员和公司认定的贵宾，才有资格在"纪念林"种上一棵樟树，并在树上悬挂着刻有自己名字的牌子。"纪念林"寄托着广大员工对公司、对事业的希望与感情，随着企业的不断发展，相信它的范围必将得到进一步地拓展，所种的樟树也会更加欣欣向荣。

创业者 奋斗人生

三棵树能够获得如此成功，关键在于掌门人洪杰。这位董事长的年纪不大，却在商海沉浮的奋斗中，展现出他特有的思想、品德与才华。

1967年，洪杰出生于莆田县一个偏远的山村，这个农家孩子自小头脑好使，且有一股不服输的豪气。1989年，他从福建化工学校毕业后，分配到莆田县物资局工作。这是一份不错的差事——手捧"铁饭碗"，干得好还可以步步高升。然而工作五年下来，洪杰却觉得无用武之地，于是辞职"下海"。

1994年，洪杰进入商界，希望能干出一番事业。开始时，凭着在物资局多年的接触，拥有一定的人脉，生意做得还不错，很快就成了令人羡慕的千万富翁。然而商场如战场，几个回合之后，这位涉世未深的生意人渐渐处于下风，成了百万"负翁"。据说莆田当地，如果经商负债，老板常常是"三十六计走为上计"，一跑了之。洪杰不一样，他说，对于事业，我从未放弃过，在哪儿跌倒，就在哪儿重新站起来。

1999年，洪杰凭借一股不服输的精神"重出江湖"，创办胶水厂。简陋的设备，高温的仓库，自制的配方，他苦心经营，坚持下来。代价是，30岁刚过的年轻人，头上一丝丝黑发不断离他而去。然而，有付出就会有收获，仅仅两年时间，这个厂就创造了白乳胶产品福建省内市场占有率第一的奇迹。

令人想不到的是，洪杰却在这个时候作出转向的决策。他以战略的眼光审视中国的经济发展趋势，认为建筑业的迅猛发展，必然给涂料业带来广阔的前途，于是放弃了经营不错的胶水厂，决定投资兴办涂料企业。

说起来很有趣，当年洪杰要注册办涂料企业时，并非在莆田而是跑到香港，还起了一个洋名，叫艾莉斯集团三江化学有限公司（三棵树涂料股份有限公司则成立于2003年），地址也不说是在经济尚不发达的莆田，而是含糊其辞："324国道10公里处"，可见当年创业之不易。

企业有了，品牌叫什么呢？征集意见时，多数人建议沿用胶水厂已经出了名的"洪洋牌"，洪杰却另辟蹊径，主张用"三棵树"。涂料品牌起这样的名，乍听起来有点怪，而且"土"味十足，起先赞同的人只有两三个，但洪杰力排众议，下决心用。他解释道："三"，体现"三生万物"；"树"，体现"生生不息"。"三棵树"，隐含着不断发展的理念。事实证明，树，与山

116

水共融，与天地共生，与日月共存，枝繁叶茂，相互扶持；开花结果，馈赠人类。笔者认为以树为精神信仰，以树为文化图腾，"三棵树"的品牌之名起得好！

当然，企业能否办好，决定因素并不在于品牌的名称，而在于经营。洪杰深知这个道理，他在所著的《道法自然》一书中，从文化本源、企业品格、企业战略、经营理念、品牌营销、社会责任、文化法则等方面，对三棵树的成长、发展作了总结，其中的一些阐述颇具哲理，一些语言也很闪光。比如为什么提出"健康漆"的理念，他是这样解释的："健康是'1'，事业、财富、爱情、家庭……是紧随其后的众多的'0'，如果缺少前面'健康'的'1'，后面再多的'0'，结果也是归于零。"

正是本着这个理念办企业，洪杰的三棵树越办越红火，他也成为中国涂料行业的领军人物之一。2011 年 12 月 9 日，他在接受《中国青年报》记者"一个企业家办企业，最看重的是哪几点"的提问时，回答道："首先是员工幸福，其次是客户赚钱，第三是诚实纳税，再就是公益事业。"实事求是地说，这几项他都尽力去做了。我从看到与听到的情况判断，三棵树的员工是满意的，而从材料介绍上我得知，三棵树的客户也是满意的，多年来，三棵树向社会公益事业捐献了 2000 多万元，它还是莆田民营企业的第一纳税大户。三棵树的卓越表现，受到社会的广泛关注，许多人慕名前往参观，仅 2011 年，参观者就超过 1.5 万多人。

事业有成的洪杰，头顶上有许多光环，但是他行事非常低调，始终严格要求自己。他在 2011 年的《董事长管理日志》上先后写道："管得住时间的人，才管得住生命，我过去 5 年卧薪尝胆，几乎没有周末和节假日，但非常充实。"

古人云，"百尺竿头须进步"。笔者仅以此祝愿洪杰和他的三棵树团队，在未来的岁月里，不骄不躁，勇于攀登，更上一层楼！

· 一个充满文化气息的现代企业 ·

让生命在绿色中绽放青春

——闽中有机食品经济启示录

哈 雷

在莆田采风，一个颇具规模的现代化厂房展厅里琳琅满目的产品中，有一台手摇吹谷机和一排破旧的簸箕，特别醒目地置放在进门的位置上。这些久远的农耕时期的劳动用品，和灶台用的风箱、脱粒机、犁杖、糠耙、车篷子一起，曾经伴随着我们的童年，是我们对劳动生活最朴实的记忆。

诗人的本质是返乡！我出生在农村，几十年的城市生活并没有让我忘怀那种"开轩面场圃，把酒话桑麻"的诗意生活，眷恋的还是悠闲自在的农耕时代。那时虽然清贫，但是踏实。

上世纪 80 年代有一句歌词唱响大街小巷："不是我不明白，这世界变化大！" 18 世纪后期，工业文明的机车从大不列颠帝国的英伦三岛缓缓驶出，在它崭新的车厢里，坐着两个"乘客"：一个是被称之为劳动工具革命的工作机，另一个是追逐个人利益、以个人利益为中心的经纪人。从此，人类和自然的关系也发生了质的飞跃，人类与自然开始发生冲突。工业革命创造了前所未有的生产力和财富，同时，也创造了环境污染和生态破坏这个副产品，给工业文明时代蒙上了一层厚厚的尘埃。

此后，全球自然环境的恶化催生了生态思想的生发和传播，人类开始关注外在的生存环境，逐步形成了一种审视人与自然关系的新视角——生态学视角，有机这一理念就破土而出。

我喜欢田野，当春天来到，所有的植物尽显秀美，蚕豆、玉米、麦子、油菜，开花的开花、拔节的拔节，庄稼地里一片

"欢笑声"。这时候梨花的飞雪早已消融，菜花的洪水也已退却；麦穗带芒，像一朵朵小小的火苗；莆阳大地蚕豆荚裂开了小嘴，剥出来的新蚕豆青碧如玉。记得从前最有趣的吃法就是用一根麻线把蚕豆串起来，放饭锅里蒸熟，然后挂在孩子们的脖子上，想吃就摘一颗放进嘴里，糯香与清香兼而有之。隔夜的蚕豆有嚼劲，可以长放，久了，就脱干了水分，嚼起来回味无穷。因而，这次到荔城采风，就特别选择了采访闽中有机食品有限公司——一个凭借着手摇吹谷机和簸箕起家，在40多年漫长创业历程中"脱水"出中国最大的有机食品市场的魔幻帝国！

一、有机是一种生活方式

首次见到福建省闽中有机食品有限公司董事长林国荣是在他的一楼展厅，这里有上百种有机食品的样品，他兴致勃勃不厌其详地给采风团的作家们一一介绍，看他如数家珍地样子，感觉到了他对自己企业的一片深情。回首从事农业产品生产的40个年头，林国荣一直庆幸不已，"有机就是最原生态的、最安全的食品！"他气质中有种超脱的美，极富感染力。

福建省闽中有机食品有限公司（以下简称闽中公司）创办于1971年，2004年6月从国有企业改制为外商独资企业，专业加工蔬菜制品有40多年的历史。自1987年起，公司实施"公司＋基地＋农户"蔬菜产业化经营模式，特别是近几年来，企业逐步加大了建设蔬菜产业化经营体系的力度，建立由公司控股的蔬菜种植示范基地，仅在莆田就租用土地2200亩，开展蔬菜的科学种植和科学管理。采用租赁土地、对外承包、技术合作、签订保护价收购合同等方式，在莆田18个乡镇建立起蔬菜生产基地50多个，种植面积3万多亩。闽中有机生产的保鲜、速冻、冻干、烘干、腌渍蔬菜（食用菌）和蔬菜（食用菌）罐头、果蔬汁饮料、兴化方便米粉、枇杷丹、枇杷膏及桂圆膏等产品，触角已经伸入 30 多个国家，一年出口蔬菜等产品 2000 多个货柜。

对于一些人来说，有机这个概念有些陌生。"有机"事业，一方面是保护土壤、环境，让土地永远健康；另一方面是杜绝残留和添加物，保障餐食安全。

这些年为了打造有机食品航母，闽中公司重磅出击，先是总投资 16 亿元建设闽中公司食品工业园，用地 1000 亩，预计整个项目建成投产后，年可实现销售收入 100 亿元，创税 20 亿元。再就是促成外资企业投资 1 亿美元，打造国内一流的蔬菜制品基地，重点开发有机蔬菜等食品项目。

2011 年 12 月 19 日，福建首家有机食品连锁店——真田有机生活馆，在福州市台江区江滨路的世茂外滩花园开业。闽中·真田有机生活馆依托闽中公司 40 多年的农产企业生产实力，以"自家菜园，健康安全"为核心理念，用心经营自然健康、有机生态的产品，专为追求健康、尊崇环保生活品质的消费群体服务，树立国际化的高端品牌形象，倡导有机健康的生活方式。

董事长林国荣先生表示："有机应该是一种生活方式、一种社会风气！我们的食品要有机，我们的生活习惯、思想认识，甚至于我们的个人责任、家庭责任、企业责任等，都应该是有机的。食品企业应该凭良心，为社会提供健康安全的食品，应该有责任为世人的健康负责，去为孩子留下一片蓝天绿地！"

二、从草根创业到品牌创新

这是一家诞生在精神激昂而物质匮乏年代的企业。1971 年，8 个城镇待业青年借来 8 万元钱，租用了一座旧关帝庙和几间民房建立起的手工作坊式街道小厂，几乎是白手起家。在那个"割资本主义尾巴"的时代，做生意仿佛就是件丢人的事情，林国荣80年代初第一次听到"做生意"这个词，都觉得特别新鲜。他们刚开始学着种蘑菇，卖给罐头厂。一次，锅炉坏了，罐头厂不收购，眼看着蘑菇就要烂掉，发愁着，当时莆田饮食公司下放到村里的技术员林朝章提议，可以将蘑菇脱水，卖给外贸出口公司。在林朝章的指导下，竟然捣鼓了半吨重的脱水蔬菜，货发给了上海外贸，按一级品收购，赚回了一万元，挖到了第一桶金。

有了这次经历他们信心更足了，寻找银行贷款，扩大种植规模，找更便捷的外贸口岸，增加品种，提高科学技术生产水平；经过三次艰苦创业，目前企业下辖保鲜、腌渍、速冻、烘干、冻干蔬菜和蔬菜汁生产车间，并拥有了分厂莆田市闽中脱水蔬菜厂、安徽临泉分厂以及与武平县蔬菜公司合资的福建省武平县蔬菜加工厂。如今的闽中公司在全国有9个子公司，员工5000多人，国内设有45个办事机构，资产总额8亿美元，今年生产总值可达30亿元。

龙头的昂起，需要有强壮的躯体为基座，这躯体即是企业的规模和基地的规模。在企业粗具规模后，总厂多方筹资，多次实施"贸工农"专项技改，在扩大厂房的同时，更新、引进先进设备，并不断开发新产品和发展新产品。大力建设蔬菜基地，鼓励农民种植蔬菜，工厂与菜农建立"利益共享，风险同担"的经济共同体，引进国内外优良品种和种子、种苗，并组织一支专业农技队伍，对蔬菜基地实行跟踪技术指导，大力推行低残留、无公害的工厂化蔬菜生产，以确保产品优质高档。

在买方市场的定势下，开拓国内外市场成了企业生存发展的命脉。董事长林国荣多次走出国门，推销产品，并在德国、巴西、智利等地设立办事处。总厂与美国、加拿大、德国、日

·让生命在绿色中绽放青春·

本等 10 多个国家的客商建立了长期稳定的销售关系，建立商务网，订单源源不断。至今，还有日本、德国等国家客商特派的技术人员驻扎总厂，参与研制开发销往该国的新产品，从而保证产品形、色、味符合"国情"适销对路。除了不断开发出口新产品，总厂还积极开发国内市场，时尚饮料"天赐良源"蔬菜汁一经推出，深受广大消费者欢迎。

现代企业的竞争，归根结底是人才的竞争。闽中公司特别重视高级专业人才的引进，麾下有一批颇富实力的国内蔬菜行业专家。企业还和省农大、省农科院等大专院校、科研单位实行厂校挂钩，厂院结合，聘请技术顾问，使企业的生产技术、加工工艺处于全国同行业领先地位。

向管理要效益，对拥有近千位员工的总厂来说尤为重要。让林董事长颇感庆幸的是在这个股份制国有控股企业里，没有一个员工是所谓的"全民工"、"集体工"、"固定工"，从管理人员、技术人员到生产工人一律实行招聘制。只有出色者的高工资，没有平庸者的"铁饭碗"。

林董事长认为，中国一定要把第一产业、第二产业、第三产业联合起来做。"我们做了 40 年，原先没品牌，发展不起来，就是因为把销售权交给外贸，受外贸限制很严格，自己的价值体现不出来，我们给他们加工，他们卖出高价，但不一定就给我们提高加工价格，每年还要争订单争得头破血流。"谈到三大产业联合，董事长林国荣深有感触。

每年 2000 多个货柜产品出口，价值几个亿的加工产品销往国外，几十年来无一次退货、无一产品问题的品质保障……正如林国荣所说的："我们一定要在国内市场进行品牌市场化运作，将品牌做起来。这样，产品的附加值才能高得起来，更能有足够的实力在市场上长期发展下去，将品牌做大，做成百年长青的品牌企业。要将市场牢牢掌控在手中，才能掌握企业的未来。"2000 年开始部分转向了内销，很快在内外销市场上做到了各占 50％ 的份额。

三、复兴最具"中国风"的饮料产业

"王老吉"缔造了民族饮料的营销奇迹，如果还有下一个"王老吉"的出现，您还会错过这个机会吗？

"饮料行业，最近流行的草本饮料都是国内品牌占据主流。国内饮料企业发动集体冲锋有内外两重因素，内部因素是企业实力增强之后，经营开始升级，外部因素则是民族消费意识的抬头和中国元素的崛起，一股猛烈的'中国风'正在掀动强大的反超力量。"林国荣自信地概括了当下饮料市场的走向。

近些年，饮料产业的本土化发展浪潮日渐涌起，中国本土农林资源加速包装品牌化，让包装食品的品种极大丰富，并带来消费观念的巨大改变。表现在几个方面：首先，中国的农林产业资源被盘活，福建的枇杷、山西的粗粮、内蒙古的沙棘、西藏的冰川矿泉、广东的凉茶、江苏的莲藕等，在资本、技术、营销等多重力量的推动下，转化为现代包装饮料。其次，中国本土消费文化抬头并成为潮流，草本的概念、护嗓的概念、健康养生的概念以及无数类似的概念，长期潜伏在国人的记忆深处，被不断涌现的新产品激活了。第三，中国的农林产品和区域特产种类繁多，更多的特色产品嫁接到现代生产工艺上，将推动饮料行业进入新的品类爆发期，也将成就更多本土品类的霸主。闽中公司推出的真田枇杷润茶汲取民间枇杷煮水润喉养声之精粹，采用天然枇杷果肉为原料，精心加入夏枯草、鲜芦根、百合、荷叶、罗汉果等多种润声草本植物，综合运用现代＋古法工艺秘炼成茶，解决现代人声音问题。

据相关机构调查，中国目前有 70％ 的人经常处于"上火、嗓子干燥、疲劳"等"亚健康"状态，特别是处于北方地区的被调查者，由于气候等原因，经常处在干燥的生活环境中，嗓子问题尤为突出。同时，嗓子"亚健康"并不只是身体问题，还突出地表现在"心声"上——对于越来越多的年轻人而言，面对各种压力，他们的情绪缺少释放的空间。他们特别需要一种"宣泄"和"呐喊"的精神寄托。真正能颠覆饮料市场格局的，是一种同时解决心理与生理双重问题的产品，而"枇杷润茶"很好地实现了这一点。行内人士认为，随着行业与企业倡导健康生活方式的广泛与深入，"养声饮料"必将成为备受欢迎的功能饮品。

闽中公司推出的"枇杷润茶"，是应势而生、引领市场潮流的产品。作为一款全新的时尚健康饮料，其润嗓、养声乃至影响到心理宣泄的效果，迎合了年轻人绿色、健康、个性的消费理念与心理特点，满足了他们"声音"的多样化需求。产品一经推出，就获得了多位业内专家的好评。专家预测，剑走偏锋的"枇杷润茶"，将在功能性饮料市场方面独树另一面旗帜。林国荣坚定地表示，闽中公司生产的"枇杷润茶"，欲做下一个"王老吉"！

在营销学上，有一个著名的理论叫做"抢占最有利的机会点"。诸如：红牛——"困了，累了"；王老吉——"怕上火"。它们并没有描述自己品牌的体验是什么，而是直接面对一个市场时机，把焦点放在消费者身上。其实，在这之前，消费者并不知道哪个产品更好？反而是商家在帮助消费者作消费引导。

当"声音"问题已经成为了社会普遍现象时，于是围绕"声音"问题的市场就出现了。

"枇杷润茶"把目标锁定在中国新生代这一消费群体，这类人群对于网络等新兴事物接受能力强，是推动"声音"市场消费的最佳人群。他们代表着一种新的声音，同样，他们需要找到一种符合自己心声，在心理上能够产生共鸣，能替自己说话的产品。"枇杷润茶"通过差异化定位，很好地做到了这点上。

2012年是"枇杷润茶"投放市场的第一年，同时也是奥运年。闽中公司已启动了立体化的品牌建设计划，整合运用电视媒体、网络媒体、报纸媒体、户外媒体、创新媒体等传播手段，欲借奥运之势打造代表民族之音的"中国之声"。届时，闽中公司食品将借势奥运，以"声音"打造不一样的奥运推广手段，整合网络、校园、终端、大型广场、电视栏目等多方资源，通过把"中国之声"事件化，并融入大活动，以引起消费者的体验参与，达到借势奥运的大传播。奥运期间，"枇杷润茶"这一新锐力量，将助威奥运"反客为主"，让人们感受"不在主场、一样响亮"的声音！

四、中国有机产业的领跑者

闽中公司工业园位于莆田市荔城经济开发区东星工业小区，项目用地1000亩，拟建成10个分厂，建成之后将是全国食品行业最大的厂房。投产后，单单主厂房预计年可实现销售收入100亿元，将成为中国首个食品行业的"百亿车间"。

作为我国农业产业化国家重点龙头企业和省最大的农业产业化龙头企业之一，闽中公司于2009年12月动工建设的闽中公司工业园项目，是莆田市9个特色产业提升战役重点攻坚项目之一。2010年4月15日，闽中公司在新加坡证券交易所主板挂牌上市，成为莆田市第一家在国外上市的企业，同时也是第一家在新加坡上市的中国农业种植与加工公司。

有机食品近年来消费需求旺盛，成为一种新的健康餐饮生活方式，但目前市面上所谓的有机食品，却存在着含混不清、鱼目混珠的现象。何为有机，据林国荣董事长介绍，形成有机要具备三要素：

首先是优质的水源。闽中公司原材料基地采用的水源，是来自莆田市从 1958 年就开始被保护起来的东圳水库的水源，其上游有 3 亿立方米的水资源，是福建省最大的优质水源。

其次是处女地。有机土壤必须没有种植和污染过，污染过的土地，净化达到指标要求至少需要 3 至 5 年的时间，还要求 5 公里之内不能有污染的工厂、远离高速路等。

第三是国际有机认证。国际上被承认的有机食品，必须经过德国 BCS——全球最高最权威的有机认证机构认证，其有机土壤每年必须空运到德国进行检测，包括种什么产品，都必须先上报，经过审批后，才能进行种植。

闽中公司严格遵循这三条原则，在品种繁多的有机食品中，闽中公司有机食品最受消费者信赖，成为了有机这一朝阳产业的领跑者。

为了从源头上解决生产所需的原材料，杜绝生产过程中出现的原料污染事件的发生，闽中公司在福建本部之外，先后投入巨资在云南、内蒙古、四川、上海、湖北建立超大型的果蔬种植基地，形成布局全国的 6 大自有种植基地，总面积达 30 多万亩。各基地根据不同地区的气候、土壤及水源的情况分别种植最适应当地条件的果蔬品种，如：内蒙古以种植青椒、红椒及胡萝卜为主，四川以种植蘑菇、芦笋为主，云南则以种植香葱、花菜、西红柿为主，等等。

全国 6 大自有果蔬种植基地，都分布在各地区的山野田园之间，从气候、大气结构、水源、土壤到纯天然的种植技术，全程不采用任何化肥等无机产品，通过全程有机种植，生产出来的果蔬原料天然、健康，确保产品在源头上的过硬品质要求。全国 9 大加工基地，将生产的管控牢牢地紧抓在手，保证所有的产品在生产过程中都经得起 18 道生产监管，确保产品在市场上的坚实的品质。

闽中公司秉承"全程绿色"的理念，在"创闽中质量服务品牌、引世界有机绿色潮流"方针指导下，采用国际标准化的管理模式，确保蔬菜制品的高品质，促进生产经营的发展。

时下，食品危机层出不穷，许多食品行业大牌纷纷卷入其中。我们身在人类物质文明前所未有的富裕充沛之中，我们应该感谢上苍的。但是，我们失去了什么呢？所有的人都无从逃避被化肥农药和转基因产品袭击的可能。丰裕的物质并不意味着身体的健康，并不能换取恬静的心灵和温暖的爱；而在有机的世界里，人们可以欢乐地耕种与收获，有着一颗满满的自足的心灵，却不是光鲜亮丽包裹着的空洞躯壳。

闽中公司探索走出中国农业化产业道路，并被业界称为"闽中模式"，即基地＋企业＋品牌（或称为第一产业＋第二产业＋第三产业）发展模式，由此，闽中公司步入全产业链资本运营的全新时代。凭借着对于农业产业化的探索与贡献获得了社会各界的广泛认可，闽中公司先后被授予农产品加工业出口示范企业、农业产业化国家重点龙头企业等多个荣誉称号。如果说诗人的本质是返乡，那么生活的本质是原味和本真，闽中公司40年来在生态农业这条路上越走越宽阔，它启示着我们，最诗意最和谐的生活来源于我们最原生态的有机土壤中。

走 进 巨 岸

郑国贤

走进荔城，走进巨岸。

在"荔城无处不荔枝"的莆田市荔城区，除了飘香的荔枝，一座座拔地而起的高楼大厦与在建工地之间，到处还可以看到"巨岸建设"工程队的入驻和巨岸人辛勤劳作的身影。

福建巨岸建设工程有限公司（以下简称巨岸）是一家房屋建筑工程施工总承包一级资质企业，并兼有市政公用工程施工总承包、地基与基础工程专业、土石方工程专业和园林古建筑专业承包施工资质。

2006 年 6 月，巨岸落户荔城区，为荔城区的经济建设作出了重要贡献。第一年纳税 1000 多万元，以后每年税收以 1000 万元递增，至 2011 年纳税已经高达 6100 万元，同比增长 13.85％，成为莆田市建筑业龙头企业，跻身全省建筑企业 100 强，获得"福建省经济社会突出贡献企业"、福建省建筑业企业信用评价"AA 级信用企业"、省市"守合同重信用单位"、莆田市和荔城区"纳税大户"等荣誉称号。

高歌猛进勇于开拓进取，满怀激情谱写灿烂华章。

巨岸立足莆田荔城区，面向全国。不断扩大经营业务范围，先后在安徽、四川、浙江和本省的厦门、福州、漳州、南平等地设立分支机构。为适应日新月异的建筑市场，2011 年，巨岸积极探索新的发展道路，转变经营模式，承接的建设项目造价不低于 5000 万元，均以市优标准下达管理指标，确立了"宁少毋滥、争先创优、多创精品"的经营理念，提升企业形象，实现了第一步位的跨越。这一年，巨岸新接工程40个，新增合同额17.8亿元，完成产值14亿元，同比增长67.85%。

巨岸积极参与工程创优活动，公司承建的四川"彭州莆田天彭中学"工程的施工质量、安全管理荣获全省援建项目评比第二名，被授予四川省优质工程"天府杯"银奖和福建省"闽江杯"优质工程奖；厦门园博园"莆田园"工程被第六届中国国际园林花卉博览会组委会授予"妈祖神韵"施工奖、"妈祖神韵"园林建筑小品奖和"妈祖神韵"金奖。

荣誉的背后是辛勤的汗水，巨岸人创造出的巨岸价值与他们默默无闻的奉献是分不开的。

陈文豹介绍说，我的老家埭头镇石城村在莆田沿海的最东边，埭头至石城北码头15公里。1973年春至1975年夏，我在埭头中学（现莆田十一中）读高中，每周回家一次，返校挑着番薯或番薯干外加一罐咸菜与学友结伴而行，这段路上的风景和记忆，任凭几十年岁月风雨的冲刷也难以消逝泯灭……

埭头镇至石城村的公路沿大蚶山麓向东延伸，左侧的大山巨石滚滚，少有林木，纵使是在"绿化祖国"的年代，也是只见岩石上的大字标语，少见石缝里可怜的杂树；上世纪80年代改革开放大建设，这里最大的收入项目是上山采石，也就是出石匠和手扶拖拉机手。

陈文豹就生在大蚶山脚下的石塔村。

顶着1982年8月山中明晃晃的太阳，刚从学校毕业的陈文豹跟着姑丈去闽北山区政和修公路。临出家门的前一夜，父母把他叫在眼前，再三嘱咐他到了工地要听话，不偷懒，老实做事，本分做人……

工程队驻扎在政和县东平，承包的是从东平到外屯十几公里的路段，年纪轻轻的阿豹表现出惊人的毅力，吃苦耐劳，从最基础的粗活学起，虚心向老工人请教，聆听他们的经验之谈，终于熟练掌握了工地的劳作技能。

六个月的日子过去了。腊月他们回到老家，陈文豹把赚到的第一笔工钱800多元一分不剩地交到父亲手里。

特区厦门是陈文豹先生奋斗过的地方，他的足迹踏遍鹭岛。

1984年春节过后，他来到福建省第四建筑公司工地。那是在湖里工业区六号工地，他负责搅拌机的正常运行……陈文豹辛苦劳作一天，到了休息时间很快就进入甜美的梦乡……

厦门浩荡的海风催人成长。由于表现突出，18岁的陈文豹担任工程队的班长，带领自己的队伍在思明区东海大厦做工。

随后三年，他和他的团队转战在三个工地上：东海大厦、厦门大学图书馆、教学楼。尽管工资很低，但他从不计较这一些，照样兢兢业业地做好本职工作，在工地实践中获得了广泛的信任和尊重。

新婚之后，在厦门做工的乡亲都回来过年。有好几个人对阿豹说：省四建五队原来配合的几位领导他们到处寻找你陈文豹呢！于是，过完年，阿豹便去厦门找到这些领导承接了一些小项目——湖明新村B幢大楼。阿豹把关系最好的22名工人招来，立即投入施工。大伙儿不分昼夜苦干。工程完工后，被评为福建省优质工程和全省样板工程。这是厦门市有史以来的第一次。全省建筑行业在这里举行了现场会，省四建在杏花酒店举行庆功晚宴时，喝什么酒吃什么菜他全无印象，只记得那种奇特的感觉——成就感！

当年下半年他承接了东南亚开发公司的槟榔花园A幢楼的收尾工程，省四建的意图是充分发挥阿豹团队的专业技术实力，把工程最后边边角角做整齐，以再创新的荣誉。阿豹不负领导的期望，连怀孕在身的妻子沈美燕也投入其中。全部工作完成的那一天，怀着9个月多身孕的沈美燕蹲着洗地板，搓啊洗啊肚子就疼了……阿豹见了猛吃一惊，慌忙叫手下雇车把妻子送往厦门医院，自己留在现场继续指挥做最后的活……这样，这座厦门市历史上第一座建设部优质工程就跟他的第二个女儿同日同时诞生了。

2003 年"非典"爆发时，他的事业达到了鼎盛期，工地遍及泉州、漳州、海沧和厦门岛……

当时一场"非典"恶魔横扫中国大地，全国建材企业以保存生命为最高宗旨，纷纷关门歇业，建材市场价格应声狂涨。别的建筑承包商都以此"不可抗拒的因素"为由赖账不做了，但阿豹把诚信看得比金钱重要，再苦再累赚不了钱也得坚持。

诚信是一种商业道德，更是一种黄金品质。

莆田市荔城区在厦门大学举办招商推介会。陈文豹积极响应家乡"招商引资"的号召，毅然踏上了回故乡之路。

在莆田城里人看来，巨岸仿佛是从地底下冒出来的一样，似乎是一夜之间登陆莆田的大型建筑企业。

在那个时代那个大环境下，人们为了谋生，都出外打工，陈文豹从打工开始，做了工头，后来承包了工地，创立了公司，一步一个脚印，踏实而稳健地经营着他的企业、他的人生。

他还觉得远远不够。

为了提升自己，陈文豹不断参加学习和培训，考取更高学位，获得了各种个人荣誉和相关的专业职称。

他如今每个月三天封闭式学习，早先几年是去大学听课，后来便是去厦门大学建筑学院、莆田学院建筑系讲课了。即使可以给大学生讲课，他依然坚持去听课。

他是个善于思考的人。多年坎坷，必有所得。他强调："做人比做生意重要。"理由是：一个人不管多么聪明，多能干，背景条件有多好，如果不懂得如何为人处世，他最终的结局肯定是失败。他进一步发挥道：大部分成功的人士在业界是有良好的口碑的。很多有才能的人一辈子都碌碌无为，因为他活了一辈子都没有弄明白该怎样去做人做事。其实归根结底还是你做人做事失败了。他认为：以诚为本、造福社会才是一个人成功的真谛，财富和名望不过是随之而来的肯定。一个人不能一心只想追求财富，否则他往往过分自我而不会去帮助别人，别人就会觉得你太自私，更不愿和你合作。

这一通话，他是对莆田的电视记者说的，这"别人"，在巨岸建设公司里，他把他们称为"内在顾客"，也就是员工。

他从学习与实践中总结出"巨岸模式"，并把它成功地付诸实践。

为了基业长青，巨岸正努力打造自身的品牌，逐渐形成自己一套独特的运营模式和管理模式，制度化管理、质量效率管理、责任制管理、工作时间管理、信仰精神管理等各种有针对性的管理方式应运而生。

金钱不是唯一的有效手段，信任和依赖才是最高境界。

巨岸对人才战略十分重视。大凡招人，都要由高层管理人员亲自面试和考核。

他们不但招人，更重要的是要培养人才；培养人才，他们更重视留住人才。凡是在巨岸上班的员工，都会深深感受到家的温暖，当别人问到他们上班的单位时，他们都会流露出自豪的表情告诉对方说他们是在巨岸上班的——这是一种自豪感，这种自豪感源自于巨岸带给他们的归宿感、幸福感。

巨岸是一个大家庭，每个员工都是这个家庭里面的一分子，即是家人。家人是不会计较太多的，只有血浓于水的亲情。

巨岸是一支铁军，纪律严明，作风正派，工作认真，做事情从来不拖泥带水，不揽功推过，每个员工都井然有序地做着本职工作，团结协作，一派生机。

巨岸更是一所学校，平常他们在工作中学习，在学习中工作。老员工手把手地指导新员工，带出一批又一批精干的人才。每隔一段时间，他们都要进行专业和素质的提升培训。在巨岸，每个员工学到的不仅仅是专业知识，更多的是为人处世、职业规划、奋斗目标等重要的人生课题。

巨岸人拥有信仰——有信仰的人是幸福的，是纯粹的。他们把巨岸价值观和自己的人生价值观融为一体。他们怀着赤诚的心，努力践行自己许下的承诺，只为把巨岸发展为百年老店的品牌，将巨岸价值传承下去，一代又一代……

文章写到这里，似乎应该称他为陈董事长或者陈总了。但我跟他是同乡，这样称呼，难免显得生分，我们还是一如既往地叫他阿豹吧！

阿豹在莆田，一如既往靠的是品牌的效应，靠的是人格的魅力，巨岸把项目接到手，那是开发商信任巨岸，巨岸就要用质量回报开发商、回报客户。对开发商而言，巨岸盖的楼房，每平方米可多卖 50 元。天龙房地产老总证实了这一点。

巨岸接的项目，价格比别人高，投入比别人大，然而又是如何盈利的呢？阿豹说：头几年是打招牌，现在可以盈利了。他们进材料，要求必须质量最好，价格最便宜，依仗的是大批量订单的吸引力，如他们使用"三棵树涂料"，要求价格比他们自己的经销商都要低，而且管理到位，不许有任何浪费。

做成这一切，都得靠人，人是企业的灵魂。人从何来，招呀！招得来，留得住，长成材，这是巨岸的人才培养三步式。阿豹把企业锻造成员工实现人生价值的平台，培养他们对巨岸美好未来的信心，用"传帮带"促进员工的成长；同时，充分考虑他们的实际利益，满足他们的要求，这样他们才能为企业的前途去冲锋陷阵……

巨岸的员工，基本待遇比同行高出 5% 至 10%；6 个月后，就可享有入股工资，分享公司的成果。公司项目的股份，陈文豹占40%，项目经理团队占35%，普通员工占15%。项目经理团队要投资，员工不投资，只赚不赔。如果项目亏了，亏损由陈文豹出。这样，就把员工的利益与巨岸紧紧地捆绑在一起。

有利益，还要有氛围。这就是所谓"企业文化"。

"人所具有的一切，我无不具有。"马克思喜爱的这句德国民谚，用在阿豹身上，同样合适。这些年来，公司成立了党支部、工会，每逢中秋、元旦，各分公司、项目部和部门都要举行文艺演出和比赛，把厦门的"博饼文化"带过来博一博，每年组织员工外出旅游，开阔眼界，增长见识；慰问生病的员工等。

和谐氛围的营造是企业发展的动力。他在公司里将"三欣会"和"四新会"的运作模式切实贯彻。

"三欣会"由自己、对方和团队三方构成，内容是互相欣赏、互相鼓励、互相赞美，人数在3至10人均可。如你做了善事，对某件事很负责任，做得很到位，提前完成了某项任务等，当然不是泛泛而谈，而要说出具体的事，当事人听了感觉很愉快，提振了信心，增进了自信力。如果是一场10个人的"三欣会"，就会听到20项赞美，团队也聚集了集体的优点，凝聚成一股奋发向上的动力。

"四新会"是新发现、新感受、新问题、新做法的简称，核心就是揭短。这种会不能经常开，但一季度或半年肯定要开一次，参加会议的员工，当别人提出自己的短处和缺陷时，只能倾听和记录，不能解释，更不能反驳，只能记下来回去感受，改正和提高自己。

在新时期合适的阳光和雨露之下，阿豹破茧而出，就这样，他沿着做建筑行业的路径，一步步地构筑自己的理想之梦，他要把巨岸培养成枝叶繁茂的百年老店，以"诚信至上，专业第一"的核心理念把他的团队带向远方。

当然，他知道，自己的形象不在于自己说了什么，而在于自己做了什么。做工程，就要做精品工程。

为了确保工程质量，提高企业信誉，使企业在市场经济的环境下立于不败之地，巨岸依靠科学的管理、建立严格的质量管理体系和制度、责任落实到位、设立目标考核、奖罚明确，做到质量第一，人人有责。

对于工程建筑各项条例、建筑施工规范、工程质量验收规范严格执行。为了确保质量管理制度的执行，巨岸建立公司、项目经理部、施工现场三级质量管理体系。其中，公司是企业质量管理的最高领导和决策机构，对巨岸的工程质量负全面责任；项目经理部在公司的领导下，对确保本单位的工程质量负全面责任，严格执行施工验收规范、施工操作技术规程、质量验收评定标准，坚决做到不合格工程不交工；施工现场在公司和项目经理部的领导下，对所承担施工的单位工程质量负有直接责任，认真学习设计图纸及有关设计说明，严格按图施工，严格按工程建设标准强制性条文进行施工，按行业标准、企业标准和施工组织设计中的质量技术措施要求进行施工。

每个项目，陈文豹都亲临施工现场，及时掌握工程质量动态，协调各部门、各单位管理工作的关系。巨岸建立总工程师质量责任制，组织审核质量计划，并负责组织实施，组织单位工程的质量检验评定工作，参加单位工程竣工验收。牢固树立质量第一的观念，充分发挥质检员的作用，组织单位工程的图纸预审、会审、结构验收和竣工验收，审核工程质量等级，严把材料质量关，做到不符合要求的材料坚决不用；建立施工员质量责任制，组织分项工程的技术复核工作，随时掌握各分项、分部工程的质量情况，及时指导各班组按照条例、规范、标准施工；建立质量检查员责任制，真正做到公司领导负全责、项目经理部负大责、施工现场抓落实。

对质量的严格把关，源于陈文豹感恩的心态——感恩社会、感恩客户……

在生活中，陈文豹同样充满爱心，始终用感恩的心善待每一个人。

他捐资助学、修路铺桥、捐款赈灾、扶贫救危，用心做了不少慈善，慷慨解囊热心公益事业。

2011年6月24日，厦门发生三个莆田务工人员见义勇为与歹徒搏斗并被刺成重伤的事。次日上午，厦门莆田商会秘书长谢纠告诉他这事，阿豹立即驱车前往"三兄弟"之一住的厦门海军医院。来到病床前，他才知道，"三兄弟"是他的埭头同乡，来自两个极度贫困的家庭。阿豹第一眼看见那件染满鲜红血迹的衣服，心，急剧地颤抖了起来；他牵起他的手，小伙子说：痛，痛……

阿豹的眼泪就涌出来了：这么年轻的面孔，面对如此冷漠的凶手，做出如此果敢的壮举，自己真该为他做点什么了。小伙子的妈妈告诉阿豹："早上医院就通知交钱了，可……"阿豹明白了，问："医院可以刷卡吗？"他妈妈说："应该可以吧！"阿豹试着去交费窗口，回答是不行。遂回来对他妈妈说："我们去街上取款吧！"他们沿着中山路找银行柜员机，可能是时候尚早，不是柜员机里没有钱，就是不同银行不支持，一直跑了几个柜员机，才取出1.5万元的钱，连同车上平时准备交过路费的钱，阿豹全部交给小伙子的妈妈……妈妈接过钱，感激不尽，激动中还不失礼貌，到处找纸要给阿豹写收条。阿豹听了，眼泪又涌到了眼眶："你们教育出这么好的孩子，见义勇为的事迹令人感动，不要说什么写条的话。"

海军医院的领导获知信息，立即前来病房了解情况，当即作出决定，免去"三兄弟"的全部医疗费用，并把他们转移到特护病房……与此同时，"三兄弟"的英雄壮举先后通过厦门、莫田、福州的媒体传播开去……

"千淘万漉虽辛苦，吹尽黄沙始到金"。一次次可贵的历练，巨岸收获的不仅仅是良好的信誉，也熔炼出巨岸人追求梦想，锐意进取的制胜理念。

展望未来，巨岸人面临新的考验和挑战。在持续稳健壮大的同时坚持走"百年老店"品牌战略，持续引进和培育高端人才；整合各方资源，企业资质全面升级，始终秉承"诚信至上，专业第一"的核心价值观，牢记"专业，精进"的巨岸司训和"精品工程"产品理念；坚持"认真、快、坚守承诺"的巨岸作风；用巨岸独特的经营模式，实现员工的个人成长和顾客价值满意度 100% 的目标。

一首磅礴大气的《巨岸之歌》令多少巨岸人豪情满怀，令多少年轻人热血澎湃。在催人奋进的旋律和歌声之中，我们深信，巨岸的明天一定会更加美好！我们深信，巨岸也将为荔城区的建设作出更大的贡献！

创新和开发是企业的生命和灵魂

——记莆田市恒达机电实业有限公司总经理林正华

庄永章

三月莆田，细雨茫茫，微风阵阵，宜人的气候告诉人们，春天已经来临。2012年3月5日至8日，笔者随同福建省炎黄文化研究会、福建省作家协会文学采风团一行走进莆田荔城，所到之处一派欣欣向荣。人们看到，这个成立10周年的县级区焕发青春的活力，展现了朝气勃勃的生命力和与时俱进的创造力。荔城的发展前景更让人们充满无限的憧憬和期待。

走近莆田市恒达机电实业有限公司总经理林正华，笔者与他面对面沟通时，历经近20年磨砺的林正华以自己切身的经历和深刻的体会告诉笔者，创新和开发是企业的生命和灵魂。只有坚持不懈地进行技术的创新，管理的创新，人才的创新和不断开发新的产品，让创新成为企业的生命才能使企业永续经营，立于不败之地。

三十而立，恒达诞生

1965年2月，出生于福建省莆田新度厝柄村的林正华，祖辈从事小五金作坊，在当地大部分群众都从事农业生产的厝柄村，林正华算是能工巧匠之类的家庭了，因此小有名气。从小聪颖好学的他跟着父亲学点小五金的制作工艺，就连自行车坏了也自己动手修理。

童年的时代很快就过去了。20世纪90年代初期，国民经济蓬勃发展，百业俱兴，林正华以他对机械的兴趣和对市场的敏感性判断，果敢开始从事旧货机械买卖，通过各种渠道收购废旧机器经过修理、改装、喷漆，变废为宝转手出卖，以他的聪明才智，把生意做得相当红火，他也就因此成了远近闻名的万元户。

1995年，三十而立的林正华用赚到的第一桶金作为资本，投资设立莆田市恒达机电实业有限公司（以下简称恒达机电），专业从事刀模钢的研发、制造和销售。林正华说，这是一个当时还没有人接触的行业，属于冷门；在国内尚属空白，而国内市场所需的刀模钢完全依赖进口。如果研发成功，刀模钢产品的市场前景是非常乐观的。

正因为看到刀模钢巨大的市场潜力，林正华在没有具备任何优越条件的情况下，敢于下定决心，一切以零开始，边干边摸索，边摸索边前进。之后他回忆说："创办恒达机电至今，近20年的光阴瞬间而过，但当时的情景历历在目。现在回想起来，他会有些许害怕。但路是人走出来的。正如鲁迅所言，世界上本来是没有路，很多人走过之后便就成了路。俗话说得好，三十而立，四十而不惑。当时我已经30岁了，不在此时成家立业，等待何时。先前赚到的第一桶金，一定要找个项目去投资、去发展，总不能一直守着这些钱吃老本，更何况人们常说，坐吃山空。而我这个人又不喜欢跟风而进，人家干什么，自己也跟着干什么，这样做多没有意思。所以，在一次偶然的机会中我发现刀模钢产业在市场需求如此大，何不自己亲手尝试一下呢？答案是肯定的。"正因为林正华坚强不屈的信心和持之以恒的耐心，才使他在研发刀模钢生产的过程中克服重重困难，迎接层层考验，以常人无法想象的毅力一路走来。

说时容易做时难。正当项目从立项，批准工商营业执照，完成法定注册资金程序，到引进国外先进刀模钢生产设备，再到培训技术人员，进行试生产，这一切都按照原先预定的计划有条不紊地进行着。令人意想不到的事情终于发生了。当第一批试生产的刀模钢产品下线时，经过质检权威部门的检测，产品质量达不到要求。主要是刀模钢热处理工艺不过关，影响到成品质量，这也是刀模钢的核心技术，在国外的同类行业中，是属于保密性的技术范畴，虽然买了国外的成套设备，但这项关键的技术人家是丝毫不会透露半点信息的。如果过不了热处理这一关，其成品就无法进入市场，先前的所有努力就将付之东流。

林正华告诉笔者，当时恰逢年关，最为头疼的是如何渡过这一难关。眼看亲手创办起来的企业，一夜之间就有可能因此而破产。百万富翁也有可能成为百万"负翁"，这是多么可怕的结果啊！

技术创新，起死回生

"山重水复疑无路，柳暗花明又一村"。

就在林正华几乎走投无路之际，朋友们挺身而出，助他一臂之力。他们将一笔笔现金借给林正华，让他渡过难关、继续向前。林正华说："正是朋友们的不离不弃，鼎力相助，才使我增强了信心，坚定了决心，让从来没有放弃过的我重新点燃了希望之火。于是我上高校、跑科研单位，马不停蹄地奔波在离退休科研人员、专家学者之间，请他们指点迷津，攻克刀模钢生产过程中热处理工艺的关键技术。"

功夫不负有心人。在专家学者夜以继日、不辞劳苦的探索之下，经过技术人员反复实验之后，刀模钢热处理工艺被攻克了，产品质量获得国家权威质检部门的认可。林正华喜出望外，恒达机电有救了！

　　谈及此事，林正华总经理满怀感激地告诉笔者，在那非常困难的时期，他和专家学者们相聚在一起，探讨刀模钢生产过程中热处理的关键技术问题，研究刀模钢技术创新的方式、方法、方案，从而找到解决问题的办法所在，这次合作十分融洽，万分和谐，仿佛是一种基于生命自然而然的缘分。"为了解决刀模钢生产过程中热处理的核心技术问题，才让我们都有一见如故的惊喜，更有相见恨晚的惋惜，还有一道努力奋斗、克服困难，取得胜利的信心和决心。这就是我与这些极具权威的长辈们相聚在一起的缘分所在。有了缘起，必定就有过程，而且会有结果。"

　　在专家学者、工程技术人员不懈努力之下，恒达机电峰回路转。刀模钢很快准予进入市场，由于恒达机电所生产的刀模钢质量上乘，其价格比进口产品便宜了许多；因此，恒达机电生产的刀模钢很快占领了国内市场，刀模钢产品完全依赖进口的局面被林正华打破了。

　　林正华告诉笔者，中国人不比外国人差。外国人能做到的，中国人也一定能做到，甚至有些地方比他们做得更好。恒达机电终于在技术创新过程中起死回生，走上了一条稳定、健康的发展之路。

管理创新，持之以恒

　　当笔者走进恒达机电实业有限公司驻地时，一眼让人看到的是一排排错落有序的现代化标准厂房，宽敞明亮的办公场所和崭新一流的生产设备。陪同采访的荔城区新度镇副镇长程珍发介绍说，恒达机电自1995年创办至今，已走过了近20年的光阴。它是目前国内最大的刀模钢生产企业，是双金属复合材料、双金属锯带的龙头企业。公司现有员工300多人，其中一线熟练工人 220 多人，各类高、中级管理人员及技术骨干 30 多名，高级技工 50 多人。恒达机电在林正华总经理的领导下，注重企业技术的创新和新产品的开发，注重企业文化的创新和企业管理模式的创新，同时坚持"品质优先，诚实经营，锲而不舍，恒而达之"的经营理念。近十几年来企业健康发展全面提速，销售收入、纳税总额、资产总值呈现同步快速增长的态势。

经过 10 多年的经营开拓，恒达机电发展稳中求进，与客户建立了长期稳定的良好合作伙伴关系，资金运作流畅，商务信誉优良，多次被莆田市政府授予"诚信企业"、"诚信纳税人"、"守合同重信用单位"荣誉称号。恒达机电生产的冷弯刀模钢产品获得了国家技术发明专利，LINGYING 品牌在市场上取得了较好的信誉，2007 年被授予"福建省著名商标"称号，2008 年被评为"福建名牌产品"。

在 10 多年的发展实践历程中，恒达人深知产品的不断创新和开发是企业的生命和灵魂，是企业保持旺盛生命力的源泉。恒达人不断进行技术创新和产品创新，为广大客户提供一流的产品和服务，力争实现双赢。

恒达机电生产的刀模钢用途广泛，品种规格齐全。其产品的特性是：具备高强度、高韧性及提供各种规格经高频硬化刀刃的产品。可根据客户要求在保持产品高韧性的同时，提升刀体硬度至 42HRC，品质符合高强度、高寿命的需求。

1998 年 11 月 7 日，林正华发明的"一种制造鞋帽用的冲裁刀带及制造方法"获得了由国家专利局局长姜颖签发的第 42771 号《发明专利证书》。2008 年，恒达机电通过了国家质量管理体系认证，使企业发展百尺竿头，更进一步。

由于恒达机电生产的刀模钢质量可靠，价格合理，市场份额逐年提高。现国内销售遍及长城内外、大江南北。其中福建、广东、浙江、江苏、上海等省、市、自治区的销售业绩稳步增长，前景喜人。外销至意大利、印度、越南、泰国、沙特阿拉伯、美国、日本、阿根廷、西班牙、英国、墨西哥、奥地利等国家和香港、台湾地区，每年为国家赚取了不少外汇。

在创新管理的企业文化中，恒达机电许多亮点值得借鉴和弘扬。例如提供一流的工作环境和生活条件，所有员工都享有免费的住宿和伙食补贴，每位员工通过自身的努力都有升迁的机会，工资待遇也是目前当地比较高的企业之一，企业的福利和业余时间的文娱活动的场所都比较理想。

产品开发，凯歌高奏

历尽风雨始见彩虹。

恒达机电经过了十几年的发展，已经成为国内刀模钢行业的龙头企业。在成绩的面前，是固守不动，还是要继续前行？林正华毅然决然地选择后者。

近年来，林正华总经理到国外参观考察，发现双金属复合材料和双金属锯带已广泛应用，而国内尚属空白。于是，他下定决心，在原有生产刀模钢的基础上展开产品创新，引进目前世界上最为先进的德国和瑞典两套设备，价值3000多万元，研发双金属复合材料和双金属锯带的尖端产品，填补国内空白。

林正华告诉笔者，经过不断的努力，双金属复合材料和双金属锯带已经进入了试生产阶段，可望于2012年下半年投产，产品可占领国内50％的市场份额，年产值达到3亿元。这一项目的实施，是恒达机电技术创新、管理创新、产品开发的又一新的里程碑。

笔者衷心祝福，林正华总经理领导下的恒达机电在科技创新和产品开发的征途中，一路凯歌高奏！

六六福，成就时尚与梦想

——走进六六福公司的奢华珠宝世界

李雪梅

2012年农历正月初三，莆田工艺美术城锣鼓喧天，鞭炮声震天动地。六六福珠宝大型批发展厅迎来了一派喜人的开门红！

万物复苏，欣欣向荣。在这个龙腾喜庆的日子里，关于增福添喜，关于希望憧憬，关于六六福的意象，宛若绚丽的山花一般，在早春的大地上，漫无边际地铺展、延伸……

金里淘金不是梦

一把小锤子、一个铁墩子、一把小天平称和人民公社出具的证明，加上简洁的行李，一队打金人便浩浩荡荡地出发了，走街串巷，走南闯北，开始了"打金人生涯"。

这是发生在上个世纪80年代的事，当时北高镇的许多家庭都是子承父业，外出打金。在这个打金人的队伍中，出现了两张稚嫩的面庞——现在六六福公司总裁翁文炳和董事长叶清星。翁文炳16岁学打金；而19岁的叶清星也因家境贫穷，念到高一，便跟随父辈学习打金，背上行李和工具沿街揽活。那时金匠们打造金器全靠纯手工，打造一件金器通常要经过锤、敲、压、剪、刻、镂、缠、磨、雕、焊等工序，才能打制出精美纹样，然后焊接或编织成型，考验的就是金匠们的手艺。

苦尽甘来，历经无尽的辛酸和打拼，在不断吸收异地文化和创新技艺的基础上，两个小伙子的工艺技术日益精湛，加工风格日益丰富。靠着打金银淘到了第一桶金!

好雨知时节。上世纪90年代,我国黄金"统购统配"体制开始松动,黄金市场逐步开放,莆田珠宝首饰业迎来了春天。北高人的金铺如雨后春笋绽放在全国各地,这时的金银加工店,实际上是家庭小作坊,挣取的还只是微薄的加工费。但石膏模具的出现为金匠们加工金饰省了不少工序。

到了1999年,昔日的能工巧匠来了个华丽的转身。翁文炳与叶清星强强联手成立了金威首饰有限公司,成了敢吃螃蟹的第一家。接受采访时,董事长叶清星坦言,当初公司仅有资金300万元,技术工人80多人,厂房还是租的……但政府支持,市场前景广阔。他们千辛万苦,一步一步,从小做大,直到发展成为集珠宝产品研发、设计、生产、营销为一体的大型专业珠宝公司,拥有数亿资产的行业龙头企业。

兢兢业业、锲而不舍,两位曾经的金匠终于盼来了2004年,在香港注册六六福商标,同年在深圳注册六六福并正式运营。

2009年秋天,在莆田工艺美术城里,六六福珠宝大型批发展厅正式开业了。在焰火绚丽、鞭炮缤纷中,一个珠宝商遥远的梦实实在在地圆了!

给品牌插上腾飞的翅膀

市场呼唤品牌,品牌带动战略。为打造消费者心目中最可信赖的珠宝品牌,公司以标志性图腾作为文化的象征在同行业中可谓是独树一帜。

"取六六福这个品牌,一定是与福有关吧?"我好奇。

"六六福品牌寓意:六种福气,一份情意。六种福气,意喻寿、富、康、德、和、孝;一份情意,暗示六六福珠宝见证人

145

生幸福时刻。六种信心，无限安心，意指形象、态度、款式、工艺、售后、信誉等给消费者带来的信心。"

叶董思维敏捷，条理清晰，言语稳健，让我叹服。六六福品牌的美好寓意和经营者的良好期望，又让我满怀感慨。

六六福要做百年企业，就要打造质量过硬的首饰品牌。公司在承袭欧美珠宝文化的精髓上，以中国元素、东方之美来演绎，产品从研发到生产，步步以市场为圆心，以创新为半径，求真务实地为六六福品牌的拓展夯实了坚实的基础。借助东西方交融的灵韵，研发出了六六福品牌别样的风情。

怀着打造著名品牌梦想的六六福，在坚持精益求精的制造工艺与至纯成色的同时，始终关注着女人最为细微的需要与态度，体会着不同女人对于美丽人生的向往与期待，并将这真切的理解与感动倾注在珠宝首饰的设计之中，令情感的共鸣与首饰造型艺术的光芒交相辉映，缔造出一件件典雅灵动的珠宝首饰作品，不仅满足女人对于美的呼唤，更知显其非凡气质。

拥有爱的珠宝才是好的珠宝。对于六六福人而言，做好一件产品就是在完成一件经典的艺术品，就是一回独具匠心的智慧创造。目前，六六福公司构建了一条完整的产品链，融原创性、前沿性、高品质、高工艺于一身，形成了独具特色的六六福品牌体系。在深圳召开的珠宝发布会上，"丝路花雨"、"绽放"、"缘定今生"等系列产品深受市场欢迎，得到国内外珠宝客户的赞许。

对于珠宝行业品牌来说，其品牌形象是产品形象、广告形象、营销形象、设计师形象和品牌代言人形象的有机组合。六六福品牌形象正是基于多年来企业内外兼修诚信经营所积累的。六六福的经营者深知：品牌需要长时间的积累，市场瞬息万变，诚信永远不变，创新永远不变。这就是经营品牌的法宝。

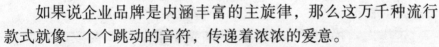

凸显个性　赢占空间

如果说企业品牌是内涵丰富的主旋律，那么这万千种流行款式就像一个个跳动的音符，传递着浓浓的爱意。

时尚从来没有固定的定义。随着保护地球意识的觉醒，简约风尚的萌芽，六六福珠宝以时尚传递新的时尚理念，倡导从内心渴求出发，重返自然去寻探大自然的力量，他们十分注重消费者内心探索的发展趋势，展示出极具创意的潮流趋势。

2007 年 5 月 17 日，第三届中国文化产业博览会在深圳隆重开幕，六六福公司展出的两大系列作品"自然之声"和"花样年华"，在此次展出中分别获得银奖和铜奖。

以"自然之声"为主题的系列首饰获得顾客青睐。美丽的流苏，花间翩然的精灵，星星闪烁的链托……所有自然的鲜活元素都能在人们凝视的那一瞬间，镌刻记忆的永恒。"花样年华"、"风情万种"、"爱的天空"等也浪漫登场，女人的花样心情盛放得如此灿烂，大自然的灵性和美感跨越时空，绽放在触手可及的咫尺，恒久停留在身边，心与自然永远最近。

黄金珠宝业真正到了该凸显个性、突破同质化的时候了！

公司高层认为：一定要拿出具有自己独特风格的产品，以产品来提升品牌，从而在市场中赢得份额，永立时代潮头。

公司聘请了国内一流的设计师和首饰制作技师，把目标瞄准新产品的开发，不断研发出具有六六福特色的产品，独具匠心的设计，千变万化的款式，神奇魔幻的数码技术为每一件产品都打上了高科技的烙印，首饰设计的数码时代释放数字时代的美学价值，感性的人文情怀与科学的理性光辉点燃了人们生活的无限激情，冷与美，力与柔，展示无尽的想象力。

以欧美风格为代表的钻饰和宝石饰品典雅名贵，设计前卫的铂金和K金系列贴近国内市场，这些产品融入各种流行时尚元素体现简约大方、崇尚自然、追求优雅和谐的现代风格。而专为情侣打造的结婚钻戒，更体现出六六福人对人间每一份真情的美好祝福。

走进六六福的生产车间，整洁宽敞的厂房、高效运转的流水线、勤奋严谨的员工，我的心弦为之怦然震动。想起那一件件精美的珠宝首饰，我感到难以言述的心灵震撼。那每一个点、每一条线、每一个面都是金匠师们蓄发于心的劳作和辛苦，可以信赖的是昼夜不舍的付出，是勤勉的打磨精神，可以看到的是一个个创造物上留下了指纹摩擦的光亮，有着心的刻度。一件作品从设计到问世，注入的不仅仅是一个团队的精神，更多的是赋予作品的完美、创新的精髓和鲜活的生命力。谁能说珠宝都是奢华而冰冷的？谁又能说首饰只由一颗颗没有生命、没有情感的昂贵"石头"组成？

千金一诺　追求卓越

历经艰辛的探索，六六福已发展成为莆田市交易量最大的黄金专业公司。追求的脚步不曾停歇，公司开始考虑走向终端市场。2007年在深圳珠宝展上高调亮相的六六福大放异彩，开始了其连锁加盟的品牌扩张之路。目前，六六福品牌加盟连锁业务已遍及全国20多个省（区、市），发展了400多家加盟店。与此同时，六六福也在努力拓展国外市场。六六福凭借其精工水准，产品在格外挑剔的海外市场热度不减。

叶清星表示，六六福的定位，是以加工带动品牌发展。企业的生命线还是在于自己的产品，没有自己的拳头产品就不能打造出真正的品牌，所以企业在不断地创新，不断开发具有自己特色的产品款式，从而提升自己的品牌附加值。

作为珠宝行业的领头雁，六六福公司的管理也自有它的成功经验。以诚信经营品牌是企业的生存发展之本，也是六六福公司的经营之道。向管理要效益是六六福一切工作的出发点和落脚点。他们以人为本，从规章制度制订出台到贯彻落实，公司高层领导都能以身作则。黄金首饰价格昂贵，做工精细，为保证不出任何纰漏，公司管理人员实行跟班制度。对个别违反规章制度的员工，严格照章办事，决不姑息。恩威并举，颇见成效。实践证明，这种人性化管理模式是成功的。

有道是"十年磨一剑"。公司经过 10 多年的市场历练，如今已走出了一条金光闪闪、威名远播的成功之路。除了科学的管理，是否还有别的因素？

总裁翁文炳曾感慨道，黄金首饰市场竞争相当激烈。人常说"酒香不怕巷子深"，其实"酒香还得勤吆喝"。要想分得杯中羹，单靠管理不行，还得靠销路。近年来，公司生产的铂金、黄金、钯金、钻石、玉器等系列产品，质量上乘，做工精细，款式新颖，备受消费者的青睐。然而由于竞争激烈，滞销现象偶有发生。

如何突破销售"瓶颈"？

六六福总经理林东昇告诉我，他们审时度势，拓宽销路，创新营销模式。转变原来的在家等客户、网上晒客户为诚心找客户、挖客源。抽调精干人马到各个销售网点拜访老客户，结交新客户，以诚心和产品的质量打动人心。如今六六福产品是"皇帝的女儿不愁嫁"，就丝毫不奇怪了！

六六福注重企业管理和团队建设。在企业成长的每一个阶段，都伴随团队成长的足迹，定期选送设计师赴香港参加培训学习。公司已建立完整和规范的售后服务体系，确立了零缺陷和零投诉的经营服务理念。同时，公开服务承诺，对产品实行终身负责维修，所有票据齐全的六六福产品，可获得优质的售后服务。另有80％保值回购，裸钻定制、刻字服务、改款服务等。目前，公司已申请企业字号保护。

"回报社会也是一种福气。"这是六六福公司对于感恩的独到理解。公司每年捐资30多万元用于慈善和公益事业。

一路跨越，六六福留下了闪光的足迹：产品先后获"中华金银珠宝名牌"、"中国著名品牌"、"国家首饰质量监督检验中心质量认证品牌"等荣誉称号，公司还获"全国质量信誉双保障示范单位"、"全国珠宝首饰行业自律联防单位"等称号。

追求卓越，演绎时尚经典。六六福人坚持"品质为本、服务为上、追求时尚、大胆创新"的经营理念，凭借超前的营销理念、完善的营销方案、高效的服务体系，让品牌和产品引领时尚潮流。六六福如歌如诗的品牌，吸引无数羡慕的目光。坚守、共享、共赢，追求卓越。六六福缔造经典时尚的美丽传说，六六福为世界奉献极致美丽，所以，她拥有未来，拥有着激荡珠宝世界的力量！

吴宇岩："二次创业"的三部曲

戎章榕

2012 年 1 月 30 日，壬辰年正月初八，春节长假的节日氛围尚未完全散去，一场千人企业家大会即在泉州市隆重召开，拉开了民营企业"二次创业"的大幕。

石狮市金利莱斯服饰有限公司（简称金利莱斯）应邀出席了千人企业家大会。作为公司董事长的吴宇岩谈起感受，依然内心难以平静。他的事业起步在石狮，受惠于"一次创业"。从打工仔到企业家再到响应民资回归创办莆田市金利莱斯服饰织造有限公司，从接单生产到自主研发顾客订单所需的产品，再到品牌建设，吴宇岩也正在酝酿着从"一次创业"到"二次创业"的蜕变。在采访的交谈中，他没有太多地讲述过去 22 年"一次创业"中的艰辛与成就，而是反复强调"二次创业"创新转型中的梦想与未来。

快时尚：跟上时代的脚步

"把快时尚作为金利莱斯下一步的产业运作模式"，吴宇岩首先谈起了"二次创业"的战略选择。所谓"快时尚"，是服装产业链体系上表现的快速生产、快速物流、快速销售，在整个生产环节中能够快速运转，并且迅速地向市场推出最为流行、最为新颖、最为时尚的款式。

传统的服装品牌从 T 台上发布信息，延续出产品，到各专卖店、专柜上货，一般都需要好几个月时间，高档品牌甚至需要半年。但根据"快时尚"的概念，企业能够在极短时间内将产品概念转化成为消费品。

对于以"时效性"著称的服装业界，"流行性"和"季节性"构成了服装商品的显著特征，服装企业要做到"信息反馈高效、市场反应灵敏"，才能在日趋激烈的市场竞争中立稳脚跟。快时尚遂在服装行业快速反应中应运而生。

但对于"快时尚"，业界目前存有争议：拥戴者奉其为中国服装未来发展方向，适销对路扩大消费；质疑者视其为中国品牌多元化发展阻力，且诟病不利于环保节能。怎样看待在日渐多元的市场环境中成长的快时尚风潮？当世界上第一个快时尚品牌亮相后，并在2006年进驻中国，至今算起来也只有5年多一点的时间，而吴宇岩已经能准确把握、快速跟进了。交谈中，他甚至一时还叫不出设在北京的一家国外快时尚的品牌（因为是外文），但从单日单店销售500万元这一额度中，他看到了潜在的市场空间。

那么，不妨回眸吴宇岩的来路，可能更有助于瞭望他的未来。吴宇岩1968年出生在莆田市新县镇一个偏远的小山村。家有兄弟姐妹5人，排行老大。那个年代，生活拮据可想而知。再加上父亲身体不好，作为长子，分担家庭的重任也在情理之中。1986年初中毕业，他来到邻近的晋江打工。斯时的晋江，市场经济已经萌芽，民营企业犹如雨后春笋。出现最早、成长最快的是服装业。晋江人利用"闲钱、闲房、闲人"，从家庭作坊、来料加工开始，生产所谓的"国产洋装"。吴宇岩来到一家服装厂当学徒，他天资聪明，再加上勤劳好学，总是比别人学得快。"快"，是市场经济的要旨之一，人无我有，人有我快。只有学得快才能比人学得多、学得好，才能捷足先登，领先他人。推而广之，创办企业也应当先人一步、快人一拍、高人一筹，掌握主动权、创造新优势，才能在激烈的市场竞争中，步步为营，立于不败之地。

3 年之后，吴宇岩已经能够在他乡立足了。这时，他又带出了两个弟弟，加盟服装业的打工行列。初衷只是为了减轻家庭重负，却没有想到在 20 多年的打拼中，兄弟成为他的左膀右臂。他提供了一个细节：时至今日，兄弟四人都在经营金利莱斯，拥有各自的股份，尽管早已成家，住在不同的套房里，却在一个锅里吃饭，未有分家。说到缘由，是那年奶奶临终前，把吴宇岩叫到了病榻前，叮嘱他今后务必照顾好三个弟弟。不要把钱看得太重，天下的钱是赚不完的，兄弟的情义最重要。十几年来吴宇岩恪守对奶奶的承诺。当今社会，什么都在变，且变化的速度真可谓是日新月异。尤其是服装产业，流行趋势更是千变万化。但是做人的根本不能变，比如承诺、诚信、勤奋……只有固守不变，才能应对万变。兄弟四人用各自的经历真情演绎了"兄弟齐心，其利断金"这看似平凡实则不易的故事。

上市融资：追求做大做强

吴宇岩"二次创业"的第二步是改制上市。金利莱斯已经省证监局批准为拟上市企业。上市融资是为了将企业做大做强，吴宇岩心中孕育了成熟的上市路线图。

首先是品牌定位。品牌定位是企业经营的首要任务，也是品牌建设的基础。品牌定位是确立并建立一个明确的、有别于竞争对手的、同时又符合消费者需要的形象，使产品有一个合适的市场位置，得到消费者的普遍认可。就男装而言，柒牌男装，定位为中华立领，差异化立马显现了出来；利郎男装锁定在商务，也就确定了特定的消费群体；七匹狼诉说的是性格男装，给男人注入了个性、注入了气质。当我问道什么是金利莱斯的定位时，吴宇岩不假思索地回答道："时尚休闲便西。"服装的品牌定位有助于将产品转化为品牌，有利于潜在顾客的准确认知。尤其80后、90后的消费群体的出现，快节奏、个性化为时尚服饰的演绎赢得了广阔的空间。

其次是品牌建设。服装行业已从卖产品到卖品牌，服装企业已从做产品到做文化的转变。金利莱斯以重金聘请专业团队，研制打造自主品牌，一款"劳威顿"新品牌宣告诞生。公司已从服装产品的特点，如款式、工艺、面料等，找出自己的闪光点；又从市场的细分下手，展现"劳威顿"品牌怎样填补市场的空白点；更从赋予品牌的精神内涵入手，给品牌赋予独特的精神文化性格。总之，公司近年致力于寻找差异化，找到人无我有的特质。

此外，引入"快时尚"的运作模式，公司准备2013年全面推出快时尚的"劳威顿"品牌。目前，吴宇岩已和一家投资公司洽谈，在全国主要的大中城市设置"劳威顿"直营店，或称时尚体验馆。届时新品一经推出，同步面市。此外，金利莱斯也正在与一家电子商务公司合作，把快时尚的品牌服饰全面推上网络，实现网上网下同步销售。

改制上市融入社会资本是现代企业的必然选择。把金利莱斯打造成为一家公众性社会企业，在吸纳社会资金的同时，承担起企业的社会责任。企业的社会责任，包括了服务社会、创造文化、提供就业机会、善待员工、把高质量的产品和服务以最低的价格提供给消费者等方面。对此，在吴宇岩的"一次创业"中，早已着手建设企业社会责任体系。

在晋江打工5年之后，吴宇岩萌生了自己做老板的想法。一如当年靠借200元钱买台缝纫机开始打工，1990年同样靠借亲戚3万元创办一家服装厂。身无分文，白手起家，因为负债经营所以不敢懈怠。既为老板又是送货员，从误解到了解、从白眼到笑脸，靠的是诚信和勤快，一步一个脚印，稳扎稳打，慢慢把生意做起来。到了1996年，资金有了一定的积累，就注册了石狮市金利莱斯服饰有限公司，不断滚动发展。1998年又萌生了自建厂房的念头。2001年在石狮申请土地。

回溯创业经历，今后若是上市融资也是在借公众的钱，对此，吴宇岩体会深刻。企业社会责任不仅体现用好股民的资金，而且体现在对员工的人文关怀上。为了留住员工，公司先后在涨工资、增福利、解困难等方面做了很多的工作，目前金利莱斯的人均工资水平在当地处于中档偏上的水平。吴宇岩特别强调，如今用工环境有了变化，外来工不仅有物质的需求，也有精神的需求。因此，要让员工有家的感受。吴宇岩动情地说，我也是打工出身，社会对我的关爱一直铭记在心。2005年五一劳动节前夕，在泉州十佳外来工创业精英评选中，自己是优秀奖获得者。2011年又被评为全省纺织工业先进工作者。如今企业有了发展，就应当回馈社会，善待员工。2011年公司被石狮市评为执行"工资集体协商"先进单位。吴宇岩在介绍企业社会责任时，两个有说服力的数字让我印象深刻：公司20多年的发展，培养并分离出200多个服装厂的老板；公司迄今还留有从他办厂那天起的老员工30多人。

强调企业社会责任远比谋求上市更重要，只有逐渐增强企业社会责任感，才能有朝一日成为公众性的社会企业。吴宇岩追求的品牌是具有品质、创新、快速反应、社会责任四位一体的品牌。企业社会责任是解决企业与资源、环境和社会种种冲突、保持社会关系和谐和经济秩序稳定的一种有效手段。在发展实体经济、鼓励民营企业"二次创业"中，导入企业社会责任，与当前贯彻落实科学发展观、倡导以人为本、构建社会主义和谐社会是相吻合的。

服饰创意产业园：闽派服装新崛起

吴宇岩"二次创业"的第三步是希望在他的家乡建设一个服饰创意产业园，把闽派服装做出影响、做出规模。

"无抱团、不发展"，这已经成为目前服装业发展一种趋势。分析成因，出于成本压力、市场拓展等多重考虑。以产业转移为基本特征的中国服装产业发展的第二次浪潮此起彼伏，内陆许多地方也希望从产业转移的浪潮中分得一杯羹。而单个企业到外地去办厂，因为无法配套而碰到许多问题，如企业发展所需要的面辅料、配件等因为没有固定的供给渠道，加上普通技工断层、高级技工短缺等问题，导致企业举步维艰的境况。

产业转移浪潮不可避免地波及闽派服装的策源地——石狮，面对突如其来的产业变局，身为石狮休闲裤同业公会副会长的吴宇岩说，石狮休闲裤同业公会有 300 多家会员企业，年产值接近 300 多亿元。2011 年，公会就组织会员企业前往周边多个地区进行考察，拟统一购地，建设标准厂房，把要增加的和现有的产能分流一部分出去，以满足企业规模扩张的需要，而公会也借此来进一步凝聚会员企业的力量。

令人喜出望外的是，吴宇岩在与莆田市的领导接触中，流露出创办服饰创意产业园的设想，达成了初步的合作意向。前期设想创意产业园，不仅有标准厂房，还有生活配套，集研发、设计、文化创意、生产于一体。

对建园在莆田，笔者并不看好，因为莆田服饰产业的基础不及泉州、石狮等地。对此，吴宇岩却不这么看。他认为目前石狮全市拥有 3000 多家服装及配套行业企业，以服装为主的注册商标达 2000 多个，而莆田人在石狮领办服装厂就有 2000 多家。金利莱斯是从西裤起家，把时尚休闲西裤做得风生水起，在业界拥有话语权。中国休闲裤福建占90％，一天大约500万条，莆田市约占1/3强。再加上向莆铁路开通在即，有利于服装产业向中部梯度转移，有利于今后逐步形成沿海接单、内地加工、内外市场兼顾的新型服装产业运营业态。服装业虽是劳动力密集产业，但不是夕阳产业。服装能改变一个人外表，从而影响精神面貌，从御寒保暖到人的审美品位，满足人的物质和精神的双重需求。服装业一定会与时俱进地发展，前景广阔。此外，在莆田创办服饰创意产业园，还有利于转型升级，实现从"服饰织造"到"服饰智造"的转变。

吴宇岩一番话，让我凝神片刻打量着他。这位外表敦实质朴的中年人，不仅仅只是想做大做强金利莱斯或是什么"劳威顿"，而是想做行业的领军人物呀。

吴宇岩自认为20多年的从业经历，最值得称道的是，坚持与专注。一般企业做大后，会选择多业经营，多领域施展手脚，而他心无旁骛，公司秉持"专业专注，用心创新"的核心价值，致力于时尚休闲西服的发展，把男人不简单、时尚不单调尽可能地演绎得淋漓尽致。

如今，闽派服装似乎到了十字路口。企业发展到一定阶段，进行规模扩展和成本控制势在必行。这就需要抱团出击、强强联手，在一个园区内优势互补，用工调剂，优化资源配置，降低生产成本。这是设立服饰创意产业园最直接的动力。创意具有知识密集、高附加值、高整合性的特征。服装的高附加值体现在文化上，文化是服装之魂，对于提升服装品位，彰显服装个性，提升服装核心竞争力有着不可替代的作用。即便是时尚，也需要文化去涵养。将创意产业与服饰产业嫁接是发展实体经济的新引擎。

吴宇岩在"二次创业"过程中，回乡办厂是重要一步，也是他在产业转移上比他人先行了一步。2005年适逢莆田市开展

"民资回归工程"，吴宇岩在荔城区黄石工业园创办了莆田市金利莱斯服饰织造有限公司。迈出了这一步，对产业转移、产业提升有了更深的体会。尽管这几年发展还顺利，但是，我国服装业已从低端向高端进军，要让闽派服装新崛起，靠独家单干难成气候。只有通过园区的建设形成产业集聚，通过园区的配套合力带动服装品牌，通过多品牌的互为借鉴提升闽派服装的整体水平。

说到这里，吴宇岩特别强调办企业需要一股子冲劲。尽管他在描绘"二次创业"的梦想时，不时让人觉得很振奋。男儿有梦不妨让它做得大一些，心有多大，舞台才会有多大。但我还是表示了几分的担忧，比如知识储备等方面。尽管这些年他也参加像清华大学总裁班一类的学习，但要实现这些梦想，尤其当前纺织业所面临的融资贵、成本高、招工难、订单外流等问题，要解决，靠的不光是冲劲。

我在纪录吴宇岩"二次创业"的三部曲时，还是粗线条地勾勒了他在"一次创业"的"三级跳"，为的是温故知新。当年创业，谁曾想到成功？时势造就英雄。有了"这碗酒"垫底，相信他今后什么样的酒全能对付。蜕变是痛苦的，但创新转型的挑战痛并快乐着！

金利莱斯的产品主要出口阿联酋、伊朗等中东地区。2009年顶着国际金融危机的冲击波，金利莱斯逆势而上，拓展外贸，那年夏季公司不远万里来到迪拜举办订货会，一举成功，短短三天成交了几十万件。从此，吴宇岩视全球最高的迪拜海上帆船酒店为吉祥物。但我不知道，他是否注意到迪拜街头到处悬挂的迪拜酋长谢赫·穆罕默德的一句名言："梦想没有极限，只有不断向前。"

我愿以此祝福吴宇岩"二次创业"梦想成真！

山高人为峰

——福建省华隆机械纪实

李治莹

40 多项专利金光闪闪

苍穹之下，群山簇拥，其间隐藏着无以胜数、形形色色的石材矿山。一个个跃动的精灵，从山浪峰涛之间，将一块块建材石料搬出大山，如花瓣似的撒落千家万户，装点着多彩人间。这矿山精灵，就是福建省华隆机械有限公司（以下简称华隆）发明制造的石材矿山开采圆盘式锯切机、砂岩条石锯切机、数控桥式切边机等多种矿山切割机械。新型矿山机械的诞生，将过去的"多点一线"，发展到如今的矿山、楼房"两点一线"。节省人力、财力、物力的同时，极大限度地保护了矿山资源。

华隆的卓越发明，让矿山开采进入了一个新时代，开创了把工厂搬到矿山的新纪元，创造了矿山行业的奇迹。国家知识产权局因此授予华隆"全国企事业知识产权试点单位"的荣誉称号，并颁发方方面面的专利 40 多项。创新型企业、优势企业、著名商标、名牌产品等多种"金字招牌"让华隆蒸蒸日上。在国内外居于领先水平的华隆产品还获得欧盟（CE）认证。在全方位占据国内市场的同时，获准大踏步走向国际市场。

梅花香自苦寒来

一

上世纪 60 年代末出生于机械世家的林天华，从蹒跚学步起始，就在莆田盐场机械堆里摸爬滚打，更得益于父亲这位盐场机械技师的耳提面命。上学之后，更是一有机会就扎进盐场，盯住一个机械设备前后左右地琢磨。那时的林天华就立志：要在各种机械的学问中问上"十万个为什么"，问足了"十万个为什么"，自己或许就能在机械制造上当个发明家了。

80 年代中期，父亲退休了，有位做石材生意的老板找上门来，要与父亲共同研究新型矿山机械。这又给林天华提供了一个极好的观摩实践机会。富有创造力的父亲，手工制造出第一台土造圆盘式锯切机，一时间轰动了四面八方，建材商们大多表示出购买意愿。父亲见矿山机械商机看好，便让大儿子跟着做。林天华高中毕业后，出于对机械制造的酷爱，忍痛舍弃考大学深造的机会，走进父亲的机械作坊。后来，父亲干脆把已创立起来的矿山机械作坊一分为二，让两个儿子各自独当一面。小儿子林天华脱颖而出，父亲便把石材机械发明创造那沉甸甸的希望，寄托在他身上。

父降大任于天华，天华一刻都不敢懈怠。父亲为能把重担压在儿子肩上，有意把天华推向创业的风口浪尖。当人们觉得摩托车是稀罕物时，用心良苦的父亲，便不惜倾囊奖予天华以摩托车；当人们认为手机最为时尚了，父亲又节衣缩食给了天华以价格不菲的手机。激奋之中的林天华，集父亲厚望与创业风雨于一身，自我快马加鞭地前行。

父亲病逝之前，看着天华，几度张口，却出不了声，尽全力朝着机械制造作坊的方向，抬了抬手臂。已是泪流满面的孝子心领神会，当即拍胸举拳立誓！父亲见了，脸漾笑意，放心地闭上了双眼……

二

父亲壮志未酬身先死，抱憾九泉，振兴矿山机械的大梁天华一肩扛了起来。家债累累之下，原有小作坊式的工厂关闭了。一切从零开始的林天华，只能租下一家民房作为生产基地。一台旧切割机，一台旧刨床，加上一台旧车床，这就是林天华全部家当了。搬厂房时，仅一台切割机就是一两千斤重，天华请来七八个壮汉，蚂蚁搬家似的扛着机器迁移。有一壮汉却因不堪重负造成手臂骨折，只得请车叫人送医院。处于"创业艰难百战多"之中的林天华，在跑资金、跑设备中还得勤跑医院，赔伤残费、医疗费。真是行船偏遇顶头风，每走一步，满头满脸不是汗就是泪。

一天夜里，林天华雇了一辆卡车装运设备。倒车时竟然倒进了水沟，只得雇来吊车把卡车吊起来。折腾了小半宿，车是从水沟里出来了，却再也开不动了。天华爬到车底一查，见是紧固件断裂。当时夜色深沉，没人能帮自己。一咬牙，搬来电焊机，仰趴在车底下焊接紧固件。车底下巴掌大的地方，连防护罩都戴不了，一两个钟头的电焊，几乎毁了林天华的眼睛。第二天，林天华睁不开的双眼，加上浮起一脸被电焊火焰烫起的泡泡，他像个人见人怕的"外星人"。

机械制造，不是钢就是铁，不但硬碰硬，而且还百斤千斤的沉重，光靠肩挑人扛，机械制造的路就走不远，起重机想不要都不行。但林天华掏不出这个钱，于是土法上马，硬是在敲敲打打中，自制了一台10吨的起重机。但那时的林天华走步路都磕着脚指头，"背"得很。土制起重机刚刚派上用场，却被路过自家门前的有关部门人员无意中发现了。这下可不得了，一纸公文下来两大罚：一罚人民币两万元；二罚停产整改一个月。这精神物质的双重处罚，罚得林天华两眼金星乱冒。

在几近是卧薪尝胆式的研发之中，一枚枚螺丝钉、一个个配件都得千回万遍、不厌其烦地过细推敲。有时，林天华也常常觉得江郎才尽、一筹莫展。每当此时，就用成功者的智慧充实自己，用成功者的成功激励自己，再用成功者的错误来提醒自己。流水总是在碰壁的冲撞中不断向前奔流的，林天华也要在不断的失败中坚定前行的步伐。一天，困惑中的林天华带着一串串的问号，果断走出厂门走进矿山，求个"实践出真知"。真好哇！眼前一座座青山紧相连，美景如画、江山多娇，岂容损毁！研制废除爆破，直接从石中取材的紧迫感在天华心中油然而生。身在群山的林天华，一次次深入到以石材产业为主业的古田县鹤塘镇矿山，实地试用自己发明的圆盘式锯切机，且征求石材行家们的意见。为能创建起矿山实验基地，还与一位黄老板商定长期合作意向，有意把自己的实验场从城里搬到了山中。有一回锯切机的电路出现故障，林天华驾着摩托车进山抢修，说来就来的山雨，把他淋了个透身湿。林天华无奈带着一身的雨水，继续守候在机器旁跟踪排查故障。被雨淋且极度疲惫而瘫睡在工棚中的林天华，当夜就发起了高烧。迷迷糊糊中，林天华想到遍布天涯的处处矿山企业，过去因为用炸药炸石料，造成上千万公顷的矿山被破坏。特别是个体开采缺乏资源环境保护意识，不采取任何防治措施，导致地面塌陷给国家造成的损失已是数亿元之巨。有一个村庄就因为矿山开采形成的泥石流，掩埋了整个村庄。林天华耳畔似乎萦绕着矿山无辜冤魂的呼号和伤残者的声声呻吟……炼狱般的矿山试验生活，竟然持续了700多个日日夜夜。前后几代产品的淘汰与更新，使林天华的发明一步步走向成功。

三

困惑、煎熬、磨砺，一次次的山穷水尽，又一回回的柳暗花明，阳光总在风雨后！年复一年的日夜兼程，"石材矿山开采圆盘式锯切机"，终于奏响凯歌。把石材切割加工厂直接搬到矿山的宏图大愿，千呼万唤始出来了！此时的林天华以华隆机械公司的名义，向政府申请批出一块地建厂房。建造一座偌大的专业生产矿山机械的厂房，动辄几百万以至几千万元的建厂资金，一时间又愁得林天华寝食难安。该贷的款贷了，该借的债也借了，资金缺口仍像獠牙虎口。无奈之中，把居家的套房、店面，但凡值点"银子"的家什统统卖掉。家当变卖了、住房没有了，厂房框架刚刚立起，一家子就把厂房当家。那空荡荡的厂房，一到夜里，连蚊子打架都听得一清二楚，睡在里面，总觉得没遮没挡的四面透风。因为再也腾不出精力来管一对龙凤胎儿女，三岁时就全托在幼儿园。常常是夜深人静之时，那就是妻子小郑最思念儿女的时候。有一晚，林天华一觉醒来，看见的竟是妻子亮晶晶的泪眼……

四

"石材矿山开采圆盘式锯切机"和"数控桥式切边机"等新型机械的先后问世，填补了国内矿山石材开采机械自主开发的空白。2008年早春三月，华隆在山东五莲召开的矿山石材开采技术交流会上，有了第一份订单。从此，因高效、环保、安全、节能，而一改传统粗放式矿山石材开采方式的华隆产品风生水起，不仅频频走进各地矿山，而且还一步步进入各级政府部门的视线。

莆田市质监局领导面对着崛起的华隆和亮光闪闪的新机械，很有见地的说：一流企业制定标准，二流企业做品牌，三流企业做产品。适时地鼓励林天华要力争为自己的产品制定标准，敢于戴上一流企业的桂冠！不仅在词语上激励，而且还为华隆制定标准指导引路。有个天寒地冻的严冬，急华隆之所急的质监局领导领着林天华从南到北，一路风雪。四进四出北京城，六进六出洛阳市之后，华隆产品不仅获得了"标准贡献奖"，还获准成立"全国矿山机械标准化技术委员会石材矿山开采机械工作组"，承担制定《石材矿山锯切机械安全要求》福建省地方标准。

此时，厦门大学等高校和省市有关科研单位，以及省市政府有关部门及时伸出援手，华隆产品自动化技术得以再一次大幅度提升。升级换代之后的华隆产品，昂首走进厦门国际石材机械展销会，一步到位在国际性展会上闪亮登场。从此，华隆的旗帜猎猎飘扬起来。国内国外的矿山企业，在这面旗帜的引领下，络绎不绝地走进了华隆的大门。异军突起、雄心勃发的华隆高高举起自己的旗帜，迎风招展在天涯处处……

华隆的春天来到了！

宝剑锋从磨砺出

一

罗源县境内的处处矿山，过去几乎全部套用爆破出石材的采矿方法，因毁灭性开采而遭废弃的矿山触目惊心。华隆产品走进罗源后，矿山旧貌换新颜，好一片规整洁净的世界。白塔矿区的郑老板，一次就购置了 5 台华隆产品，年开采量从原先的 5000 立方米激增至 5 万立方米。最让人耳目一新的是生命的安全、资源的保护和财力物力的节省。连江县蓼沿乡矿区众多，矿主们跟风使用上华隆产品，开采率成 10 倍增长。山东五莲县街头镇的 20 多家石材企业，引进了 100 多台华隆产品，使过去只是小打小闹的炸石作业，一时间进入采矿规模化生产，真是天翻地覆慨而慷！没有了爆炸声、没有了废弃物、更没有了生命和身残之忧。当地乡亲叫好，政府叫好，矿主们更是欢天喜地地向华隆鞠躬致谢。长江中游一带的大别山山脉逶迤数百里，倘若一直沿用原始陈旧的老办法去炸山取石，总有一天，支离破碎的大别山将要演变成"告别山"。华隆机械唱响在大别山之后，采用挖井式作业，单一块石头，不断从"井"中挖出来，露出"井"口的石头，用华隆的新型机械横切竖切后，运往千家万户。仅一块石头也许可以三五年，以至十年八载地让华隆机械"切豆腐"。或许可以想象，那块石头切完了，那口"井"，要么回填植树，要么留"井"观光，无心插柳柳成荫地成为一方独特的旅游景区，为英雄的大别山添光增彩。新疆有一处矿区的金老板，得知福建莆田发明出直接把石材工厂搬到矿山的新机械，竟然兴奋得一夜无眠。由此，华隆产品又走进了祖国的大西北。事后，金老板心存感激地对林天华说：他的好日子来到眼前了，华隆之光要在新疆矿山上闪耀了。他买的 4 台锯切机，仅一年就可节省开支以数百万元计。

二

在年复一年的厦门国际石材机械展览会上，华隆的新机械不仅走进了祖国的大江南北，而且还飞越了太平洋、印度洋、大西洋，演绎出一个又一个多彩的故事……

印度矿山石材企业遍及东南西北。有家石材公司在厦门的展会上，惊喜地发现了华隆产品，一次性买下 20 台。意大利的多利先生发现华隆产品后，短短两年时间，从华隆买了 100 多台锯切机搬回意大利。生意经念得很棒的多利先生，以高出华隆售价一倍多的价格，一一转手给意大利的各石材业主，从中挣了个盆满钵满。非洲肯尼亚的皮特先生，曾经 20 多年如一日做着海参生意。一个偶然的机会，看到了华隆新型机械产品独到的优势。在生意上久经沙场的皮特先生，联想起非洲处处的矿山，和矿山石材事业的天长地久，在非洲闻所未闻的华隆产品，必定会有广阔的市场。于是，很有智慧的皮特先生盛情邀请林天华访问非洲，请林天华考察肯尼亚的矿山，以肯尼亚矿山的特点，有针对性地设计生产出适合肯尼亚矿山的机械。一番考察调研之后，在机械制造上聪明过人的林天华，很快根据肯尼亚灰褐色坚硬的岩石特点，设计出新的图纸，并制造出皮特先生连称 OK 的产品。皮特先生笑嘻嘻地从华隆搬走 60 多台新款锯切机，又笑嘻嘻地从中挣上了一大笔哗哗脆响的美元。

华隆产品在国内外石材矿山市场上声名鹊起了，然而，沉稳的林天华不骄不躁，而是在接力式的赛场上不断冲刺。时至 2010 年，林天华率领华隆营销队伍再次重拳出击，果断参加意大利矿山机械展，把华隆产品又一次推向国际市场。在展会中，五位法国客商从多种渠道得知华隆产品节约成本、节约资源等诸多优越性，仅一台每年就可节约 30 多万欧元。办事以认真谨慎著称于世的法国人，将信将疑之中，决定深入中国莆田，左左右右地考察之后，仍然踏实不下来。半年后，再次深入华隆考察。此时的林天华不急于卖产品，而是建议法国朋友去趟西班牙，去看看西班牙人使用华隆产品后的矿山现场。法国朋友觉得很有道理，于是辗转去了西班牙的一处矿山。却未料西班牙人担心法国人买了华隆产品，将引起石材买卖竞争，对自己不利，竟把华隆产品藏着掖着。心知肚明的法国人更加来了兴趣，就转道另一座同样使用华隆产品的矿山，只是对矿主说他们要购买石材荒料。毫无戒备的矿主说：他这石材是用中国华隆机械，直接从矿山上锯切出来的，品质无可挑剔。法国人看了切下来光滑平整的石材，看了被锯切后规整的矿山岩石，心中即刻对华隆新机械啧啧称赞。握别矿主后，以"十万火急"的速度首批买下了华隆8台锯切机。

三

好事接踵而来，亚洲的亚美尼亚、澳洲的澳大利亚、非洲的埃塞俄比亚等国的客商，先后出现在华隆。曾有一天，林天华竟然不间断地接待了6批客商……华隆产品的供不应求，林天华一是欣慰，二是压力。曾几何时，华隆就因为赶货不及，变赚为赔，难忘教训！那是与意大利客商维罗纳先生打的一次交道。维罗纳先生原本是做鞋买卖起家的，但远远近近地听说中国华隆的产品，不但在自己的国家大受欢迎，且走向欧洲其他国家。于是高薪聘请机械和电器的工程师，入驻华隆长达3个月之久，之后首批签下购买12台锯切机的合同。因为产能有限的华隆方方面面的供货量过大，供货延误了半个月，在时间上违约。原本可以因这批货收入数万美元的，反过来赔偿了维罗纳先生数万美元。

林天华面对这个不可忘却的教训，想方设法要在扩大产能上下工夫。痛下决心之后，又一次以艰难的步伐，行进在扩建厂区厂房、扩大产能的泥泞之路上。历经一年多的跋涉，终于在一块山坡地上矗立起新厂区。集6000多平方米的研发楼和2万多平方米厂房于一体的新华隆昂然而立！宽大的电动门前镌刻着"华隆机械"厂标的3吨独体巨石，昭示着华隆在矿山机械行业中的分量！明天的华隆必将以昂扬的风貌、生猛的生产能力，面向广阔的国内外市场，面向未来的成功！

眼前的山峰脚下的路

新华隆以年产值亿元、上缴利税数百万元、企业员工工资

167

最高月收入高达万元的崭新面貌，强势跃上新台阶！集全国机械行业劳模等多种荣誉于一身的林天华踌躇满志，又在自己眼前铺开一张可以绘制未来蓝图的白纸，新蓝图要为祖国大西北的矿山开采和生态建设添上浓墨重彩的一笔。天意作美的是2012年初春时节，甘肃天水市甘谷县委常委、组织部长牛新虎，来到莆田荔城区挂职学习。林天华与牛新虎几次长谈之后，相见恨晚之中，初步达成在甘肃天水设立华隆分厂的意向。倘能如愿，石材矿山星罗棋布的甘肃、陕西、宁夏、青海、内蒙古和新疆等各地各矿山的矿主们就不必舍近求远，可就地取"机"了。省下福建至西北动辄两三千公里的运费及各种开支，当地矿主和华隆将因此双双受益，拍手叫好。

蓝图在手、壮志在胸，林天华面临的又是一个轮回，东南沿海与河西走廊的千里冲锋、百米冲刺。

从小就立志要在机械发明创造上书写最新最美画图的林天华，时至今日，专利与荣誉虽然等身，但以谦虚谨慎为本的林天华，生活上拒绝烟酒；事业上不断立志，力求自己做一个有思想境界、有独到见解，对国家乃至对世界在矿山开采业方面，有独特贡献的发明家和企业家。林天华知道，科学技术的山峰在不断高耸，他必须不断攀登！企业发展的山峰在不断矗立，他必须不断逾越！昨天的山峰已在身后，今天的山峰正在眼前，明天的山峰还在叠高和耸立。面对今天和明天的山峰，面对脚下曲曲弯弯的奋发图强之路，他不可能退缩，只有"华山一条路"，只有加大力度攀登和前行！林天华明白：脚下的路无论再长再险，一步一步地往前走，前方就是凯旋门！眼前再高再险的山峰，只要敢于攀登，一寸一寸地向上，总有一天能登上去、攀到顶！

因为，山高人为峰！

专注成就梦想

潘真进

　　双驰实业股份有限公司（以下简称双驰）是一家集贸易、研发、生产、物流于一体的现代化鞋业企业，下辖双联、双源、永联等多家控股子公司，是福建省首批获得英国 SATRA（鞋类贸易研究协会）实验室认证的企业之一，拥有超过 30 项国家专利及海外专利，企业自主研发的足球鞋双驰（SEMS）品牌被授予"福建省名牌产品"、"福建省著名商标"、"福建省国际知名品牌"等多项荣誉称号。双驰企业的发展定位是秉持"专注·联合·责任"的企业核心价值观，专注于鞋业产业链的完善与优化。通过实施品牌战略、科技与人才战略、资本扩张战略和市场拓展战略整合资源，让双驰品牌成为中国制鞋行业的创新者和领跑者，从而实现"让生命更美好"的企业使命与绿色梦想。

　　2012 年 3 月的一天，我来到双驰采访陈文彪董事长，话题从双驰的企业使命聊起——

　　"20 年前，我的父辈、亲人创办了一个简单的制鞋手工作坊，双驰的萌芽从那时诞生。20 年走下来，在不断成长中走向成熟，积累了宝贵的企业文化、创业精神与社会各界的深深情意。我们一直在思考，为什么要办企业？办成什么样的企业？未来我们需要成为一个什么样的企业？未来取决于当下的努力，取决于我们信仰和梦想。我有一个梦想，将智慧和关爱融入我们所有的产品和服务，把安全、健康和舒适注入人生的每一步，让爱'步'满整个世界，让生命更美好。这也是双驰的使命。"一番言语，道出了陈文彪内心的坚韧和信念。

滴水穿石：专注成就梦想

从简陋的家庭作坊发展到今天，时间的轮轴记录着双驰企业专注于鞋业发展的决心和恒心。1991年，承载着双驰人创业激情和对生活美好向往的第一双运动鞋诞生了；在制鞋产业群雄并起之际，双驰完成了从手工作坊到现代企业的蜕变；1997年，迈出了足球鞋专业制造商的坚毅步伐，从而使市场拓展延伸到了海外，实现了有"专业制造"向"专业标准"的自我超越；如今，双驰企业完成股份制改造，踏上了梦想新征程。我不由把话题转到陈文彪本人。

小时候，陈文彪家庭经济条件不好，父母亲却要求他把书念好。他去一家专门做鞋子的技术学校学习，毕业后和亲戚一起从父辈手中接过了那间只有几个工人的制鞋作坊。那是1994年，陈文彪24岁。从接手的那天起，他感觉一下子长大了。

当年的创业环境和现在不可同日而语，有很多的压力，尤其是资金周转方面。记得有一年除夕，因一些货款没有及时收回，无法支付一个供应商的货款，那人就守在那里不肯走。没办法，他父亲只好到外面借了钱还给对方。这是他的创业第一课。

品牌的创立过程就是企业不断创新的过程。到1995—1996年，有客户要做足球鞋，销往前苏联。他便尝试生产足球鞋。到了1998年，有一个契机出现，老家的作坊被拆掉，不得不租了比原来大两三倍的地方，租金每年要十几万元，压力很大。于是不断扩大生产能力，鼓励大家不断地接订单，可以说基本上是市场机会在推动。那时他就思考：如果只是一个制造型的企业，未来在哪里？如果有自己的品牌，市场是属于自己的，这是品牌的价值。当年，双驰正式定位"专业生产足球鞋"，提出了"建名牌工厂、接名牌订单、创名牌商标"的目标。

双驰人深深懂得，企业的发展犹如逆水行舟，不进则退。在过去的岁月里，双驰企业用了7年的时间完成了双驰（SEMS）足球鞋品牌的培育与打造。未来，双驰将专注于在鞋业及相关领域中拓展与成长。一方面通过实施名牌战略及相关系统工程，加大对产品渠道与品牌的创新与推广。充分利用双驰（SEMS）品牌的影响带动相关产品品牌的开发与成长，积极开拓海内外市场。另一方面，将视角更多地投向企业品牌的塑造，赋予双驰企业更多的内涵与外延，从而推动企业在产业链中的有效整合。

由此，双驰企业推进"1235"发展战略的大幕徐徐拉开……

海纳百川：联合创造价值

双驰企业的战略专注且清晰，企业经营者精力的投入、资源的分配都聚焦于自己所定位的有竞争力的业务。在这产业转型与升级的关键时刻，充分利用内外资源，依靠联合实现互补，聚合人力及智力资源、资本、研发技术、品牌与制造等。加强与客户、供应商的战略伙伴关系，推动创新系统化，做好产业链共存共荣，在这个价值链中，实现多方价值的最优化。

"企业发展到一定阶段就需要承担相应的社会责任，除了生产社会需要的产品之外，还要肩负起培养人才的责任。在谈及如何引进优秀人才方面，陈文彪告诉我，企业的员工就是企业最好的移动名片，一个企业的文化氛围好则自然会吸引一批优秀人才。回想当年，2001年时双驰的销售收入只有几千万元，公司一下子招募了 50 多名管理人员。那时双驰还很小，这个成本是比较高的。那个阶段，企业发展得很快，从几千万元到两亿元，两年就实现了。

　　企业怎么布局、怎么把人整合在一起、怎么把人的才华充分发挥出来，这是一个系统工程。现在中国市场的机会太多了，只要有优秀的团队，就有成功的机会。他说，一直希望打造出一支事业经理人队伍，大家一起为梦想做有意义的事情。他一直在做的就是寻找人才、发现人才、启用人才、整合人才，凝聚成团队，提供平台，帮助这些优秀的人才把个人才华发挥到极致。2005 年底，企业开始对管理层激励机制进行有益的尝试与探索。从 2006 年开始，双驰企业各个公司就逐步开始实行总经理负责制。经过多年的历练，这支队伍正在逐渐走向成熟。

　　一个人的境界决定了他能创造多大成就，一个企业的文化决定了它能够走多远。在他对团队管理的陈述中，我又想到了他的"水文化"，觉得双驰的企业文化理念特色明显，能把共同的价值观通过文化制度化。陈文彪有自己的见解：双驰的事业是双驰人共同的事业。面对成长的每一个足迹都值得用心去珍惜，同时更需要用旁观者的眼光审思；在执行的过程中依然存在着诸方面的问题，一些瓶颈需要被不断地突破。现在双驰企业文化定位为"水文化"，整体的文化推进步伐必然会加快。对于双驰企业的管理者来说，是机遇也是挑战。

　　只有创造价值的人，自身才有价值。我们的话题越来越多。我问道："双驰团队内部浓厚的学习氛围是怎么形成的？"

　　陈文彪答道："当时我在鞋革班学习，那是我人生一个很大的转折点。虽受到一定的专业训练，但缺乏管理方面的系统知识。没有管理知识，如何带领这个团队继续做大做强？我一直在考虑这个问题，所以选择了到厦大 EMBA（高级管理人员）进行系统学习。正因为自己有了这些深刻的体会并受益于学习的过程，所以，我一直都坚持和双驰人分享学习的过程。"他认为，一方面，学习能够使人的修养及视野都会得到不同程度的提高和拓宽。另一方面，员工的学习力就是企业的学习力，而企业的学习力的强弱关系到企业能否持续成长并达成使命。现在，双驰企业内部有专门的部门和人员在系统推动团队学习，通过双驰管理干部学院、短信共享平台、管理者读书计划等方式，帮助大家提升技能，改善心智模式，理顺职业成长的通路，这也是双驰企业持续成长的重要推动力之一。

上善若水：责任造就幸福

"水文化"昭示着双驰企业实现"智毅成双，缔造卓越品牌；天地竞驰，领跑细分市场"美好愿景的决心和毅力，是双驰人超越自我、追求卓越，不断将企业做精、做强、做大的精神支柱和不竭动力。双驰企业是双驰人共同的事业，陈文彪希望双驰人不仅仅是为家庭、为企业创造财富，还引导双驰人在工作中学会用心，获得成就感、幸福感，在努力中赢得认同和更多的尊重，帮助实现他们心中的梦想。

过去 20 年，企业在帮助双驰人成长方面做了大量工作，但他觉得还远远不够。为此，他准备做更多的投入，继续提高双驰人的生活品质；培养双驰人的事业心，让大家学到更多东西，个人的能力、职位得以提升；而且，一份稳定持久发展的事业，是对双驰人长远甚至终身负责。

采访期间，陈文彪对我讲述了一个个细节："七八年以前，我的性格比较内向，内心有很多想法，也很执著，表现在管理方面比较强势，给别人的感觉非常严肃、严厉。有一次和同事笑谈的时候，竟然有职员说'原来陈总也会笑呀！'2005 年以后因为主导整个企业，对外沟通变得越来越重要，很多人都说我的性格变了。还记得有一次到深圳参加课程学习，当时有很多学员，主讲老师也比较有权威。我第一个主动举手提问，突破了内心对权威的畏惧，非常兴奋，这在之前是从来没有过的。那是一段非常难忘的自我突破过程。从那以后，通过读书、培训、主动沟通逐渐打开自己，然后慢慢变得更加豁达。在企业里工作了快20年，自己的而立、不惑之年都是在这里度过的，我一直都认为自己是双驰企业的一员，这个企业是大家做起来的，不是我一个人做起来的，我是企业的一员，我一直会为企业去奉献我一生的精力，为双驰。"

采访期间，我了解到：双驰企业多年来，通过各种方式为员工提供学习、深造、历练的机会；根据员工需求和企业发展要求，帮助员工设计职业规划，提供成长阶梯；同时为职工家属创造更多的未来空间；深化分配制度改革，使风险承担主体和创新主体融为一体，通过保险、年薪、发展机会、培训学习机会等多种方式，让员工分享企业收益。为了营造浓厚的学习氛围，公司每月向管理层赠送两本书籍。至今，公司已经赠送了1万多本书，这些书足以在双驰内部形成一个图书馆了！为了更好地实现这种人性化发展的需求，陈文彪还通过互联网，建立了多个信息交流平台。如论坛、网站等供员工反馈意见，反应诉求；在公司举办各类固定的活动，如"品质日"、"品质周"、"品质月"等品质文化活动在保障产品品质的同时激励员工；每年举行一次企业周年庆典，每逢重大的节日公司还举办相应的晚会来丰富员工的业余生活，企业自2000年开始创办《双驰人》报，至今已经10余年。

对于20余年的创业发展过程，陈文彪感慨地说：其实有时候在想，人生真正让你能够做事的有多少个20年？对于企业来讲，这真的是很重要的一段岁月。双驰企业一路走来，前进的脚步越来越稳健，得到了来自党政机关及社会团体的持续支持与关注，回报这种关爱的最有效的方式就是让企业不断做强、做大，然后更多地参与到社会公益事业，在献爱心与公德心中与社会共同进步。关爱与回报社会、回报员工，这是双驰企业的一项重要使命。

"专注成就梦想，联合创造价值，责任造就幸福。"陈文彪意味深长地向我们道出他的企业哲学。20年，有坎坷，也有成绩，这些都只是代表着过去。此刻，双驰企业已经把眼光投放到下一个20年，甚至更远。"面对未来，我们会继续用负责的行动、创新的精神、科学高效的管理、持续学习的态度，全力塑造、热爱和维护双驰企业的品牌形象。通过自觉支持、参与公益慈善事业，奉献爱心，创造社会的文明与和谐，让双驰企业真正成为一个充满影响力和受社会尊重、员工信任的企业，为社会经济发展作出自己的贡献。同时，我还希望在时机成熟的时候，能够成立一个企业自己的教育基金会，帮助双驰人子女乃至更多的人，实现通过有效的学习，来书写自己的人生、改善和提升各自的家庭命运。"他说。

此刻，我深深祝福：专注成就梦想！

东风吹来满眼春

——记福建省东风建筑工程有限公司

方　平

晨曦，当一轮红日刺破天际喷薄而出时，有一群人已经奋战在天地之间。在地球上雕刻，在蓝天下作画，把汗水渗进一砖一瓦，用心血铸成万间广厦，像砂石一样纯真无华……在他们的身后，却是高楼千幢，广厦万间。这就是满怀豪情的"东风建"的真实写照。

创建于1964年的福建省东风建筑工程有限公司，已经走过48年的风雨历程。2005—2007年连续3年被福建省建设厅评为"年度先进集体企业"；2005年被福建省建设厅、省统计局联合评为"省建筑业综合实力民营20强企业单位"；2007年被莆田市委文明办等17个部门联合评为"莆田市创建诚信企业先进单位"；2004年至今每年都被莆田市、荔城区评为纳税大户单位。

泰戈尔曾说：力量蕴藏在历史之中。显然，对于在莆田建筑行业久负盛名的东风建筑工程有限公司来说，一路走来，早已树立起来的品牌力量弥足珍贵。在激烈的市场竞争中，东风建筑工程有限公司秉承"诚信、质量、品牌"三个第一的一贯经营理念，所承建的工程经验收合格率达100%，创造了一个又一个优质工程，企业名声的积累也日益厚实。

穷则变，变则通，通则久

如果说，荔城区经济的快速发展，以及"东拓北扩南进"

城市化进程的鼓点紧凑擂响，是一次难得的历史机遇，那么，遍布荔城大地的建筑大军就是那牢牢抓住机遇的强者。

许多年之前，他们大多还是乡镇建筑队，但却能瞄准市场，稳步发展，一步步地实现着跳跃和腾飞。东风建筑工程有限公司前身是莆田县北高镇建筑工程公司，这面国字号旗帜的建筑企业以质量立业，在长达数十年的历程中，一直在社会各界和建筑界中拥有良好的口碑。但是却因体制僵化等多种因素，背上了沉重的债务包袱而濒临破产。2002年，刚满40岁的陈凤耀临危受命，担任公司总经理。谈起当初的情景，性格直爽的陈凤耀连说那时真的太困难了！他说："刚接手这个烂摊子时，公司只是四级资质的企业。更要命的是，技术骨干全跑光了，只留下一张营业执照和一个会计。"

面对困境，陈凤耀从未失去信心。肩负沉重的担子，他思索着公司的发展方向，人员、资金、管理等方面哪一个都不能忽视，都是企业发展中的制约因素。陈凤耀横下一条心：必须求变！改制，势在必行！

秋蚕破茧化羽蝶。改制使东风建筑工程有限公司丢掉了包袱，轻装上阵，带来了春天。2005年公司一年的产值相当于改制前几十年的总产值。2012年预计产值突破20亿元。

壁立千仞基为本，欲流之远浚其源

"合抱之木，生于毫末；九层之台，起于垒土"。东风建筑工程有限公司从管理、制度、人才、质量等基础性的元素入手，固本强基，塑信誉，树品牌，筑丰碑。

规范管理，是东风建筑工程有限公司取胜的要诀。建筑行业因其工作特点，普遍存在管理困难的问题。但是，在东风建筑工程有限公司，到处是繁忙而有序的场景。凭着健全的质量管理制度和过硬的技术实力，公司所承建的项目得到了普遍赞誉。2009 年以来，公司连年入选省级房屋建筑工程施工总承包预选承包商名录。

公司建立了有利于企业人才脱颖而出的激励机制，实行了全员竞争上岗、优胜劣汰的用人办法，建立了以岗位工资为主的基本工资制度，并按绩付酬，合理拉开分配档次，重点向管理、技术、市场等关键岗位倾斜，年底还重奖各条战线上的先进工作者，并适时引进高学历、高素质、有潜力的专业技术人才，大大调动了企业人员的积极性，同时也为企业长足的发展储备了人才，确保了新技术、新科技的应用与国际国内先进水平同步。目前，公司有职工 4000 多人，具有职称的工程技术和经济管理人员 365 人，有一级注册建造师 24 人，高级工程师 16 人，二级建造师 68 人。公司还成为莆田学院的实习基地，双方共建产学研合作基地。

为提升管理集约化水平，公司合理设置组织结构，按照做强主业、做精专业、精干机关、强化项目、减少管理层次、高效运转，力求效率、效益最大化的原则，实行公司是经营管理中心、项目是成本管理中心的新体制。公司细化工作内容及标准，制定了各个岗位的规章制度，使企业各项经营管理纳入有章可循的轨道。目前，东风建筑工程有限公司已在宁夏和厦门、龙岩、宁德、福州等地设立了 5 个分公司。在立足福建市场的同时，还不断扩展省外业务，形成了放射状的管理模式，为企业铺就辉煌之路奠定坚实的基础。

为了提高市场占有率，东风建筑工程有限公司秉持"干一项工程、赢一方信誉、树一座丰碑"的理念，向规模要效益，向质量要品牌。木有所养枝叶茂，水有源泉流其长。在如火如荼的莆田城建工地上，到处可见"东风建"的影子：天通泰·现代广场、世全·兴安名城、新世纪大厦……由公司承建的 12

层以上的楼盘就有近 200 幢，目前公司在建的大项目就有 32 个，其中造价在 1.5 亿元以上有 20 多个，更有像祥和保障房、港峰房地产这样造价六七亿元的大项目。

勇立潮头唱大风，敢为人先"吃螃蟹"

但是如此骄人业绩的取得，是厚积薄发的结果。谈起创业的历程，公司董事长陈凤耀感触颇深的是"吃螃蟹" 3 个字。他说，当初由乡镇企业成功改制，连年的资质升级，以及对建造师、高级工程师等人才的高投入培养，在当时的莆田都被业内人士称作"第一个吃螃蟹"的举动。

房屋建筑施工总承包一级资质的取得，是公司一个质的飞跃和市场的认可。陈凤耀说："我们历时 7 年，终于取得一级资质，成功的喜悦之余，难以掩饰我们奋进中的艰辛。"

一级资质的取得，公司开始进入快速发展的轨道，企业的生存空间更加广阔。但是陈凤耀清醒地认识到，资质的升级，对于公司的发展来说，只是刚刚具备一张特殊的通行证，要想真正做大做强企业，还需苦练内功，提高抵御风险能力和市场开拓能力。他要求公司上下，改变思维、改变模式，丢掉旧有的运行模式，用创新的理念，在市场中创品牌、树形象，实现客户价值，共创愿景目标。

风鹏正举志高远，浓墨重彩谱新篇。陈凤耀介绍说，公司已经制定了企业 3 年战略目标，将设立新型材料研发室，进一步提高新型材料的研发及推广工作，计划年签约施工合同额增长保持在 5% 以上，将争取把房屋建筑施工总承包一级资质继续升级为特级资质。

"天地亦物也，物有不足，故昔者女娲氏炼五色石以补其阙，断鳌之足以立四极。"《列子·汤问》的这段文字，记叙了人类为追求完美而付出的努力。世界原本是不完美的，但正因此人类才一代又一代不懈地努力，力求改造得更为完美。女娲补天的壮举正是这种追求的艺术体现。而东风建筑工程有限公司却用事实诠释着锐意进取、执著追求的创业激情。

2012年初，因为城市建设的需要，对已有20多年历史的鸿立大厦进行抗震加层施工。对于建筑行业来说，旧房加层施工技术本身就是难题，而这次一加就是从原来的6层加到22层，更加是个难啃的骨头。许多建筑企业知难而退。勇于挑战的陈凤耀总是凭着一腔热血、一股韧劲和一种精神，想再吃一次"螃蟹"！他依然信心十足地接手了这块"烫手山芋"。他认为，风险与机遇总是共存同在的，如果这次加层成功了，必将极大地提升企业的实力和核心竞争力。

在陈凤耀的带领下，经过技术攻关，东风建筑工程有限公司终于成功地完成了旧房加层施工任务。这次旧房加层施工技术还填补了我省在节能减排、空间加层建筑新技术施工行业中的空白，受到了建设部和解放军总后勤部原领导亲临现场视察，并给予高度赞誉。

到今年，陈凤耀已经接手公司十年了。陈凤耀说："明年又是公司改制十周年。十年磨一剑，蓦然回首，足迹厚实；极目远眺，任重道远。"从陈凤耀身上，我们看到的是博大强健的龙之魂，感到的是他带领下的"东风人"的昂扬活力、勃勃生机。

厚德载物聚人气，共荣文化促和谐

东风建筑工程有限公司的业绩斐然，年年大变样，但不变的是公司总部办公地点。公司一直在租用的荔城区水务局600多平方米的几间房子里办公。朴实和简约的风格一以贯之。高调做事，低调做人，这也是陈凤耀一直倡导的作风。

"企业和人一样，都要有品牌。品牌是绝对不能砸掉的，要用心去呵护珍惜。"谈起企业的文化建设，陈凤耀并没有说什么大道理，而是通俗易懂地说出自己的观点。他还提起自己用人的"坏毛病"："凡是为人不厚道、对父母不孝顺的，我是不聘用的。甚至不孝顺的人我都不跟他交往，道德品质差的人我也是不予理睬的。"认为："一个不孝顺父母的人，怎么可能对企业忠诚呢？中国的传统文化中，孝顺是道德观中的一个方面，如果不孝顺肯定就不会忠诚。"

在东风建筑工程有限公司里，已经形成一种氛围，那就是建立注重人文道德思想的企业文化，是否孝顺以及兄弟姐妹之间的是否和睦，是员工道德修养的一部分。让每位员工懂得孝顺，已成为企业文化的一个基因。陈凤耀说："企业也是一个大的家庭，如果一个人连和兄弟姐妹的关系都处理不好，进入企业也很难和同事、工友处理好关系。"公司还开设以"身边人讲身边事，身边人讲自己事，身边事教身边人"为主要内容的道德讲堂。道德讲堂上讲的都是大家熟悉的人，讲的都是发生在身边的事，听了不仅让人感动，而且在潜移默化中使员工的心灵得到了洗礼。

十年企业靠制度，百年企业靠文化。从重视学历到重视能力，再到重视人品，并将弘扬高尚人品作为一种独特的企业文化，东风建筑工程有限公司可谓独树一帜。作为一种柔性生产力，公司始终把企业文化当做企业持续发展的精神支柱和动力源泉，当做企业核心竞争力的重要组成部分。

陈凤耀深知，员工的心，企业的根。能否充分而有效地开发全体员工心灵的力量，即精神的力量、思想的力量、智慧的力量，将决定企业的兴衰成败。而决定一个企业全体员工心灵力量的是企业文化。先进的企业文化是企业的动力之源，可靠的根基。因而，他们高度重视先进企业文化的创建，并将其作为一个多层次、多要素、不断优化的动力系统来建设。

东风建筑工程有限公司想尽办法，善待员工，多做实事，用心留人，用情感人，用事服人，用礼待人。公司工会每年都组织员工去永定土楼、白水洋、冠豸山等景区旅游；为困难员工及时提供帮助，解决实际困难；积极推行《员工带薪休假管理办法》，减轻员工工作压力。公司工会于2012年2月被评为"全省住房城乡建设系统先进工会组织"。

公司不断深化文化体系和文化载体建设，着力建设"文化中心"。"文化中心"集展示、学习、娱乐、健身于一体，建成后很快成为员工教育培训的园地、展示企业形象的窗口、开展文体活动的中心和传递精神文明的载体。这几年，公司积极推进"书香工程"，定期向员工推荐具有一定影响力、感染力的书籍，并通过读后感评比、座谈交流等方式，引发思考、启迪心智，促进员工思想境界和整体素质的提升。

饮水思源不忘本。作为莆田市人大代表的陈凤耀，一直以来都积极投身于社会公益事业之中，尽自己最大的努力去关心帮助那些弱势群体。一旦有灾情发生需要救助，他身先士卒，并且组织公司职工伸出援助之手，捐款捐物，奉献爱心。

在探索东风建筑工程有限公司快速发展的奥秘时，我们发现，有一双"无形之手"，始终执著地推动企业不断前行。这双手就是荔城区委、区政府的大力扶持。让陈凤耀感受最深的，是政府有关部门无微不至的关心和热情周到的服务。区里除了对骨干建筑企业实行重奖，加大资金扶持力度，促进民企合作外，相关领导还经常深入企业，解忧难，办实事，引导企业创建各类省市及全国级优质工程，倾力为企业提高工程质量服务。

持梦笔，写奇景。我们深信，"东风人"一定会创造出更加灿烂美好的明天，提供更高品质的建设工程项目，服务社会，回报社会！

第三辑 丰厚的人文

我听到木兰溪畔歌声悠扬

——莆田市荔城区文化事业发展掠影

林万春

莆田的龙山村是我梦中故乡，龙山村在西天尾镇，我虽生长在闽西北，不会讲一句莆田话，但这里有我的"九牧祖祠"。我随采风团而来，龙山村地处城郊，这是一个荔枝树簇拥的村庄，山清水秀，六七百户人家，高坡上龙山宫像蓝天下一位静默的老人，一群村姑笑着从我身边款款走过，水上点点白鹅，一种田园牧歌情调。我一下子想起郭风的散文诗："这是一个小小的村庄。它像一朵花，开放在蓝色的木兰溪畔。"

我拜谒了祖祠、乌山石碑和"三台拱曜"的墓园，耳目一新，诚惶诚恐。我知道，偌大的墓园曾两度毁于兵变和倭寇，2005 年重修，还在左边筑起怀德堂和精美的九龙壁。如今这里将成为荔城一方旅游胜地，和高处的龙山宫连在一起，有百亩绿地的规划。但转了一圈，我忽又倾心于这里的乡村文化——"春风宣传文化中心"建设，你看，荔树丛中有操场、阅报栏和戏台；妈祖宫一侧，阅览室、老人娱乐室一应俱全；"中心"有老人十音、车鼓队、广场舞等七支队伍，琴声袅袅，笑语回荡，眼前人们的生活充满诗意。

上世纪 80 年代，在热心人倡导下，由当地老人自发成立了董事会，经过 20 多年的捐资兴建，这里的宫、寺、祠和娱乐场所焕然一新。逢年过节，这里都有莆仙戏、十音八乐、书画和棋牌比赛等文化盛事。特别是一年一度的妈祖生辰和升天仪式，吸引了方圆百里的民众。"春风宣传文化中心"就像一股暖暖的春风拂过，吹绿了周围百里村庄，这里成了大家学习、游览和娱乐的中心。

我来到"中心"的"农家书屋"，在40平方米的阅览室中，有17架书柜、一万多册图书，还有电视和影碟机。其中2000多册书是社会各界捐助的，书屋还管理一处戏台和一个健身中心。据介绍，读者包括了附近的学生、农民工和退休职工，斯文不拒来者、老少咸宜。一位十六七岁的农家少女在登记借书卡，我问了问，姑娘叫林美秀，很大方，唇红齿白的，也是"九牧林"一族。她抬起头说，读书好啊，读好书，做好人，懂事体，少犯错。从爷爷、父亲到小弟弟，她家三代人都爱书，爷爷还写了一本古体诗，叫《村叟四季》。她还说双休日来这里读书的人可多了。篷恰恰、篷恰恰，窗外有流行音乐，一群时髦的农妇在跳广场舞，像在春风中飞翔的紫燕……

接着，我们来到西天尾镇综合文化站。文化站坐落在荔城经济开发区内（区内大小企业300多家，其中上规模108家，仅外来人口就有两三万人，附近还有学校和七八个村庄），毗邻福厦公路国道，矗立在视野开阔的平川，是2009年镇财政投入300多万元建成的全市一流规模文化站，配备了4个管理人员。我们到处转了转，一座崭新的五层楼，仅文化休闲广场就占地18亩，成排的绿树，姹紫嫣红的花圃，两个文化长廊图文并茂，有科普和时事内容，形式活泼。而在优雅的荔枝林休闲走廊外，可见20多套健身器材、两个篮球场和一处门球场。

走进文化站大楼，我看到，作为对外精神文明服务的窗口，一楼是外来人口登记、困难救助、儿童入学和计划生育服务；各层有棋牌室、健身室、阅览室、文史室、书画展览厅……各有各的功能，如文史室有本镇历史文化介绍，有哪些著名景点、何处名人故居、多少地方特产等，通过图片一目了然。其中图书室是目前全市乡镇级别中规模最大的，书架林立，有两三万册藏书。顶上的多功能放映厅，有 200 多个座位，集教育、培训、会议和演艺等功能于一体，曾经，有艺术系的大学生志愿者在这里为中小学生教授二胡、笛子、书法、绘画……在观众眼中这里不亚于青少年宫。

荔城区文体局长林锋是个女同志，身材娇小，却显得十分干练，说话有条不紊。她曾是乡镇领导，又当过团区委书记，因此，既有农村干部的经验和实干精神，又有年轻人创新的活力。她对我说，区委把"文化民生"放在与教育、医疗同等重要的位置，加大公共文化服务的投入，全区村镇和街道也在积极配合。人们充分挖掘丰富的物质文化与非物质文化资源，利用村居原有的宫庙、祠堂、故居，推陈出新、因地制宜地开展群众喜闻乐见，而又有地方特色的文化活动。比如，黄石镇林敦村的戚继光祠、江东梅妃故里的浦口宫、古香古色的定庄堡和西天尾陈国柱故居……对戚公祠这类宫庙故居，文化部门除了建立文化中心，还收集文物，增设名人事迹展览馆。如今这许多地方，不仅成为群众文化娱乐基地，还成为当地响当当的旅游招牌，有的还成为"莆田市十大爱国主义教育基地"。

我还知道，近些年荔城区不断健全以区文化馆为龙头、镇街文化站为载体、村居文化室为基础的三级文化体系。何为三级体系？首先，区文化馆不负众望，在大家的努力下，先后被评为"福建省十佳文化馆"、"全国文化工作先进集体"和"全国精神文明建设先进单位"；顺利通过"全国一级文化馆"评定。全馆有 5 人被评为福建省艺术扶贫先进个人、一人被评为市巾帼建功先进个人、两人被评为区宣教系统优秀共产党员，文学、美术、摄影、音乐、舞蹈、戏曲、民间艺术和少儿艺术，各有"师傅"样样在行，可谓兵强马壮。其二，建成西天尾镇、黄石镇综合文化站，使其成为全省一流的乡镇文化站。新度镇、北高镇文化站也在紧锣密鼓地筹建中。其三，按照"十二个有"的标准建成 35 个文化示范村，建成 75 个"农家书屋"，建成省级乡镇农民体育健身活动中心 2 个，建制村农民体育健身工程 94 个，全区还配备了 115 名文化协管员、455 名社会体育指导员……

早在 2008 年，荔城区就被文化部命名为"中国民间艺术之乡"。这里的地方戏曲莆仙戏闻名全国。我爱人的娘家就在乡下，一个不大的自然村竟有三个戏台，每逢节庆、庙会和村民红白喜事，荔林深处就响起莆仙戏的锣鼓。我听不懂唱腔，但陪家人也看出味道，尤其那出载歌载舞的《妈祖颂》，披风斩浪救苦难，千古传颂林默娘，伊人不仅是"九牧林"后人，而且还是名震两岸的"和平女神"。这些演员和乐手都是业余的，人不多，比"乌兰牧骑"还灵巧，据说这种业余剧团全区有上百个，不是专业也敬业，群众有需要，招之即来。在我眼里，似乎台上台下都有林默娘的影子……

事实上，这里的专业剧团更是精益求精，莆仙戏《天子与娇客》在福建省第 4 届艺术节暨第 24 届戏剧会演中，一举夺得"优秀剧目奖"等 9 个大奖；2010 年，《土筛记》《双凤记》参加全国调演，获得中央领导肯定，并登上了央视《新闻联播》。那些年，还组织优秀莆仙戏演员参与"福建文化宝岛行"两岸传统戏曲交流，在台中和宜兰演出，深受台湾同胞好评。

听着介绍，我还想起国家级非物质文化遗产"惠洋十音"。黄石镇惠洋是莆田十音的发源地，彼有"太古遗音"、"南曲活化石"之誉。我在妈祖宫欣赏过："十音"由十个人组成一队，一人敲云锣，一人弹三弦，一人奏八角琴，两人吹横笛，五人拉胡琴（四胡、老胡、尺胡）；一律黄衣蓝裤，行走吹奏时，队形有序，弓法齐整，韵律明快，气氛热烈，既有江南丝竹之音的艺术风格，又有北方粗犷的音乐特征。"惠洋十音"曲目丰富，有《古台序》《荔枝楼》《鹧鸪天》等 1000 多种，听起来古韵犹存，雅俗共赏，令人陶醉。听说惠下村的老艺人自 2005

年开始，每年暑期举办留守儿童"非遗"培训班，全面传授器乐演奏和唱腔唱功，几年来有200多名儿童受训，为"惠洋十音"的发展注入活力。"惠洋十音"曾应上海音乐家协会的邀请，参加了上海"第二届长三角民族乐队展演"，受到闵惠芬等音乐界专家的赞赏。如今"惠洋十音"已普及全市，莆田市现有十音表演队1200多支。此外，"九鲤灯舞"也是国家级"非遗"。

在区文化馆"非遗"展厅，我看到九鲤、民间剪纸、八乐、木偶、十五丸捏人仔等103件民间文化遗产实物，这些散落于民间的文化珍珠在这里又焕发出迷人的风采。馆长黄金梅亲自为我讲解，她不仅如数家珍、叙述流畅，而且层次清晰，极显一种专业水平。一问才知，她14岁就特招入伍，曾是"海政歌舞团"演员，难怪音色那么好。我马上想到荔城文化人的敬业和文化队伍的兵强马壮。全馆11位职工，却有13个工作室，真是能者多劳。为了收藏那十几个莆仙戏经典脸谱，馆长和同伴下乡跑了八九趟，一次又一次，苦口婆心，以情动人，终于说服了老人，成功实现收购。这个"非遗"展厅，免费向公众开放，全区现有2个国家级、4个省级、22个市级"非遗"列入名录，区文体局还被省文化厅授予"全省非物质文化遗产普查工作先进单位"。

在大家的努力下，文化馆的各种培训硕果累累，仅以少儿钢琴为例，郑星炜、林懿同学分别获全国关工委、教育部、文化部举办的钢琴大赛金、银奖；曾乐瀚同学获第16届美国"克莱门蒂"杯中国赛区钢琴总决赛第一名；林旭同学获全国青少年民族艺术展示钢琴学前组银奖；楚楚、陈曾昕同学分别获2010年蒲公英钢琴赛儿童金奖……

黄金梅说，这里的广场文化也颇有特色，经常有周末激情广场演出，唱红歌，跳劲舞，人们既是观众也是演员。除了文

化部门在节假日组织的大型演出，每当华灯初上，在一些小区或社区广场，总有数十名甚至上百名市民聚集在一起，随着悠扬的旋律载歌载舞，放松身心，其乐融融。"时代广场"还经常推出摄影展、灯谜、曲艺表演，2011年七夕节，一群年轻人自发在这里举办了一场"鹊桥相亲会"，不少中老年人也来凑热闹，大家在情意融融中寻找真爱……

我动心了，在一个云淡风清的夜晚走过木兰溪，悄悄来到"时代广场"。我看到，不管是歌者，还是舞者，还有抱吉他的"演奏家"，如鱼入水，俯仰反侧间，一张张笑脸开成一朵朵花。我似乎在兴奋中听到郭风的《叶笛》声声："啊，故乡的叶笛，吹出了对乡土的深沉眷恋，吹出了对生活的爱，吹出自由的歌、劳动的歌，火焰似燃烧着的青春之歌……"

江 东 问 梅

陈济谋

柳叶双眉久不描，残妆和泪湿红绡。
长门自是无梳洗，何必珍珠慰寂寥。

——梅妃

梅妃这首题为《谢赠珍珠》诗，收在《全唐诗》。

记得第一次读它，还是在南开园修史时。当时听老先生们讲道：梅妃其人正史无载，唐人小说《明皇杂录》《开元天宝遗事》等也未提及；相关事迹都出自宋人传记小说《梅妃传》，其中提到"梅妃、江姓，名采苹，唐明皇早期宠妃，闽地莆田人"，但《梅妃传》无作者，写作年代也不详，所记与史实多有不符，存疑颇多，不足为据。如高力士从未赴闽等，所以史学界以及鲁迅、郑振铎等著名学者都不认为历史上真有梅妃其人。

或许是因为诗情的哀婉凄绝，抑或是红颜妃子的悲剧命运，以及对学术争论的好奇和关注，这些内容让我记忆深刻。后来从报刊上读到郭沫若《途经莆田》诗，其中有"梅妃生里传犹在"句，感到郭老不愧为一代大文豪，用了一个"传"字，便把历史学家的严谨和诗人的浪漫极巧妙地结合起来。

流年似水，不曾想到，一晃便许多年过去。这几十年间，我因工作关系，曾数十次经过莆田，每次都念叨着要去梅妃故里，而每次又都行色匆匆而作罢。今年春节过后不久，我随采风团赴荔城采风，有了时间上的从容与方便，真的要去寻访梅妃故里了。

梅妃故里，在今莆田市荔城区黄石镇的江东村。

黄石位于莆田东南10公里，东临兴化湾，北望木兰溪，钟灵毓秀，自古河、海、陆交通发达，物产丰富，人文荟萃，为八闽重镇。而江东就像一颗璀璨的明珠，镶嵌在木兰溪畔，碧水环绕，绿野连绵，堪称物华天宝。

初春的清晨，宿雨初收，春寒料峭。弥漫于旷野的薄薄春意，已经透出春的无限生机，让人神清气爽。我在当地朋友的陪同下，开始了寻访行程。朋友们特意安排走镇海堤进村。镇海堤，又高又宽，蜿蜒于兴化湾边，挡住海潮，护卫着十里水乡。极目远眺，只见宁海古桥横断烟波，苍茫辽阔；近处村庄雾霭轻笼，半掩半露，就像一幅淡淡的水墨风景，诗里画里。村头处，一尊白色梅妃塑像，手把梅花，在水之滨，亭亭玉立，那幽怨的神情，似思念亲人，又似想起往日旧事，让人遐想无限。前面的巨石上镌刻着"梅妃故里"四个遒劲的隶书大字。

"这是鹅脰"，指着前方一处像鹅脖子的狭长土墩，朋友说，"梅妃小时曾在这里牧鹅"。

对着一座古寺庙，朋友告诉我："那是潮音寺"。传是梅妃进宫后，其兄每天凌晨都站在海边，对着茫茫无际波涛与之通话问安，海水会发出哗哗的回应声。安史之乱中，一天海水没有了应答，知道梅妃罹难，便投海自尽，从此海面浮出两块巨石。后来人们为了纪念江氏兄妹，称巨石为抬头石，并在这里盖起祭祀兄妹二人的潮音寺。

"还有梅亭、浦口宫、飞云庙……都在村子里面。"

一路上朋友忙不迭地为我介绍着。他们对乡邦文化的亲切和自豪之情深深感染着我。朋友还告诉我，在江东，人们尊称梅妃为"祖姑皇妃"。梅妃的逸闻轶事，不论男女老少，差不多都能讲出一二。走在江东古老的村路上，我蓦然间感觉到几千年历史信息在周遭层层淤积，仿佛那亘古的山川，那苍凉的古道，那被岁月打磨的油光闪亮的青石板，及至风的絮语，水的浅唱，都无不在诉说，诉说着这里曾经逝去的岁月，哪怕苦难和荣耀。

浦口宫位于村子的中心地带，其侧是作为浦口宫配祀的飞云庙，祭祀唐代乐师雷海青，纪念他和梅妃对莆仙戏作出的贡献。

浦口宫为一处典型明清风格的宫殿建筑，占地300多平方米，金碧辉煌、雄伟壮观。始建年代无从可考，但从现存的《重建浦口宫志》可知自北宋以来，曾多次重建和整修。现存面貌规模差不多都是清嘉庆辛末重修留下的，一切按帝王后妃的礼节建造。整座宫殿由照墙、门楼、拜亭、廊房和主殿组成。门楼用八根大石柱支撑着巨大的顶棚斗拱，极见气派，上方高悬精工雕刻的九龙八凤"浦口宫"直匾。主殿为歇山顶带两披结构，屋面用100根木石柱抬梁穿斗支撑，处处雕梁画栋、结构对称、疏密有致。所有的石鼓、垂莲、雀替、驼峰等木石件雕刻精细，工艺精湛。神龛上供奉着仪容端庄的梅妃塑像，两旁有"荔子甲天下，梅妃是部民"对联，四周墙壁挂着清初著名书法家伊秉绶、郭尚先，"中华民国"行政院院长张群，近代大文豪郭沫若以及江春霖等题写的巨幅匾额。殿内红灯高照，香雾缭绕。每天来参拜的人群络绎不绝，印证了香火的鼎盛。主殿旁的厢房内，陈列着大量有关梅妃的资料、文献和全国各地学者的研究专著。村里的几位文化长者在这里热情地接待了我们，并作了关于梅妃的详细介绍，随着他们娓娓叙述，一幅关于梅妃的历史画卷在我面前缓缓展开。

——梅妃，江姓，名采苹，莆田江东人，生于唐开元十年（722年），天宝十四年（755年）死于安史之乱。父名仲逊，世代为医。兄名采芹，梅妃入宫后封镇国将军、金紫光禄大夫。梅妃少丽聪慧，5岁能读书，7岁能作文，9岁能诵解《诗经二南》，其父以诗经句名之。梅妃从小志向不凡，自比谢道韫。开元十二年（724年）高力士使闽、粤时，选归以待明皇；

——梅妃，平素好淡妆雅服，姿态明秀，笔不可描画。梅妃性喜梅，在居处遍种梅树，上题"梅亭"。梅开时节，赏梅作赋常至深夜不忍离去，唐明皇特赐名梅妃。梅妃能歌舞善辞赋，吹白玉笛，作《惊鸿舞》飘飘若仙，满座生辉；赋有《萧兰》《梨园》等诗篇，深为明皇宠爱。

——梅妃在杨玉环专宠后宫后，渐受冷落。一日唐明皇赏雪，见满树梅花想起梅妃，命人封珍珠一斗，密赐梅妃，梅妃拒绝不受。写下《谢赠珍珠》一诗，表达了自己的孤寂哀怨。唐明皇读诗后，怅然不乐，命乐府配曲演唱，由此有了《一斗珠》曲名。"安史之乱"发生，唐明皇带杨玉环仓皇出逃，长安陷落，梅妃死于乱兵之手。平乱后，唐明皇回到长安宫中，命人寻找梅妃，已踪迹俱无。一日中午，唐明皇睡中，仿佛见梅妃如花蒙露在隔竹间掩面哀泣：妾死乱兵之手，哀妾者埋骨池东梅株旁。唐明皇惊醒，亲自带人在温泉池侧的梅株下发现梅妃尸体，肋下有刀痕，唐明皇亲制悼文，以妃礼改葬。

——梅妃深明大义，受宠时，不恋奢华权势，常劝唐明皇以社稷江山为重，效贞观之治，重现开元盛世，唐明皇赞其识大体；梅妃不徇私求利，唐明皇欲封官其家人，梅妃婉言相谢，劝唐明皇以天下苍生为重，施恩百姓。因此，江家一向不甚富裕，还曾倾家荡产救济灾民和穷苦乡亲，在民间传为佳话；梅妃忠义节烈，"安史之乱"中不屈叛贼，舍生取义，受到千古传颂，"遗事开天已渺茫，梅花浦口永飘香，珍珠一阕传千古。亮节堪称烈日光"。历代文人墨客为此不知写下多少诗词名篇……莆田至今还保留着许多尊崇梅妃的习俗，节孝祠内首位摆的就是"唐上阳宫正一品贞烈梅妃江氏神位"；莆田妇女出嫁时可乘四条金龙、四朵红花的御赐"銮驾轿"，死时可称"孺人"，也都是因了梅妃的恩泽；还有梨园戏以及每年正月初四的红柑垒橘塔等。

告别长者，我们来到梅亭。梅亭建在有"小西湖"之称的南塘水面，飞檐翘角的亭式造型，典雅玲珑，古色古香。亭中墙壁上尽是出自名家之手的历代先贤吟诵梅妃的诗篇；南塘方圆百亩，湖水清澈如镜；造园者匠心独运，环湖种着数十株梅树，簇拥梅亭，冷艳的花朵在枝条上迎风摆动，歌兮舞兮，雅逸清秀之气扑人脸面。我和朋友漫步其间，一边品味前人的诗句，一边追溯已逝的历史岁月，思绪如同水面的粼粼波纹，在微风中层层荡漾开来。

我在想：历史上梅妃是否真有其人已不甚紧要，尽可留给历史学家去做深入的考证。而由一首诗、一个悲情妃子、一个故事，在漫漫的历史长河中能演绎、派生出如此丰富、生动的文化风景，已足见其存在的价值和意义，因为那是人民爱憎的表达，是历史的选择和演绎，也是我们中华民族自古以来崇尚善良美好、颂扬德义忠烈的文化心态所必然；

其实，颂扬聪明、美丽、善良的梅妃，正是对徒美其貌、品行不齿的杨玉环的鄙视和批判；

梅妃旧事千余年来在坊间市井、野史和文人笔下盛传不衰并不断丰茂着，绝不仅仅是对梅妃个人悲剧命运的同情，而是对中国几千年封建社会中，生活在宫廷深院的宫女群体，为她们貌似光鲜，实则受尽屈辱、折磨、蹂躏的不幸命运鸣出不平；

而对梅妃的种种尊崇和祭祀，正是寄予我们祖先对善良美好人性的无限向往和渴望。

……

江东问梅，梅艳江东。

一门两丞相　节义愧当时

——追寻荔城区玉湖村陈俊卿陈文龙遗踪

黄种生

2012年3月7日，冒着深春的霏霏细雨，走访莆田荔城区玉湖宗祠，追寻在宋代抗击金、元入侵者的陈氏先辈陈俊卿、陈文龙的遗踪。

坎山午水向　佳地藏玄机

这一天上午，我们来到玉湖宗祠大门牌坊前。大门牌坊高9米、宽11米，上有"陈丞相里第"石雕坊额，两旁分别雕有"状元"、"榜眼"四个大字，显得气概非凡。走进大门往左进500米，即为近年新建的玉湖陈氏宗祠。

宗祠坐北朝西南，由祠门、拜亭、正堂等组成。正堂穿斗式木广构架，歇山屋顶。进入内院就见到一进三开间的正堂，中央神龛壁上绘有列代陈氏杰出先人彩色画像，共15位。中梁下挂着御赐横额"世笃忠贞"，两旁石柱则刻有："清忠亮直抗金良相节义文章扶宋名臣"，前梁下也挂着"民族英雄"的横额，两旁石柱刻着："一片忠诚扶宗室；千秋名节重莆邦"。祠中还保存着"文章魁天下，气节愧当时"；"地瘦栽松柏，家贫子读书"；"一门二丞相，九代八太师"等石柱联对和南宋时期的"状元里"石匾。

追寻玉湖陈氏始祖，为沂国公陈仁。陈仁于宋庆历年间（1041—1048年）自钱塘入闽，卜居白湖北岸之白沙村，号称玉湖。第四代有榜眼登第陈俊卿，为抗金名相；第八代有状元及第陈文龙，为抗元英烈，深受后人敬仰。"玉湖祠"原为南宋乾道年间（1165—1173 年）宰相陈俊卿故宅，始建于南宋之末。当年陈丞相里第占地一亩三分，栋宇鳞次栉比，颇具规模。陈文龙抗元殉国后，其后裔族人在陈俊卿故宅中建"二相祠堂"，以祭祀陈俊卿、陈文龙两位先贤及玉湖陈姓历代名贤。

玉湖祖祠几经沧桑，历久而弥新。元朝统治期间，陈氏族人四方逃难避祸，祠堂失修，残垣断壁，杂草蔓生。明成化三年（1467 年），探花出身的岳正，受命到莆田主持兴化府政事，遂将祠堂按原有形制重建，复称"二相祠堂"。清同治六年（1867 年）再次修建，改称"玉湖祠"。1991 年，旅居印尼的侨胞、陈仁 32 世孙陈德发捐资再次重修。2009 年，"玉湖祠"迁至玉湖公园之内重新建造，占地 345 平方米，2010 年落成，遂成目前宏大的规模。

南宋理学家朱熹，深研《周易》，精通玄学。他与陈俊卿过从甚密，私交极笃，曾到过兴化讲学，对陈俊卿故乡山川形胜十分熟悉，曾盛赞当年"玉湖祠"风水之佳，道是"坎山午水，天下罕有"，其中藏何玄机，则不得而知。是否预见当地必出"一门二丞相，九代八太师"的显赫身世、荣耀史迹呢？无论与风水是否相关，历史上此地果然是人才辈出。

南宋两丞相　芳名万古存

陈俊卿、陈文龙，分别以宋高宗戊午科（1138 年）榜眼和度宗戊辰科（1268 年）状元入仕，最后同登宰辅职位。当地有一种说法，称之为"一门两状元"。然而，"两状元"似乎不如"两丞相"更加贴切。陈文龙为状元及第，史书上有明确的记载。而陈俊卿则是榜眼，状元之说，多系传闻。

据传，当年陈俊卿与同乡黄公度同赴应试，黄公度为进士第一（状元），陈俊卿为第二（榜眼）。宋高宗在光禄寺摆宴时，问状元和榜眼："卿土何奇?"黄公度答道："披锦黄雀美，通印子鱼肥。"陈俊卿则说："地瘦栽松柏，家贫子读书。"高宗遂选陈为状元。另有一说，黄公度答道："子鱼、紫菜、荔枝、蛎房。"陈俊卿则答："地瘦栽松柏，家贫子读书。"宋高宋认为陈俊卿的才华和品格，不在同科状元黄公度之下，深为赞赏，但并未改变黄、陈两人的名次。现在，玉湖宗祠大门"陈丞相里第"牌坊两旁"状元"、"榜眼"的石雕，也表明了当地陈氏后裔的求实态度。其实，一个人流芳后世不在于名而在于实。历史上许多状元只任小官，碌碌终生，也有一些并非状元出身而官居宰相。陈俊卿与陈文龙，正是他们在抗金、抗元斗争中立下赫赫战功，以及他们忠贞守节而为后人所崇敬。

陈俊卿，字应求，号六梅。他以榜眼入仕，初授泉州观察推官。那时，宋金矛盾日趋尖锐。宋高宗赵构任秦桧为相，向金推行求和政策。秦桧曾以高官为诱饵，企图拉拢陈俊卿加入其党羽，陈俊卿不为所动。秦桧"察其不附己"，便对他百般压抑。秦桧死后，陈俊卿才受重用。从南外睦宗院教授、秘书省校出郎，累迁至监察御史、殿中侍御史。南宋乾道四年（1168年），陈俊卿55岁时，被擢升为尚书仆射、观文殿大学仕，登上宰辅职位。

陈俊卿一生抗金爱国，不附权贵。后人称他"正色立朝，为南渡名宰相"。为相时，他以"用人为己任"，每见"朝士"或远道来京的"牧守"，必"问以时政得失，人才贤否"；他向孝宗力荐四川宣抚虞允文为枢密使，右丞相，使其进入中枢，参与和处理军政大事；他以社稷安危为重，光明磊落，为受奸佞诬陷的主战派张浚辩诬，保举张为枢密使，率军驻屯建康，待机北伐；他坚决反对朝廷向金"奉表称臣"，采取了屯兵垦田、扼要地筑城垒、安抚逃亡流民、整顿浙西水师和督理淮东军务等措施，以巩固后方，增强抗金实力。经他一番努力，改变了自秦桧掌权以来一味推行的与金"媾和"的投降政策，成为文臣中力主抗金的代表人物之一。

陈文龙，为陈俊卿五世孙，从小就"濡染先训"，立志"忠君报国"。他所处的时代，正是南宋王朝风雨飘摇、朝不保夕的危难之秋。南宋端宗景炎年间，陈文龙出任福建、广东宣抚使兼兴化县指挥官。咸淳七年（1271年），官至秘书省校书郎。初时，权倾朝野的宰相贾似道对"文章魁天下"的陈文龙有意拉拢。然而，正直耿介的陈文龙与贾氏"道不同不相为谋"，对其弄权误国的行径往往上疏皇帝直陈，因得罪权奸而屡遭贬斥。襄阳失守，陈文龙上疏痛责贾似道用人不当，因对贾氏结党营私的丑恶行径上疏度宗，触怒了贾似道，被贬抚州；因不改初衷而致被罢官，返回兴化军故里。后贾似道兵败遭罢黜，朝廷才重新起用陈文龙。

南宋景炎元年（1276年），益王在陆秀夫、张世杰等大臣的拥立下，于行都福州登基，陈文龙再次被起用为参知政事（左相）。元军向闽粤进军，兵锋直指榕城，福州知府不战而降。张、陆等保护端宗从海上逃亡避难于泉州。朝廷任命陈文龙依前职充闽、广宣抚使，并于兴化（莆田）开设衙门。于是，陈文龙倾尽家财招募兵勇组成民军，厉兵秣马备战。在福州、泉州两城守将先后叛降后，陈文龙固守孤垒，四次斩杀前来劝降的元使，并在城头竖起"生为宋臣，死为宋鬼"的大旗，以表明心迹、激励士气。然而，毕竟大厦将倾，独木难支。陈文龙终因寡不敌众，城破被俘，他与两子三女以及母、妻等一家人被押至福州，元将唆都企图以"母老子幼"来动摇他的意志，陈文龙慷慨而言："我家世受国恩，万万无降理。母老且死，先皇三子歧分南北，我子何足关念。"（见《弘治兴化府志·陈文龙传》）元军见劝降无望，就把陈文龙押往杭州。他从离开莆田起即开始绝食，视死如归。抵杭州后，他要求拜谒岳飞庙。当他以孱弱之躯蹒跚进入岳庙时，不禁失声痛哭，哀恸悲绝，年仅46岁。陈母被拘禁在福州一座尼庵中，身患沉疴而不愿看病服药。她对监守说："吾与吾儿同死，又何恨哉？"陈文龙一家，包括其三弟陈用虎、从叔陈瓒，都忠贞不屈，为国捐躯。三弟媳朱氏，也在陈文龙被俘后自缢守节，堪称"满门忠烈"。

榕兴两城隍 威灵至今传

在人世间受人供奉的菩萨、神祇，生前大致都是忠贞护国、造福一方，为百姓除病消灾、救苦救难的"活菩萨"。明初，朝廷下令访求民间应祀神祇，"凡有功国家及惠爱在民者，著于祀典，令有司岁时致祭。"开国皇帝朱元璋，敕封陈文龙为福州都城隍主神，敕封陈文龙从叔陈瓒为兴化府城隍庙主神。陈氏叔侄于是成为榕城、兴化两地城隍。

在祭祀陈文龙的寺庙中，以福州阳岐的尚思庙时间最早。传说当年阳岐村民在乌龙江边拾到陈文龙遗落的官袍，便自发集资在兴化古道边建庙。明天启七年（1627年），当地村民及部分莆仙籍商贾，出于对陈文龙的敬仰，为祈求生意兴隆，往返平安，将原庙宇移至阳岐村凤鸣山下。庙建成后，历经沧桑，几度重修。1919年，阳岐人、大思想家严复发起又一次重修。重修后的尚书祖庙面积达到3805平方米，整座庙重檐叠宇，雕梁画栋，蔚为壮观。

陈文龙生前没有任过尚书官职，明清两朝官制"六部"也没有设"水部尚书"一职。据专家考证：明代崇祯和清代康熙、乾隆年间，曾三次敕封陈文龙为"水部尚书"和加封"镇海王"。明清时期，每三年科举后，历朝皇帝都委派新科状元率册封团赴琉球（今之冲绳）、台湾册封当地官员。因琉球与中国隔着浩瀚大海，而福建距琉球最近。所以，凡"册封使团"出发前必定就近先到"旨奉祀典"的陈文龙庙祭祀之后启程。陈文龙"威灵显赫"，册封团在海上行船为祈求平安，将陈文龙神像立于船中祭拜。由此，就有了"官船拜陈文龙、民船拜妈祖"之说。闽台及东南亚等地，都将陈文龙比作"海上保护神"。仅在台湾和马祖，保存完好的陈文龙庙就有 16 座之多。现在，福州新建的陈文龙庙、堂已达 10 余座之多。史书上记载，遗址至今尚存 5 座。数百年来，陈文龙的尚书庙香火旺盛，历久不衰。

陈文龙从叔陈瓒，字瑟玉。在抗元斗争中，曾倾家财 300 万缗，渡海至广东献给退至广州的抗元将领张世杰充当军费。陈文龙兵败被俘北去后，陈瓒说："侄不负国，吾当不负侄。"乃招募义军，誓死抗元。他亲率兄弟叔侄、家丁和 3000 义兵，乘敌不备，进攻兴化守军驻地，一举夺回了兴化城，沉重地打击了元军。宋端宗授他为兴化军通判，镇守兴化。不久，元将唆都率兵万余，攻打兴化城。陈瓒率众固守，唆都屡攻不克，乃临城下劝降，遭到陈瓒严词拒绝。元兵遂倾巢出动猛攻。因众寡悬殊，兴化城破，陈瓒被执，骂不绝口，宁死不屈。唆都恼羞成怒，残忍地将陈瓒车裂。陈瓒牺牲时，年仅 45 岁。南宋朝廷追赠陈瓒为兵部侍郎，赐谥忠武，邑人葬其衣冠于壶公山下。朱元璋敕封陈瓒为兴化城隍主神后的洪武三年（1370 年），兴化知府盖天麟在现在的梅园东路建立兴化府城隍庙。

陈瓒从小就以大节自励，无意仕进，经常"散粟出帛，以济饥寒"，受到百姓的拥戴。他说："吾家世受国恩，当为国收民心耳。"至今，他的故乡依然沿袭陈瓒护国佑民赈济贫寒的习俗，以纪念陈瓒的乐善好施。据说，古时兴化府城隍庙，每年农历十二月二十五日，梅园东路的兴化府城隍庙就人来人往，不断有信众前来送米、送钱，有的人还捐棺和送药。而农历十二月二十七日，城隍庙就把这些米、钱发放给贫困百姓。这一陈瓒信仰习俗已经沿袭 600 多年，现已列入市级非物质文化遗产名录进行保护。每年的这一天，城隍庙人山人海，络绎不绝，人们到此感念陈瓒赈济施舍的善举。近些年来，不断有包括日本、美国、东南亚及港澳台的海内外人士来此朝拜进香、寻根问祖。2001 年 1 月，福建省人民政府把兴化府城隍庙升级为第五批省级文物保护单位。

涉足空门话少林

——莆田南少林寺游眸走笔

陈慧瑛

历代豪侠，多为善武重义之士，浮生于乱世之时，名噪于道衰之日，或立舍身捐躯之志，或结生死与共之盟，以勇武取重诸侯，以诚信彰显天下。遥望当年，先有汉书、太史公为其立传著书，后有唐宋元明清诗词曲歌赋小说颂其飒爽英姿；时至近代，国人发扬华夏志士崇侠尚义武风，挥写民族英雄彪炳千秋正气，造就中国不灭之武魂，成为人世永恒的风景。

古诗《谒少林寺》中有警句："花开五叶地生金"，赵朴初先生对诗的解释是："达摩从印度到中国，发下'花开五叶'弘扬佛法的誓愿，后来，在少林寺创立禅宗，分为五派，广为流传。"

少林有南北。提到少林，自然从北少林说起。扬名天下，被誉为"天下武林第一名刹"的嵩山少林寺，俗称北少林。

北少林，又称"僧人寺"，始建于北魏太和十九年（495年），坐落于嵩山腹地少室山下的茂密丛林中，故名"少林寺"，这里是少林武术的发源地、中国汉传佛教禅宗祖庭。在漫长的1500多年历史长河里，虽历经兴衰毁建、世态沧桑，但因寺居嵩山胜景，又保存着千古以来丰富的佛教文物、医药养生、传统功夫等大量文献资料以及众多碑铭石刻、建筑艺术精品，具有高深莫测、难以估量的传统文化和佛教学术价值，迄今为止仍是中国汉语系佛教中最具特色的丛林。2010年8月1日，包括少林寺常住院、塔林和初祖庵在内的"登封历史古迹群"，被列为世界文化遗产。

史载，中国少林寺，约有 10 处之多，除首屈一指的嵩山北少林之外，还有北京盘山少林、峨眉少林、山东少林等。至于南少林寺，仅福建省之中，知名的就有泉州、福清、莆田三处，通称南少林。

泉州东禅少林寺，相传为唐初嵩山少林寺武僧智空入闽所建，自唐宋元明清以来，历经三废三兴，一向为我国南禅及南少林武术中心，声名远播。泉州南少林是一个庞大的建筑群体，东至东岳山麓，西至东门护城河，南至东湖，北至伊斯兰墓地。现存的东禅少林寺只是泉州南少林寺的一小部分。

福清南少林坐落于城西的崇山峻岭之中，寺院四面群山绵延雄浑巍峨，一泓绿水环绕座座青山，密林深处，风吹草动山舞峰移，云烟邈邈悠然飘逸。寺院四周，溪、涧、流、瀑、泉，汩汩之声不绝于耳，构成了难得的秀水奇观。整座庙宇依山起势，背后所倚五老峰，也名"嵩山"。寺前一溪横卧，流水蜿蜒曲折，长流不涸，是佛门圣地也是习武佳境。

莆田武风兴盛，民间流传着罗汉拳、梅花拳、洪拳、鹤拳、少林五雷拳、铁布衫等 21 个拳种，56 个拳、械套路。1986 年，在莆田市西天尾镇北部层峦叠嶂的九莲山麓，发现一处古建筑遗址，又从残碑、石柱上的"林泉院"、"寺山界"石刻，推测此处可能是南少林寺遗址。1992 年 4 月 25 日，莆田市在北京人民大会堂举行新闻发布会，正式向外界宣布发现南少林遗址，中国佛教协会理事、嵩山少林寺第 29 代方丈德禅大师出席新闻发布会，暂定林泉院即南少林寺。现在，重建的莆田南少林寺已粗具规模，大雄宝殿、天王殿、钟鼓楼、山门以及赵朴初题额的"南少林"牌坊等，巍峨壮观。周围的古竹寺、霞梧院、九莲岩等大小庙宇，众星拱月环绕着南少林寺，形成香火鼎盛气势昂扬的寺院群落，重现了当年十方丛林殊胜气概。

农历壬辰年二月十五日，我来莆田，慕名前往西天尾九莲山拜谒南少林寺，陪同前往的是市宗教局的陈华同志，他曾参与筹备、修建南少林寺长达 10 余年。

南少林离市区 18 公里，是日烟雨茫茫，沿途盘山皆树，在霏霏春雨里油绿欲滴。山前山后忽左忽右，一片片油菜花金光灿烂，犹如法国画家柯罗笔下的油画风景，美艳热烈，令人陶醉！至山下，远远的，便见三重歇山白玉牌坊，一派红墙绿瓦的南少林寺依山而筑，气象恢弘。圣地有灵，甫抵庙前，居然雨歇雾开，隐隐有阳光露出云层，将沐雨梵宫映照得金碧辉煌。进山门，入"三摩地"，见其中二副对联：

一曰：入不二法门远离凡尘自然清净

愿大千世界勤修善果具足菩提

二曰：十方常住嵩岳莲山衣钵在

一派相承南拳北腿武禅兼

首联是佛家劝善之语，颇可警策人心；二联记九莲南拳法脉，足见当地少林神韵，读后令人过目难忘。

当家住持永光法师和陈华，带我瞻仰寺庙。至天王殿，迎面便是笑口常开的弥勒佛，面对山门，祥光普照；殿堂两旁风、调、雨、顺四大金刚勇武威严；殿堂北面十六臂观音神采飞扬，佛像雕工细腻，神威慑人。穿过天王殿清净无尘白石复地的宽阔后院，步九级石阶上大雄宝殿，但见壮丽殿宇拔地而起，画栋雕梁斗拱交错，精美壁画流光溢彩。殿堂正中三尊释迦牟尼过去、现在、未来佛的高大金身塑像，肃穆慈悲撼人心魂，两侧形神各异的十八罗汉，工艺精湛、栩栩如生。

在大雄宝殿燃香礼毕，见一稚童眉清目秀，两目炯炯有神，款步来到身边，朝我稽首合掌问候。我向永光法师请教，方知此童姓张，5 岁时自贵州来寺中习武，今年 7 岁，立志入佛门当武僧。小小年纪，便有如此气魄，令人感佩，也可见此寺武运之深。

随永光师来到客堂，入门即见巨幅丹青上书"武禅"二字，两边悬挂古隶对联：

南寺重光鼓韵钟声馨宝刹

少林并举天风海雨壮灵霄

据说，寺中楹联，多为2009年当地举办"南少林武术文化节"期间，开展"南少林国际楹联征集展评"遴选而来，莆田"文献名邦"底蕴，由此可见一斑。

永光法师洗杯更盏香茗相待。我见法师年纪不大，但法相端庄聪慧、神态安详沉稳，问他世寿几何，家在何处，何时来此，永光法师告我属龙，今年本命虚龄37，龙岩人氏，2006年由广化寺前来，转眼六度春秋。

谈及修建南少林因果，永光法师说，南少林寺的方丈，是现任中国佛教协会常务副会长、莆田广化寺方丈学诚大和尚。寺庙始建于1994年。1998年竣工时，河南嵩山少林寺永信方丈曾专诚派僧人来贺。此庙原拟由嵩山少林寺接管，寺里的钟、鼓、云板等，都已刻上永信方丈的师公、嵩山少林最早首座素喜老和尚法号，后因故中断。2007年起，寺庙连续三年举办"植树节"，市、区两级的五套班子领导以及善信2000多人，都来参加植树。当年的市委书记袁锦贵先生对绿化特别重视，亲自参加并题诗："绿隐少林南，彰显万丈光。诚栽心中树，佛佑湄洲湾。"如今，寺内寺外，满山遍野，碧树成荫，蔚为大观。近几年，由省佛学院引进23名法师，成立武僧训练中心，建立武僧团，人数最多时达60多人。2007年11月，市政府在寺前举办百年首届"南北少林武术公演"，一时传为佳话。

永光法师当家南少林后，以维护寺庙、稳定禅心为主；认真恢复上殿、过堂、半月诵戒、结夏安居、出坡、定点诵经等一系列宗教活动。另外，开办"和谐之旅"法会、诵经法会、植树法会、夏令营、春节祈佛法会等，培育僧才，组织僧众研习"道次第"、"菩提道次第广论"、"学诚佛法开启理念"等佛门理论。在商品经济如此兴盛、不少道场难免尘烟污染的今天，永光法师和南少林僧众，能存留古风、注重修持，实在难能可贵！

关于南少林的根基祖庭，历来争论不休，成了佛教界的敏感话题。就福建泉州、福清、莆田三处少林而言，各有典籍、物证、名家评断，家家振振有词，至今莫衷一是。我既到此，自然而然要听听永光法师对南少林祖庭"百家争鸣"的见解。没想到这位年纪轻轻的法师如此谦虚如此老道，一提及此，立即合掌问讯：

"阿弥陀佛！请教陈老师高见。"

"我的本意是先请师父开示，想不到师父却反主为客。来朝拜贵寺之前，我已阅读了一些论证南少林祖庭的文章，由此想起武夷山的一场笔墨官司——据说当年，郭沫若先生来游武夷，写下两句诗：'桂林山水甲天下，不如武夷一小丘'，诗传开，桂林方面意见很大，官司打到北京去，当时的国务院谷牧副总理看了，批了四句诗：'桂林山水甲天下，武夷风光也神奇。同是祖国好河山，何必相争论高低？'于是彼此心服，此案平息。

"我认为，历史上南少林流传甚广遍地开花，福建、广东、广西等地均有寺庙，现在不少地方都为此申报世界文化遗产，南少林已成为广义的风景，大家不必你争我抢，徒结冤仇，应该抱团取暖，共同发展，一起弘扬南少林文化的神奇、神圣；一起展示中华武术的正道、神力！"

永光法师听了，喜形于色：

"阿弥陀佛，善哉！小僧赞同老师之见。地域区分历来有变——莆田位居闽中，福清曾属莆田，莆田也曾为泉州所辖，因此，三处南少林，原为一体。不要因一地之私，互不往来互相打压，不要搞门户之见。最重要的是要团结一切爱心人士，发扬爱国爱教精神，合力传承传统文化，发扬光大南少林精髓。"

永光法师胸有成竹，不紧不慢娓娓道来：譬如土楼，龙岩有，南靖、华安也有，谁能称大？譬如客家文化，广东的梅州，福建的龙岩、三明、清流、宁化，江西的赣州都存在，谁是正统？原来各地都想为主为大，争名不已，后来"申遗"，大家意识到游兵散勇不成军，合伙抱团力量大，于是纷纷集结，抱团"申遗"，无论土楼、客家，还是宁德的太姥山、白水洋，莫不如此。特别是客家文化，如今全国客家联合召开恳亲大会，轮流坐庄，连台湾客家也来抱团取暖。如果一盘散沙，纷争不息，既不利团结，更不利发展。因此，从地方政府到民间，都要有包容和大爱情怀！

我深深赞同永光法师的精思至论！是啊，佛门，人们对你仰望，就因为我佛慈悲、拥有海纳百川、普济众生的宽阔胸怀，如果空门不空，争议纷扰，那也就有违佛家的和谐精神了！

我问及学诚方丈对南少林祖庭争议的看法，永光法师满面恭敬：

"学诚大和尚说过：世界到处有'洪门'，'洪门'的基础就是南少林。南少林不仅要团结国内善信，还要成为联系海外华侨华人、成为促进海峡两岸统一的桥梁。不要搞小家子气，要懂得抱团取暖，才能温馨和谐。学诚大和尚为人为学都很大气，站得高，看得远！"

有其师必有其徒，原来，永光法师与学诚方丈思路同出一辙。更令我欣慰的是，我的"抱团取暖"说，竟与学诚方丈、永光法师不谋而合。

儒雅斯文的陈华，一直默默静听我与法师交流，此刻也忍不住开口：

"北少林只认嵩山，南少林有许多，我赞成抱团取暖，共同推广、深化南少林文化！"

主客意气相投，倾谈甚欢，竟忘了时已近午，忙起身道别。永光法师依依送至山门之外，互道珍重后会有期。

离开南少林，陈华带我前去位于寺庙附近的"南少林武术学校"。该校创办于 2000 年，占地 37 亩，拥有教学楼 1 万平方米，普及九年义务教育，先后培养出 2000 多名优秀人才。自 2007 年起，该校武术团先后出访新加坡、马来西亚、印尼等国家，受到了海内外各界人士及当地政府的一致好评，中央电视台、山东台、上海台、浙江卫视、海外电视台多次播放他们的大型节目表演。

走进校门，学生彬彬有礼，一一前来鞠躬问候，武术表演队队长行忠法师热情相迎，请来 4 位小同学，专门为我表演刀、枪和长拳武术，让我一饱眼福。看到这些年仅 10 岁左右的孩子，身手矫健，武功娴熟，不禁由衷赞叹南少林后继有人！

据传，自唐武则天首开武考至清光绪年间，莆田有武状元 8 人，探花 2 人，宋、元、明、清有武进士 89 人，中武举者 307 人；中华人民共和国成立以来，莆田有武英级运动员 13 人，荣获全国、亚洲、世界级武术比赛金牌者 13 人。素有"海滨邹鲁"之称的莆田，想不到也是武杰辈出之乡，这无疑得益于南少林的千年熏陶冶炼和莆田人的崇文尚义之风。

南少林的根基在哪里并不重要，重要的是哪一片土地能把千年不败的南少林之花，培育得更加芬芳绚丽！但不管南少林之根在哪儿，确确实实，谁也难于否认，莆田南少林薪火相传，武脉兴旺，武魂长存，历久弥新！

佛光普照、武旗猎猎的莆田南少林，你，为中华大地，赢得了桂冠、赢得了辉煌！你，为莆田美丽的壶山兰水，增添了阳刚、增添了吉祥！

古街的记忆

蔡天初

荔城，是我常来常往的地方，多年以来，一直默读着这座位于戴云山脉东冀，天蓝水净且有神秘色彩的古城。记忆中，城市面貌日新月异，一栋栋高楼拔地而起，城市框架不断被拉大，城市中四通八达的道路如一条条飘动的彩带，使城市动感十足，充满着跨越发展的锐气和朝气。

初春，随采风团走进荔城，我才注意到一个过去被忽视的现象。在荔城区中心，让人们出乎意料的是，有一片古街区，被保存下来。这块土地留给人们的馈赠是丰厚的，仅省级文物保护单位就有四处、全国重点文物保护单位一处，还有不少市、区级文物保护单位和一大批古建筑精品，列为荔城区历史文化名城的核心保护区。

置身古街，千年风霜扑面而来，俨然打开了一本古街历史文化的说明书。零距离感受古街文化艺术，让人相见恨晚！

古 街 巷

古街区由迷宫一般的 6 条古街（大路、县巷、衙后、庙前、后街、坊巷）组成，确如人们所说，街巷纵横交错，"小街大巷，商铺联袂，商贾云集，百业兴盛"，让人看得眼花缭乱。

历史上，这里早就是集市型的街市，沿街有各类手工作坊，丝绸、靴鞋、麻布、成衣、漆器、陶瓷、茶叶等商铺百多家，其他经营如南北山货、药材、水产的商铺随处可见，此外还有客栈、酒肆及风味小吃等服务行业，同时还出现过当店、铜钱店等古代金融业。荔城同志介绍，这里迄今还保留不少老字号民间工艺加工坊，在县巷就有一家祖传4代的锁店，从最初铸"大门铜锁"、"枕头锁"到后来的开保险柜、造汽车锁和电脑锁以及现在与"110联动"开锁，锁店家族成员对这份古老技艺的热爱，被留在古街的历史记忆中，成为佳话。

古老的街巷形成和发展，经历了漫长的岁月。据史载："宋太平兴国八年（983年），莆田筑军城，始有街巷。"从各类方志中窥见，明弘治《兴化府志》载有15街46巷；清乾隆《莆田县志》载有19街56巷；民国时期县城内有十字街、县巷、衙后、龙门和贯通南北的大路等主要干路，俗有"九头"、"十八巷"之称。

我查阅莆田市博物馆游国鹏馆长送的《重刊兴化府志》（明著·清同治十年重刊），当时即对这一片古街巷道的记载做了抄录："衙后街，东起长寿社，横过县衙后，西至驿前街为界。巷二：上陈宅巷、县后巷"；"后街，上接井头街，下至长寿社边为界。巷二：方壶巷、城隍庙巷（旧名橄榄巷）"；"文峰宫前街，自文峰宫前至务巷口为界。巷二：县巷（旧名新度巷）、务巷（以税务在巷中，故名）。"现存古街道总长约1128米，其中大路300米，县巷252米，庙前137.45米，坊巷139米，后街和衙后加在一起有299米，路幅宽约五六米。令人惊叹的是，这片古街巷其雏形在宋代形成，现在不但格局固定在明代不变，而且街巷的命名也延续至今。说来也巧，站在社桥头三岔路口，你可发现，前方左边往庙前，右边往后街，后街位于清代绿营驻军"左所营"的后厢，故名"后街"；"衙后"就是取其街道处于县署衙门的后面而得名；而当时的县治中心在县巷，因此"县巷"即指县署前面的道路，北接"衙后"，南通"文献路"，据说当时在县巷南北路口还各建有木坊，南匾"文献名邦"，北匾"壶兰雄邑"，有趣的是现在市、区政府也位于这条县巷街上；又如，"井头"南端与"坊巷"交接处，有一古井，故称"井头"。我倒是觉得，这里对于某些街巷地名并没有冠以"街"、"巷"、"路"，古街巷独特的古朴名字，忠实诠释着古街的地理方位，听着都令人怀旧而遐想。但也有例外，如"社桥头"是"衙后"、"后街"、"大路"三条古街的交叉处，此地并无河更无桥，因何以"桥"称谓？那是因为"大路"北端至"长寿社"，取"长寿社"的"社"字，加上"衙后"的"衙"字，合称为"社衙头"，因莆仙语"衙"与"桥"谐音，今被误称为"社桥头"了。

在文博专家眼中的荔城古街巷道，似乎比我们听到、看到和想到的都更重要。荔城区文管办主任刘鹏志介绍，古街每条街道均以40厘米长、20厘米宽、12厘米厚、约30斤重的青石块铺成，不久前荔城区政府对古街两侧的电线、网络线、排水系统进行整治改造。为保持古街路面特色，对古街巷磨损毁坏的青石板，按照原规格大小特制仿古青石板铺设，努力恢复原貌。同时，下一阶段将对古街房屋立面进行保护性修复，规划将古街区打造成莆田版的"福州三坊七巷"。

荔城区保护好这一片古街区，给古街巷注入了新鲜的元素，这不仅是对历史记忆的保存，也是为了新的生活方式在其间延续。

古 谯 楼

临风而立的古谯楼，是古街区最高建筑物。首站来到古谯楼，幸好维修工程基本竣工，进入屋面檩条修复阶段，难得给我们提供了参观古谯楼的机会。谯楼为三层台楼，坐北向南，高 16 米，长 50 米，宽 25 米，城台上的二层木构楼阁，楼面阔九间，进深五间（八架椽），穿斗式木构架，重檐歇山顶，斗拱硕大，二、三层不多不少共有 100 根木柱。鲜为人知的是，三层周围有精美回廊，置砖石花式围栏，护栏有美妙无限的镂空刻花，有可能为了排水，走廊被科学设计成向外倾的斜面，只能躬身前行。

我们注意到，三楼回廊设计在楼层中间位置，虽然窄小而低矮，由于上、下两重檐之间的外圈是用小尺度的廊柱、栏杆，而上层南面外廊栏杆，以间为单位向外拱出，正与城台南墙拱出的弧形上下呼应，这样从城台下看谯楼时，夸大了上层建筑的外观尺度，给人外观上宛如完整的一层楼的感觉，显得大楼更加高大壮观。这是据透视学原理，在视觉上抵消了因长而大的城楼的重量感而产生的城台上缘下沉的错觉，这与古希腊建筑纠正错觉的方法不谋而合，亦显出造型艺术的匠心所在。

我查阅一些资料，读到不多的零星记载，说是荔城作为一个东瀕大海、枕山临水，得天独厚的战略要地，不可能不引起兵家重视。"早在宋太平兴国八年（983 年），移兴化军治于莆田，知军段鹏始建军城，内筑子城，建谯楼，周二里三百一十八步，以护官廨，又筑土垣为外城，以环民居。"楼应为内城附在城垣上月城（即子城）的一个城门楼，这就是镶嵌在千年古邑上"古谯楼"的来历吧！

古谯楼原为子城的城门楼，古时称"城楼"，后来又称"鼓楼"，现因何又以"谯楼"称谓？都有令人不解之处。莆田市博物馆游国鹏馆长向我介绍："现在谯楼是宋太平兴国八年（983 年）创建的子城城门楼，南宋绍兴六年（1136 年）焚于火，知军刘登重建，在楼上设置更鼓刻漏，为全城报时示警，故又称为鼓楼，这是福建仅存的一座鼓楼，也是国内现存最完整的鼓楼之一。明嘉靖年间（1522—1566 年）焚于倭乱。明隆庆五年

（1571 年）郡守陈武卿重建，并匾'壶兰雄镇'。清康熙九年（1670 年）知府慕大颜重修，三十一年（1692 年）复焚于火。康熙三十六年（1697 年）知府卞永嘉重建，并在南面的门洞额上画'坎卦之象'以制火。清嘉庆年间（1796—1820 年）知府马夔陛重修并书'古谯楼'刻在门额上。"想不到，修复古谯楼拆除外粉墙皮时，发现在古谯楼正门洞上部石坊上，依次排列着 3 块阴刻坎卦符号（易经 64 卦第 29 卦），坎卦为水，画坎卦之象以制火，验证了史书的记载。

历史上古谯楼三次焚于火、三次重建，每重修建一次，改变一次功能和名称，从"城楼"到南宋的"鼓楼"，再到清的"谯楼"也就不足为怪了。

其实，自汉至南北朝，各地城门楼多为二层或三层，隋代洛阳则天城门楼为二层，自唐至元，城门楼大都是单层的。现发现谯楼城台大体上仍是宋代原构，下部柱身很高，又有唐前城门楼遗风特点，顶上的层楼以备登临、瞭望、警戒之用，故说明古谯楼实为城门楼旧制。同时，今楼上还镶有嘉庆重修"天一楼"记的碑刻，"天一楼"为清代古谯楼的又一别称。很有意味的是，实际上，由于年代已久，我们所看到的建筑物并非曾经城楼的全部。工人在施工时发现：古谯楼有 9 个开间，中间的 5 个开间为宋元时期的原构，左右两开间为明清时期补的；墙体外砌石块，宋元时期用大条石规范整齐堆砌，两旁突出部分，明显拼接着明清时期的块石，显的缝隙粗糙；西侧开间的块石缝隙，以乱石填塞，东侧墙体底部甚至用 22 块宋朝柱础砌成。何以如此，有的文物专家到场观看，推测明清时期，受资金限制，所以显得杂乱粗糙，有的专家提出具体是什么原因，尚需进一步考证。

之前的历史记忆中，古谯楼后面原是北宋初尚书陈靖的住宅，军治于莆田后，先后是宋军署、州署、元路署、明府署和清卫署的所在地。署中正厅东有宋进士题的"桂籍堂"，小厅题有"清心堂"。宋谯门之东有回车院，是郡守任满寓居处，南宋绍兴十七年（1147 年）改为签厅；谯门之西，南宋绍兴九年（1139 年）知军孙苪重建有中门；谯楼下曾建有宣诏亭、班春亭；谯楼外的宣化坊之南，曾建有手诏亭。因此，原为子城城门楼的古谯楼，是历史上莆田作为八闽行政区之一的见证。

"门上为高楼以望远者耳。楼一名谯，故谓美丽之楼。"（《康熙字典》引《师古注》）"谯楼"即为华丽壮观的城门楼，因此，荔城人把谯楼当做"兴化府"的象征，现为福建省重点文物保护单位。

古 庙 宇

古街区的确是一方宝地，在这里集中建筑不少寺庙、宫观。在古街中轴线大路的北端，就有省级文物保护单位"三清殿"、"城隍庙"，南端有"文峰天后宫"和"凤山寺"，中段有"长寿灵应庙"等，形成具有鲜明地方风格的古建筑群。这些凝聚着我国古代劳动人民才能和智慧的古建筑群，也为研究建筑文化、宗教信仰、民俗遗存和神灵崇拜与祭祀仪式，提供了丰富的资料和重要的实物见证，成为神奇、神圣、神秘的人文景观。

凡是建城的地方，就建有"城隍庙"。兴化府城隍庙位于庙前路，明洪武三年（1370 年）创建，经历代维修、扩建，仍然保持明代风格，现存大门、二殿、主殿、后殿四个部分，尚存明重修城隍庙碑刻 5 方、重修二忠祠碑刻 4 方，清重修城隍庙碑刻 1 方，是研究明代建筑结构和城隍文化的实物资料。

我们到城隍庙那天，恰好是农历二月十五日，竟让我走进一次民俗活动。只见香客、游人早早汇聚这里，挤满了人，庙堂里香烟缭绕。庙内供奉的神像很广泛，正殿供奉兴化府主神陈瓒城隍爷，还有关帝爷、文昌帝、财神爷，有一些是当地人才知道的神明，喜佛者敬佛，喜神者敬神，但不论供奉的是佛是神，可见信徒的笃信和虔诚，摆上供品、上几炷香，磕头作揖祷告祈福，既祷告平安，又祈求来年的风调雨顺，合家团圆如意。中国人向来有祭祖拜宗的传统，在城隍庙最能代表特色的，莫过于每年农历十二月二十五日，城隍庙人来人往，不断有信众前来捐米或捐钱，而每年农历十二月二十七日，城隍庙把这些米和钱发放给困难群众，这一赈济施舍的信仰习俗已经沿袭600年，如今还被列入市级非物质文化遗产名录进行保护。实际上，敬香、祈福、祀神，代表一种文化，一种乡土情感，一种人文情怀。窃以为，这是我们民族的美德。

来到文峰宫妈祖庙，同样人山人海，香火鼎盛。文峰宫又称文峰宫三代祠，面对凤凰山文峰而得名，位于古谯楼以东100米处，前身是白湖顺济庙。宫内尚存古建筑物"三代祠"、"梳妆楼"、"元代石柱"，有悠久的历史和珍藏的文物资料，在妈祖信仰的发展与传播过程中占有重要地位，已被越来越多的学者肯定，成为研究妈祖文化、信仰、传播的重要庙宇。

荔城区的道教建筑，除了兴化府城隍庙，当数明代原构三清殿了。我走进三清殿，把每个部分看仔细，现存建筑有三清殿、山门及东、西岳殿各一座。三清殿自唐贞观二年（628年）以后历代有过多次修葺，大殿为重檐歇山顶式建筑，结构严谨简朴；殿内有木石接续的大柱20根，每根直径约54厘米，柱头微具卷杀，柱础呈莲花覆盆形；斗拱硕大，斗底呈皿板形，斗拱和椽檩之间有彩绘的道教图案，整座殿堂保存有浓郁的宋代建筑风格。令游人瞩目、惊叹的是建筑、雕塑、绘画融为一体，浑然天成，无论是室内外，都可见到栩栩如生的绘画和姿态各异的花草动物雕刻，简洁精致，独具匠心，分布于檐角、弯顶，或门板、檐下，或头顶、门廊，或在墙壁、天花，和建筑完美自如、和谐地结合在一起。

我以为，三清殿的价值，主要在于它的建筑风格上。从这个意义上说，建筑艺术体现在多项工艺上，因此出现石雕、木雕、砖雕数量之多，内容之丰富并不意外，同时融会了圆雕、高浮雕、镂雕、阴刻等不同技法，既有北派粗犷豪放的写意，又有南派纤微毕现的工笔，它的建筑和艺术风格引起国内相关专家的关注。这样，三清殿的一切荣誉，也就顺理成章，它与福州华林寺、宁波保国寺，均被誉为我国南方古建筑杰作。

三清殿深深吸引我的，还有院落内存放的诸多从荔城乡村收集来的各种各样的文物构件：四种样式的古井栏、各种小型佛雕像、各样瓦片碑刻、古立柱石和大小不一的石兽像与文武立像等。特别难得的是，在这里有宋徽宗赵佶的瘦金书《神霄玉清万寿宫碑》；南宋绍兴八年（1138 年）的祥应庙记碑，碑文记载泉州商人朱纺舟往三佛齐国即今印度尼西亚的事迹，是中国与印尼往来的历史见证；文天祥手书"演屿圣"；古城来凤门、拱辰门、镇海门、迎和门的石刻门额实物。

古庙宇展示了荔城悠久的历史和灿烂的文化

古 民 居

看一个地方的文化，自然还要看那里的民居建筑。如今，人们在古街可以欣赏到，独具特色的老莆田砖木结构连排屋，透着一种平淡质朴的美，直观地表白一个地方文化的特质，形象地表现一个地方文化的意蕴。

在古街整整跑一天，想不到，看砖木结构连排屋，是从长寿福泉阁、福泉井开始。福泉阁位于衙后街中段336号，是衙后排屋地段内一单开间，进深一间，楼分两层，内有小阁楼，为全木结构，没有精巧的雕梁画栋、流光溢彩，房屋的结构充满了求福祈福的要素，给人一种平和感觉。进屋映入眼帘的是一张供桌，供桌后是明弘治年间（1488—1505年）兴化府志记载的福泉井，这口井为六角、四孔，称"福"井，据介绍，附近还有"禄"、"寿"二口古井。

其实，在古街区，每条街道都有着老莆田连排屋的影子，不少建筑还是明清时期遗留至今的。排屋按梁柱构造，用砖木建成，特别是以木为主，木墙、木门板、木门窗、翘角木屋檐等，代表了莆田沿街民居模式的建筑风格。一些市民常说，如果古街没有了这些连排屋，就好像北京没有了四合院。对连排屋建筑，不少地方都有，我们并不陌生，但在荔城古街区身临其境去体味，则另有一番感受，所到之处给人印象最深刻的是脉络清晰的传统古建民宅与风格各异的古街巷道上包括商亭和店铺的互相搭配，特点显著。现在人们不仅想看到像北京紫禁城一类彪炳史册的宫廷建筑，同时希望还可以欣赏到各地独具特色的民间、民俗建筑。

荔城的古街，还有分布颇密的名人故居，这些深宅大院，形成古街民居中一大特色。省市区级文物保护单位和规划认定的保护建筑，就有大宗伯第、林扬祖故居、清康熙年间的彭鹏祠堂、元末明初时的提督府、明朝状元埕等，都是有较高艺术和科学价值的建筑，为莆田地区研究明代建筑艺术提供重要实物资料。

"大宗伯第"占地面积1724平方米，共120间，是礼部尚书陈经邦府第，在明万历二十年（1592年），按明制一品官府第规格建造，外大门的门额"大宗伯第"是明隆庆二年（1568年）状元罗万化书。坐西向东为二进合院式建筑，由外大门、小埕、院埕和大院（前、中、后）三进院落组成，每进院落皆由院、厅、护厝组成，建筑规模较大。实际上，古街这些名人故居给人感觉，布局都具有按中轴线对称排列，多层次进深、前后左右有机衔接等共同特点：一进、二进、三进格局，大、高且深，巍峨威严，整体显得古朴典雅，错落有致，具有中国古代建筑的传统风格，又有南方建筑的鲜明特色。名人故居再现莆田明清士大夫大宅历史风貌，更重要的是体现人文主义思想，有趣的是，讲究厢房设计前宽后窄，有寓意"光前裕后"，使后代富足；堂屋的屋顶则不封死，是让"五福降临"，使后代能出人头地；设计天井则带来祥瑞的活水源泉，是后人生生不息的象征。古宅蕴涵着奇趣玄妙的民间风水理念与哲学，以及多姿多彩的民俗文化，是最原始的也是最现代的建筑语言，有一种不同寻常的魅力。

……

人类对美的评判和标准是相同的，人类对美的追求和记忆也是相通的。古街的独特记忆，带给我们抹不去的感受，印象和形象也是共同的。

漫说莆仙戏

林爱枝

认识·感受

记得上个世纪60年代初，笔者还在读大学二年级时，忽然在《光明日报》上连续看到几篇赞美莆仙戏《团圆之后》的剧评，始知福建还有这个剧种。

7年后，调入福建日报社工作，后来又编办了"文艺评论"专版，便有机会接触福建的不少地方戏种，如闽剧、梨园戏、莆仙戏、高甲戏，还有越剧、汉剧等。

后来，笔者有幸亲眼目睹了莆仙戏《团圆之后》《春草闯堂》等的精彩演出。《团圆之后》完全是一部悲剧，而且喜悲情节急骤交替，令人心惊胆战：儿子高中状元荣归故里，还带回皇帝给予他母亲的旌表，还娶亲完婚，多么圆满！可母亲在与自己真正相爱的人会面，被刚过门的新媳妇遇见，撞上了封建礼教，三条生命通通殉道。

《春草闯堂》令人终场开怀。一提起春草，那丫头便喜笑颜开地走着蹀步来到你跟前。她聪明伶俐、有胆有识、活泼可爱。至今，只要提到这出戏，你就会忍俊不禁、回味多多。

后来，对莆仙戏有了更多了解，才知，由《团圆之后》发端，它早就名扬神州了：1959年庆祝中华人民共和国成立10周年，《团圆之后》在中南海怀仁堂演出，周恩来总理、朱德委员长和陈毅、薄一波、罗瑞卿等中央领导观看了演出；1960 年，《团圆之后》由长春电影制片厂拍成了电影。

《春草闯堂》更是广受欢迎，1962 年春，鲤声剧团在福州连演 30 多场，场场爆满。戏剧名家老舍、曹禺、张庚、阳翰笙、李健吾从广州到福州，专门看了这出戏。老舍观后，吟诵道：

可爱莆仙戏，风流世代传。弦歌八百曲，珠玉五十篇。

魂断团圆后，神移笑语前。春风芳草碧，莺啭艳阳天。

1959 年春节，彭真、康克清、阿沛·阿旺晋美在福州西湖宾馆看了《春草闯堂》，接见了演员。康克清非常高兴地一手拉着演春草的许秀莺，一手拉着演相府小姐的王国金，风趣地说："你养了一个好丫头，替你找个好爱人。"

此后，《春草闯堂》竟在全国、全省巡演多时，让全国戏剧界盛赞莆仙戏，让全国观众更了解莆仙戏。全国先后有 600 多个剧团移植演出，香港凤凰影业公司拍成了故事片。

一个小剧种竟然能产生这么深广的影响！

源 远 流 长

说它渊源，大致有两种说法。

按传说，是钦赐。要讲到 1000 多年前的唐代玄宗朝。传说莆田江东村有位农家女叫江采苹，被选中秀女进入宫中，后被封为妃子，即梅妃，深得皇帝宠幸。唐玄宗才艺丰华，深得祖母武则天的喜爱。三岁起就时常在宫廷晚会上出演歌舞。登基称帝后，更是经常在宫中组织演出，自己亦粉墨登场，打击鼓乐，弹拨丝弦，总是满怀开心，兴高采烈。而随侍一旁的梅妃却无甚欢颜，甚至还闷闷不乐。经问，才知梅妃惦记着在家的弟弟，孤苦一人。玄宗便召国舅赴京城省亲。返里时，赐予他一班梨园。不曾想，这梨园千里跋涉，到了莆洋，却植入了广袤的大地，融入了百姓的心田，繁衍生息，至今不衰。

按史载，为宋元南戏遗存。被称为戏剧"活化石"，至今也有800多年历史。说是宋元南戏遗存，有几点值得一说：

从大的社会背景说，宋朝有个很独特的现象，在封建社会中极为罕见的"重文轻武"观念，以至于史学家认为北宋灭亡的原因之一，就是这轻武所致。连范仲淹这样的文人学士仅仅出于强烈的爱国情怀，也被派到延州（今延安）去守边疆。

但另一方面，却大大促进了社会事业的发展，如科学技术、人文学科、文艺创作、教育事业，都得到了很大的、甚至是空前的繁荣发展。不少成果，对中国历史乃至对世界都产生了影响。如苏颂的"水运仪象台"及其机械图，都是世界领先，沿用至今；唐宋八大散文作家——苏轼、苏洵、苏辙（苏氏三父子）、欧阳修、王安石、曾巩——有六家在宋朝；中国古代四大发明中有三项或诞生或成于宋朝；出版了司马光的《资治通鉴》；连传统数学这样不太大众化的学科在宋朝也取得了很大成就与进步，数理中，如高次方程的数值解法比西方早了近800年；宋朝的历法已与目前所用的西历格里历完全一致，但比格里历要早400年……所有这些实际上为戏剧及其他文艺的繁荣发展营造了浓厚的社会氛围和坚实的社会基础。

再说唐宋时期，从宫苑到民间，百戏极其繁荣，逢节庆、办喜事，都要耍杂技、踩高跷、演百戏，还形成了官家民间的交流，有的演出从宫苑走到民间，有的从民间进宫苑，如上元节（元宵节）闹花灯活动，不仅进了宫苑，还成了国家法定节日，延续至今。

当时，家庭演出也很盛行，除了宫廷有教坊、梨园之外，达官贵人、皇族王府也都拥有自家的演出队伍。由于商业经济的繁荣，巨商大贾有足够的财富，市民阶层形成并壮大，农村社火也非常活跃。殷实人家、社会名士也组有自己的演出队伍，整个社会似乎都在歌舞百戏中。百戏杂剧的繁荣提供了巨大的消费市场。

其中，最为突出者当数宋徽宗的丞相蔡京，他一生喜爱音乐和戏曲，尤其是家乡韵律，"每有宴会，乐工辄奏乡音"，"蔡太师做戏"，"左楼相对，军队以次彩棚幕次；右楼相中，家妓竞奏新声，与山棚露台上下，乐声鼎沸"。其长子蔡攸更是淋漓尽致，"得预宫中秘戏，或侍曲宴，则短衫窄裤，涂抹青红，杂倡优侏儒，多通市井淫蝶谑浪语，以蛊帝心"。宣和末，蔡攸以灯事色乐游枫亭，画舫置于江上，使教坊女弟装扮故事以侑酒。由此，人们有一说，即蔡京父子是戏剧由北方引入莆仙地区的关键，也是一种合理的说法。

总之，社会性的百戏繁荣，积累了深厚的艺术土壤，为莆仙戏的产生提供厚实的培养基。

莆仙戏乘势而上了！

再从文学史的角度也可看出端倪。有唐诗、宋词、元曲之说，那几个朝代都有自己的文学代表样式和达到无可比拟的颠峰成就。词是长短句，可供谱曲吟唱，这就有了曲牌。元曲主要是讲元杂剧，以关汉卿及其代表作为旗舰。所以说莆仙戏是宋元南戏遗存，特别是它的剧目，很多是从南戏发展而来的。

艺 术 独 特

莆仙戏表演太有特色了，令人称奇。

初看《春草闯堂》时，实在搞不清那是怎么演的，只见春草平端着两臂，上下摆动，脚步也不知如何踩动，一溜烟一个园场过去了。

荔城区莆仙戏研究室负责人李加翔说，莆仙戏科介，总称为"傀儡骸",浑身动作借鉴木偶戏。各行当都有自己的特色科步，如生角的"拖鞋拉"，旦角的"蹀步、云步"，丑角的"七步溜"等；表示欢乐心情的"雀鸟步"、愤怒的"双摇步"、悲哀的"双掩面"、愉快的"双体肩"等，都模仿了傀儡的特点。

追寻莆仙戏的来历，始知莆仙戏历来有木偶戏和人戏之分，而木偶戏先于一二百年在民间流行，因而它被尊称为"戏兄"。在长期的发展传承中，它们互相学习、互相补充，共同提高、共同丰富，如木偶戏在戏曲形式尚未成熟之时，没有古代的南戏剧目，没有丰富的曲牌音乐，也没有明确的行当之分和完整的故事。通过互相学习，互相借鉴，现在木偶戏也角色行当齐全了，也有表演程式，也有剧目，也有音乐曲牌。

难怪《春草闯堂》中除了春草，那轿夫，抬轿的那一组科步，一出场就引起热烈的掌声，现在回想，真是活木偶，人偶同台，动作整齐，但又活灵活现，十分悦目。后来看到不少剧种移植了这种科介。

还有一种老生的三折弯，一个人分成三截，但又稳定如柱。莆仙戏一团团长梁向东是演老生的，他当场表演给我看。他在一个得奖剧目《瓜老种瓜》中扮演老瓜农。舞台上的扮相是：白发、白眉、白胡须，一付老态龙钟。可加进科介后，老态变得矫健了，步履稳当，富有生机。

翻阅了《福建艺术丛书》中《莆仙戏史论》有关表演章节："木偶艺术对莆仙戏的影响"，"基础科介与表演程式"，只是太专业、太繁复，非业内人士未必读懂，一般的读者、观众也不必了解得那么细。这里只简要地摘几句作为对莆仙戏表演艺术的粗浅认识和了解：

"莆仙戏在语言、唱腔上有鲜明的地域特点，一直保存着自己的传统特色……一直靠两手的指法来表达人物情感。"

"莆仙戏的表演基本功集中在手、步、肩三个部分，要求头、身、腰的配合。"

然后就有许多手法、步法，如"内弧手"、"拳手"、"姜萼手"、"兰花手"等；"蹀步"、"挑步"、"七步蹯"等；还有道具相配合，如"扇"、"伞"、"棍"、"杖"等。

听不懂莆仙戏，对其音乐妄说都难。也只能摘录几句史料，以做认识和了解。莆田自古以来就有"诗书礼乐，为八闽之甲"之誉。自唐以来，读书之风日盛，文化氛围浓郁，朝野精于音乐者大有人在，朝野钟情于莆仙戏也不稀罕，或亲自粉墨，或观者如堵，还有不少人家有戏班。加之戏种的串门交流，多方吸收，使莆仙戏音乐极为丰富，包括了歌舞百戏、唐宋大曲、声诗、词调、吴歌、楚谣、鼓子词、诸宫调，还有本地民间音乐、木偶戏音乐、宗教音乐等。

今天·昨天·明天

写莆仙戏，自然要接触莆仙戏人。

我请荔城区委宣传部帮助安排到剧团去采访，同时能看一个折子戏。结果来了荔城区"莆仙戏一团"团长梁向东和荔城区莆仙戏研究室负责人李加翔，说他们没有团部，也没有演出场地，只好到宾馆来。采访之后，我们去看了瑞云祖庙。这个庙是专供莆仙戏戏神田公元帅雷海清的。据说，新中国成立前，每个戏班都有小神龛供奉他们视为祖师和保护神的。每逢田公忌诞之日，莆仙各戏馆都要组织戏班到庙里演出；凡新组建的戏班，在雇买童伶、招聘后台之后，都要择吉日，到庙里举行落棚礼；戏班新戏开台，也要请田公元帅先看……这是一种精神维系，是传承的推动力。

下午，同梁团长一同到北高镇江边村去看他们团在那儿的演出。是老戏《打金枝》，感到演员阵容不错，演得也认真，声情并茂、雅俗共赏，吸引了不少村民。

说是在室内演出，其实只能算半室内，舞台基本上是封闭的，观众席只有顶棚，其余三面透风，那天很冷。到后台一看，化妆间、服装间都很破旧，好在他们自己带着衣帽架，否则，把那些新的戏装、行头满地堆放就可惜了。

当下，在改制形势面前，原先的团体格局已经打破，人员四处分散。这个团刚组建半年，荔城区有一、二两个团，据说城厢区一个都没有。

组建之初，区政府给他们一个名号："莆仙戏一团"，另按老人老办法，新人新办法的规定，"老人"给予了社保、医保等待遇。然后就推进市场，能否存活是你的事，好活歹活也是你的事。

因此，他们必须日日月月奔波在广阔的田野上，保证每天都能下午、晚上演出两场，大家才有饭吃。

"四处演出，演职人员们如何到达演出场地？"我问。

"骑摩托车。"团长回答。

"人人都有吗？如遇刮大风下大雨呢？"

"大家互相帮助着，刮风下雨就得顶风冒雨。"

这使我想起在福州市委宣传部工作时，几个演出单位也颇难以为继，按当时文化部的规定，财政只给60%，余下的自己负责。他们还要承担市里的宣传任务，那40%基本上没时间去赚。我带人先去做了调研，后汇报给时任省委常委、福州市委书记习近平，提出保证其基本口粮的建议。习书记两次带人去召开现场会议，最后决定给予基本经费的保证。由于解除了他们的后顾之忧，几个团体都发奋努力，充满生机，创作、演出、获奖，都有成绩。演出条件也得到很大的改善。

梁向东给我一份材料："中国民间文化艺术之乡"申报表，表是"中华人民共和国文化部制"，申报主体是"莆田市荔城区人民政府"，申报名称是"莆仙戏"。申报的依据是一串的得奖荣誉。古戏重发青春，又一次达到高峰。

莆仙戏之所以能经得起风霜雨雪，经历七灾八难，笔者以为它有一批戏痴在保护它、滋养它，使它稍遇春风即能繁花似锦。从编、导、演到音乐、舞美每个重要环节都有一批出类拔萃人物。

最要说道的是这个戏有一批孜孜以求的编剧队伍。自1954年起，莆田、仙游两县先后成立了莆仙戏编剧小组，直至90年代末。在近半个世纪里，他们遵照当时文化管理机关提出的提高戏剧文学水平的要求，不断沿着这个思路去探索、去辛勤地工作着。先后两度使莆仙戏在全省、全国剧坛产生极大的轰动效应。

因为《团圆之后》《春草闯堂》，人们迅速知道了编剧陈仁鉴，他的创作无论是思想、文学意识，还是戏曲的观念、技巧，都有独特的创新和发展，达到一个新的高峰。用他自己的话说："想从遗产中找到能够反映出封建社会本质矛盾的坯子来捅一下封建礼法制度的心脏"。田汉评论道："深刻地揭露了封建礼教的残酷性。"

之后，出现了一个剧作家群，被称为"四大金刚"的郑怀兴、周长赋、王顺镇、姚清水，开创了新编历史剧时代。作者们普遍受过高等教育，对文学、艺术、哲学、历史都有很高的认识水平；眼光比较深邃，思路比较开阔，对古今中外的戏剧能够很好地比较和取舍；在他们的剧作中能看到主题的定位和思想内容的表达、体现都有很高的水准；敢于把握宏大的历史画面，而不是传统的一人一戏、一事一戏；能多侧面地塑造富有个性的人物，能够触及人物的心灵深处，而不是"落难书生中状元，私订终身后花园"的俗套；能够自如地让历史与现实不断观照，形成共通，其笔端触及到精神、生命，还给予了历史的借鉴。观赏之，每每在某些情节、某一个性格特征上，让人有所动情。因而，那几出戏，如《彩亭泪》《秋风辞》《晋宫寒月》《状元与乞丐》等，演一场轰动一次，在全省、全国剧坛上多次获奖，使其定位在优秀、精品的座次上。

"剧本，一剧之本"，有这样的高手，莆仙戏就有了稳固的基石。高水平的编剧成了古老戏剧焕发新春的推手！

还要说说莆仙戏的观众，也是酷爱痴迷。读读刘克庄的诗就会有感受：

> 空巷无人尽出嬉，烛光过似放灯时；
>
> 山中一老眼初觉，棚上诸君闹未知。
>
> 游女归来寻坠珥，邻翁看罢感牵丝；
>
> 可怜朴散非渠罪，薄俗如今几偃师？
>
> ——《闻禅应庙优戏甚盛》之一

有描绘呼儿携女万人空巷的盛况，有寻找坠珥装扮一新的人家，过节一般去看戏，有戏动人心，戏散情绪难平的感叹！

目前，莆田有100多个民间剧团，活跃在广阔农村，真得感谢广大农民朋友，如此古老的文化遗产，他们竟是消受的主体，否则，可真要断了文脉。

明天会怎样？笔者有些隐忧，历史文化遗产的保护似乎被重视了，但许多实际措施未必到位。在改制的浪潮下，都走进市场、推入商海，似乎被看做唯一的、能发展繁荣的康庄大道，能否如愿以偿？历史尚未沉淀，还未能作出回答。

在荔城区政府的申报表中，对未来拟定了发展规划和措施，分三大项：

首先是对剧目、剧本、服装、道具、舞美等戏剧本身诸元素进行整理，青年演员拜师，各行当的经典剧目的录音录像；

其次是保护专业剧团，由政府投资，以保证他们有足够的时间和精力提升艺术水平，担负起传统艺术的传承重任和示范作用。

计划都很好，关键要措施落实。

"莆仙戏一团"目前的运行机制，吃饭穿衣过日子可能问题不大，但更上一层楼就有难度，因为那是要投入大量的人力、物力、财力。记得上世纪 60 年代初，全国举办现代京剧汇演，那是十分成功、影响很深的创作演出活动。后来笔者看到几份总结报告，凡参演团体无不全力以赴，调动最出色的演职员，投入足够的经费，从剧本到音乐，一改再改，制作精品，其中不少剧目、一些唱段至今仍常演不衰、常听不厌。

谈了莆仙戏有 1000 多年历史，谈了它的名家，谈了它的几度辉煌，真期待着再有陈仁鉴，再有四大金刚，再有《团圆之后》《春草闯堂》这等轰动剧坛的大腕力作！

笔者选写这个题目，一是赞美这个剧种，尤其是它走过了千余年，至今仍生机勃勃；二是由它讲开去，说几句保护、传承历史文化遗产的想法。不是全社会所有行业都可能、都可以推入市场。对于莆仙戏这种流传甚久，生命力极强，又数度辉煌的历史文化遗产，应加倍关爱，努力保护，热情传承，它是地域的，更是民族的，我们要继续发扬光大。

仰望壶公山

章 武

一

面对家乡的壶公山，我始终保持一种仰望的姿势。

论海拔，壶公山并不算高，只有 710.5 米，但它孤峰独起，耸立于莽莽苍苍的兴化平原之上，面对烟波浩渺的兴化湾、平海湾和湄洲湾，因此，显得特别高大，特别雄伟。

它所立足的兴化平原，又称莆田平原、南北洋平原，是福建省仅次于漳州平原和福州平原的第三大平原。发源于闽中戴云山的木兰溪，被当代莆籍著名作家郭风称为"蓝色的木兰溪"，以她的千般柔情、万种风姿在壶公山下蜿蜒穿行，哺育着两岸织锦般的田园和果园，串珠般的城镇与乡村，使这一方热土成为全市水系最发达、耕地最集中、人口最密集、经济最发达、文化积淀最深厚的中心地带。正因为壶公山与木兰溪刚柔相济，阴阳互补，造就了物华天宝、地灵人杰的兴化平原。自古以来，人们就把两者的完美结合并称为"壶山兰水"；把古兴化府的府郡、今莆田市的市区称为"壶兰雄邑"。清顺治年间，邑人林尧英始定"莆阳二十四景"时，自然也就把"壶山致雨"和"木兰春涨"，作为当时莆田县境内最具代表性的山景与水景了。

如果说，木兰溪是莆田人公认的母亲河，那么，毫无疑问，壶公山高高耸立的形象，就代表着父亲的威严与仁慈，我们对他的仰望，就必然带有一种与生俱来的敬畏与感戴。

二

壶公山不仅高大、雄伟，且山有八面，每一面都能在世人面前展现不同的风姿和神采。在唐代诗人黄滔的笔下，壶公山"八面峰峦秀，孤高可偶然"。而他的 17 世孙、明代《八闽通志》和《兴化府志》的作者黄仲昭则进一步阐释道："山有八面，高耸千余仞，郡治正对之山。形方锐如圭首，峙立如展屏，秀特端重，盖郡之镇山也。"

当然，在壶公山多姿多彩的八面形态中，最具代表性的，还是在大晴天从荔城城区遥望他时所见到的模样：一个呈等边三角形的圆锥体，如同淡蓝色的剪影，紧贴在平原伸向大海的天幕上，像埃及的金字塔，更像日本的富士山。

是的，富士山。他与日本的富士山堪有一比：同样是处在休眠期的古火山，同样在山巅处削去一小角，同样拔海而起，雄镇于平原之上。由于山势突兀，地形复杂，对海洋上的暖湿气流或迎或拒，时收时放，晴雨不定的两山山头，常出现笠状云的奇观，成为当地天然的气象预报台。在日本民间，有句广为流传的气象谚语，说是富士山"笠云环山巅，天晴；笠云像横线，下雨；笠云沿山下，刮风。"无独有偶，在莆田也有句妇孺皆知的民间谚语："壶公山戴笠，西北雨僻里啪啦！"据说，南北洋平原上的农民，每当夏收季节，只要发现壶公山上有状如斗笠的乌云压顶，便知大雨欲来，于是，赶紧把谷子扒进麻袋，装进箩筐，前脚刚搬进屋，后脚，西北雨就劈劈啪啪砸下来。因此，壶公山也就有了"壶公致雨"这一奇观。在莆田人的心目中，高高耸立的壶公山，耕云播雨的壶公山，仿佛就是一根顶天立地的晴雨计。

当然，壶公山与富士山也不尽相同。首先，从外表的主色调来看，富士山终年积雪，给人以一种冷艳、孤傲、高处不胜寒的感觉。而壶公山就温润多了，亲切多了，他四季长春，满山皆绿。尤其是春日从山根处的平畴上步步登高，先是阡陌田园上一望无际的淡绿、粉绿与嫩绿；再是大溪小渠之畔、低丘浅山之间，荔枝林、龙眼林和枇杷林那层层叠叠的鲜绿、翠绿与浓绿；穿越果林驰车上山，一路上峰回路转，扑进车窗的，又有榕树、杉树、桉树、杜楦树和相思树那团团簇簇的苍绿；到了山肩处的凌云殿，更有一棵千年古樟，在云雾中升起一面绿色的旗帜，那古意苍然的绿色，只能用"墨绿"来形容。此后，再往上直至山巅的电视台，银色的巉岩峭壁间，也还间杂有星星点点的灌木丛和柔美和顺的高山草甸，有一次，我甚至看见有一丛百合花在草丛中悄然开放。听电视台的人说，他们还经常在云雾中听见鹧鸪的啼鸣，看见七彩雉鸡忽刺刺飞起，整座壶公山始终充满生机和活力。

不仅仅如此。壶公山与富士山还有一点最本质差别，即在于他始终稳如泰山，镇守在滨海的一方。而富士山却多少显得有点躁动不安。当地科学家经过精细的科学观测，发现富士山每年都发生10次左右微小的"火山性地震"，估计其震源深度仅达10公里。

相反，面对壶公山，我始终感到他是那样安详与沉稳，淡定与从容。我查阅许多资料，全未发现有关他疯狂爆发的具体记载。自从先民把长满蒲（莆）草的滨海湿地改造成良田沃野，从而在地图上创造出"莆田"这一专有名词以来，他始终护境安民，厚物载德，以"壶山致雨"泽被大地，以"壶公山下千钟粟"、"荔城无处不荔枝"施恩于山下的子民，永保一方之富庶与平安。

孔夫子有句名言："仁者乐山"。

我以为，壶公山本身，就是仁者的化身。他的崇高与伟岸，他的坚毅与沉稳，他的厚重与宽容，他的深邃与富有，他对人类的无私奉献，他的自尊、自强、自爱与自律……这，难道不就是历朝历代莆田人道德的楷模吗！

毫无疑义，壶公山的高度，就是莆田人精神与理想的高度。

我们对他，只能仰之弥高，敬之弥深。

三

孔夫子在说"仁者乐山"的同时，还说过："智者乐水"。

对此，我家乡的父老乡亲却有些不同的看法。其最典型的表述，就是一句我从小耳熟能详的民间谚语："看见壶公山，聪明花就开了。"

据说，此言最早始于明代。山下有位书生柯潜，小时生性迟钝，久学不开窍，塾师甚至视其为"孺子不可教也"。后来，他上壶公山祭拜山神，顿时聪明花盛开，从此，读书过目成诵，下笔有如神助，终于金榜题名，高中状元。有趣的是，这一传说如今还与时俱进，演绎出一种最新的现代版。笔者此番采风途经山下的青垞村时，就亲耳听说该村孩子最会读书，连续九年，年年都有人考上北大、清华，其原因，就在于村中家家户户门窗正对壶公山，年年岁岁，聪明花盛开不败。

把登山与益智作为因果关系直接联系起来，这真是莆田人有别于孔夫子教导的一大发明创造。仔细想想，还真有道理。因为山与水相依相伴，密不可分，山得水而活，水得山而媚，乐山的仁者必同时乐水，乐水的智者难道就不喜欢登山吗？山和水一样，都应该是智慧的源泉。

众所周知，莆田号称"海滨邹鲁"、"文献名邦"，自古以来，英才辈出，俊才星驰。光是宋代，壶山兰水就走出了蔡襄、刘克庄、郑樵等一大批享誉全国的贤臣名宦、鸿儒硕士、诗文大家。与此同时，在民间传说中，还有公而忘私、治水有功的巾帼英雄钱四娘，护佑海上渔民安全航行的女神妈祖……他们的精神与操守，才华与智慧，人品与文品，不就是山与水的交相辉映，仁与智的完美结合吗？怪不得当年，就连孔夫子学说最有出息的传人、理学大师朱熹途经莆田，望见壶公山时，也不得不赞叹曰："莆人物之盛，皆兹山之秀所钟也。"（见明黄仲昭《八闽通志》卷十一《地理》）。

那么，壶公山又是如何钟灵毓秀，让古往今来的莆田人聪明花盛开不败呢？

遥忆27年前，1985年初秋，我随恩师郭风先生第一次攀登壶公山时，就曾与他并肩伫立在山巅电视台的露台之上。是时，天高云淡，海天一色，俯瞰兴化平原，木兰溪有如蓝色的飘带，翩然远去；远眺大海，三湾诸岛的岛影，有如朦胧巨舰，拔锚起航……这时，郭风先生深有感触地说："一个人，眼界开阔，心胸也就开阔；心胸开阔，文思自然也就开阔了。"

如今，郭风先生虽已作古，但他这句话却依然言犹在耳。我想，莆田之所以出人才，出大批优秀人才，就因为高高的壶公山，为他们提供了一个观察世界、思考未来的制高点。因此，他们视野开阔，胸襟坦荡，思想开放。他们任凭多元文化在壶公山下、木兰溪畔风云际会，任凭来自中原的中华传统文化、植根本土的莆仙地域文化、由三湾潮水席卷而来的海洋文化，与当代中国大陆的各种先进文化，在兴化平原这块极具包容性的大地上相互碰撞，相互交流，相互吸收，相互融合，从而，造就了莆仙文化犹如连绵不绝的群山，奇峰林立；犹如广纳百川的大海，波澜壮阔……

因此，在所有莆田人的心中，都有一种浓得化不开的壶公山情结。高高耸立的壶公山，你，既是仁者，又是智者；既是道德的楷模，也是智慧的源泉。作为你 300 万子民中的一员，我不能不满怀敬畏之心、感恩之情，以最谦卑的姿态，抬头向你仰望……

荔城两题

林春荣

三　清　殿

一

千百次走过千年伫立的莆田古谯楼，目睹她洗尽铅华的容颜，在阳光或风雨中孤独地静默。千百次穿过县巷、衙后、庙前、后街，不经意中读起数百扇门户窗棂所经历的沧桑，和这些老屋旧房背后所埋藏着每一个家族跌宕起伏的往事。凄然与忧伤已充满了我的胸腔。物是人非，人世间无数个故事的结局竟然一样，一样让人有讲不出的遗憾。

当我的足迹停留在三清殿的山门前，当我的思想停顿在这座砖墙瓦屋的古代建筑物前，当我的目光轻轻地打开那扇厚厚的木门，穿过了回廊，穿过了庭院，直至大殿的中央，我终于明白了，这就是这座城市的灵魂所在。

二

小城需要文化的积淀来夯实城市的内涵，来解读城市的历史。唐贞观二年（628 年），莆田第一所道观创建。这所道观，就是现在的三清殿，确切地说，三清殿是道观建筑群的主体建筑物，而在历史的书籍中浮现的北河已沉淀在历史的烟雨中，人类生活的力量已埋没了曾经美丽的小桥流水，那条北河那座观桥已无迹可寻。唯有依稀的地理标识，或能让一些人若隐若现地窥视到它的历史存在。

此时，我的脚步一直在山门的屋檐下徘徊，这些穿逾了千年时光的砖墙石柱，或许也有一部分风化于岁月的深处。而工艺如此精湛的雕花，无不是这座具有千年雕魂的莆田城一代又一代能工巧匠的血汗结晶。古朴、壮观、宽阔的山门，就像一页凝重的扉页，已把这座气势磅礴的建筑群，这本千年古城的大书，告诉了我，告诉了读者。

千年的风已无情地吹干了木椽与木梁最初丰润的色彩，灰黑的颜色主宰着木所有的内容，斑驳的花纹、有些腐败的局部，甚至已被阳光或风直接改变的内质，凸显着一些不敢触目的面貌。但那些木无怨无悔地支撑着、坚持着、沉默着，仍将一所道观的印象，淋漓尽致地表达着，宁静、大方、质朴无华。

我真不敢用手去抚摸那些坚守的圆石柱，粗大而又圆滑的石柱已被上千年的雨剥蚀了它内在的物理结构，有些风化的皮质仍顽强地附在石柱上，从不轻易掉落。

三清殿与莆田几乎同时出现在历史的某一段，如果说这是命运的一种必然，那三清殿一定与莆田城共同孕育城市的灵魂。

三

在有限的文字记载中，那些年份的出现却真实地说出这所道观的前世今生。宋大中祥符八年（1015 年）三清殿重建。

近千年的风依旧泛起情感的波浪。当我迟疑的目光缓慢地游动在宽阔的庭院，空荡的回廊、空荡荡的庭院。只见片片灰黑的岁月痕迹，凝结在坚硬的长方形石板上，铺成了一个巨大的正方形的天井。空阔、整洁、悠久。

从天井拾阶而上，走上了正门前的石板走廊。高高的木门槛，裸露的纹理、磨损不一的木材表面，给人一种无法读懂的创伤。走廊上的屋檐，灰黑的木条和木梁，整齐地托起了房屋与天空交接的空间，木墙上的窗户仍是那样紧密地嵌在墙壁上。

这就是三清殿的正面，这就是初期的宋朝留给莆田一座壮丽的建筑。

因为宋朝，莆田拥有一个兴化军、一座兴化军城，拥有了地名与物质。因为宋朝，莆田拥有了1300名进士，拥有了无与伦比的科举文化。因为宋朝，莆田拥有大爱无疆的妈祖文化，拥有蔡襄与蔡京共同书写的书法高峰、郑樵的史书巨著《通志》、刘克庄一个人的诗歌时代。因为宋朝，莆田人拥有舍生取义的品格与精神，陈文龙"生为宋人，死为宋鬼"的视死如归。因为宋朝，莆田成为中华文化一块不可或缺的版图。

三清殿，木构殿堂建筑，重檐歇山造，面宽五间，进深六间。殿内竖有20根木石连接大柱，柱基为莲花覆盆，规模宏大，气势恢弘。三清殿不仅是那个时代建筑面积最大的道观之一，也是中国现存最古老、保存最完整的道观古建筑之一。此时的三清殿和其他建筑物拥有一个醒目的名字：天庆观。

没有晨钟的点缀，也没有暮鼓的缠绕。三清殿那巨大的建筑形体，安静地伫立在莆田城的中间，任凭时间流逝如风如雨，它的沉默、宁静，让我的祖先和我万分敬仰。

四

时间以时间的力量，改变了三清殿所经历的朝代与曾经的模样，在天空与大地之间坚守的三清殿，与这座城市生死相依、不离不弃。

山门、三清殿、东岳殿、西岳殿、文昌祠、五帝庙、五显庙、关帝庙大门。我仰望的目光一直盘旋在石柱与石柱顶起的苍穹，一直回味着木梁与木梁之间的空隙与灰暗。尽管斑驳的光影看不清文字的庄严，读不尽时间留给建筑的风华。可我内心一直坚信，这墙这梁这柱这木条这砖这瓦，已把这座建筑演绎成一部雄浑的交响乐，凝固而又持久，飘逸而又崇高。

而那些瓦屋上的深绿色苔藓，让我想起了三清殿漫长的时光记忆，这遍布在瓦与瓦之间的绿，清亮而又刺眼，仿佛是时间凝固在瓦片之上，以生命的状态展示生命的力量，以另一种生存的印记宣示着某种伟大的预言。

400 年过去了，莆田城历经了南宋末年的血腥洗劫、元兵长达 92 年的镇压，莆田城以少有的伤痕存留着血泪的历史，而三清殿一定也有一卷布满血迹的历史，虽然没有文字的叙述，压抑的人心依旧能闻到一缕血色的腥味。

五

莆田在时间的暴雨里不断变换着不同的行政管辖与名称，但城市的灵魂一直坚守着这块光荣与苦难的土地，用那响亮的方言厮守着每一天的黑夜与白昼，每一年的春夏与秋冬。

三清殿以它古老的历史、完整的建筑物、不可多得的文化底蕴，在城市大改造的氛围中得以保存下来。殊不知，这座城市还有众多的文物在 20 年开发的狂潮中成为一堆废墟，一些庙宇、祠堂、宅院，在"保护性拆除"、"开发性维修"这些冠冕堂皇的口号声中，永远消失了。

城市已是钢筋与水泥结合的庞大建筑，那些平平仄仄韵味十足的旧街古巷，那些落满时间遗迹的牌坊门阁，那些铺满红砖的庭院，那些灰瓦土墙的老屋，已然淹没在利益的海洋中。

寂寞的三清殿，冷落地固守着一片灿烂的文化，为这座城市的历史打下永恒的底色，我的莆田才如此底气十足地为自己千年的文化历史高呼。我的城才无时不在地盈动着一缕文化的气息，借助这座城中的每一个人童年的歌谣，打造着一代又一代莆田人的灵魂胚胎。三清殿不仅是这座城市唯一的属于全国重点文物保护单位的一处建筑群，而且它已和这座城市共生死、同命运，成了城市的文化品牌，更是这座城市的文化灵魂。

我的莆田，我的城。我用三清殿这本庄严的文章，为你写下我的祝福。

镇 海 堤

一

这是一卷光辉的历史。一卷足以改变一座城市生存与否的命运契书，一卷莆田人民改造自然的壮丽史诗。

公元806年初冬的一个早晨。福建按察使裴次元一行风尘仆仆，舟车劳顿，来到了兴化湾畔的东甲村。三四十间缭乱排放着的瓦屋、草屋，不时站在屋前张望的、脸上显露诧异表情的村民，长着蒲草的土壤，不时摇动着枯燥的姿势。最初的村庄和并没能完全开垦的田野，构成兴化平原最初的景象。

望着波涛汹涌的兴化湾，裴次元陷入了深深的思考。这个莆田县令多次报告的夏天时常出现的风潮，在冬季依旧如此猛烈，他只有紧紧地握住手上的树干才能站住。而脚下这一堵土墙如何能挡潮去汛？这背后数万亩的良田如何能旱涝保收？该用何种方式筑堤以阻挡每年几次的台风和天文大潮？

一连串问题迅速击中这个年过半百的大臣，忠心耿耿的裴次元视民生为己任，无怨无悔地奔波在福建大地之上的山山水水，为人民的每一件事而鞠躬尽瘁。此次，也是他排除异议，身先率范，力主建设百年一遇的东甲堤。

并没有经过多长时间的争论，一套成熟的建筑方案，已在裴次元的心中生成。他决定从最易被风潮冲溃的东北角入手，筑一座万年不倒的镇海堤，让风浪止于堤外，让平安行于兴化平原，让那数万亩的良田免于海水侵蚀。

说干就干。裴次元和他的水利工程团队立即入驻东甲、遮浪村，一字形排在兴化湾畔，一边施工，一边筹集资金。首先开始加固一条土堤，数千万方的土料从四面八方运抵海岸边。其次，又在土堤外，筑一条石堤。莆田先人在裴次元的领导下，一场轰轰烈烈的人民筑堤运动在莆田大地上铺开了。

经过 14 年的艰苦奋斗，公元 820 年，长约 3.4 公里、高 3 米的东甲海堤，终于合龙了。它犹如一条巨龙，束缚了兴化湾的滔天巨浪。那千重万重的浪潮扑面而来，而又惊声退去，不断反复。东甲堤稳如磐石，屹然不动，又像一个时间老人，目视着大海无边无际的浪花，无休止地闪耀，无休止地消失。

东甲海堤成功筑起，奠定了兴化平原的基础。也就是说，唐代的兴化平原就是今天的兴化平原。20 多万亩的南洋平原，一望无际的水田，生生不息的村庄，芳香四溢的炊烟。兴化平原在此后的 570 年间，风和日丽，莆田人民在此耕作收成，谱写了一曲华丽的唐章宋韵。

作为福建建筑最早规模最大的海堤，镇海堤就像福建水利史的封面或扉页，光彩夺目地叙写着伟大的记忆。作为第一功臣的裴次元，在《莆田县志》《兴化府志》上并没有浓墨重彩地歌颂，在有限的历史典籍里，些许的文字只表达他的名字和东甲海堤。而他的籍贯、生平、最后落身何处，对莆田人来说都是一个谜。莆田人不仅在镇海堤纪念馆把他作为主神来祭祀，并世世代代寻找他，寻找他的精神、他的足迹。

二

东甲海堤就像一条横亘在大海之滨的水上长城，从大唐的岁月崛起，又穿越了五代十国，在两宋王朝缤纷的季节里，和木兰陂共同奏响兴化平原风调雨顺的日子，甚至在战火纷飞的元代，东甲海堤安然无恙，日夜守护这一方水土、这一方人。

东甲海堤的被毁，源于一个愚蠢的地方官员的一个非常愚蠢的决定。明洪武二十年（1387年），江夏侯周德兴为防倭寇，将东甲石堤拆掉，把石料运往平海、莆禧，筑建平海卫城、莆禧所城。东甲海堤仅剩土堤一条，孤零零地守望着大海、平原、田野、村庄和即将来临的灾难。

1397年秋天，一次并不强烈的台风来袭，土堤溃决了，海水席卷了兴化平原上的村庄、桥梁和即将收割的稻谷，直至壶公山麓，白茫茫一片。这个庸官员，可能还不知道他苦心经营的平海卫城、莆禧所城，并未能阻止倭寇的袭击。1562年，兴化府城失陷，被屠杀的军民超过三万人。

被毁掉的东甲海堤，从此挡不住东南沿海的暴风潮，隔三差五大面积溃坝，给兴化平原带来了深重的灾难。

明王朝的阳光一直未能晒干莆田人热泪横流的心情，天灾人祸，此伏彼起，蔓延260多年，在那些充满海腥味的悲痛回忆里，莆田人无可奈何，但也充满理想，时不时也掀起兴修水利的高潮，这些举动，仍维持着兴化平原的辽阔与希望。

翻开那几页历史，仍有一群身影依旧在东甲海堤上忙碌着……

明嘉靖十三年（1534年），兴化府知府黄一道深知土堤的弱点，决定重修石堤，但工程尚未完工，被解职离开。同知潭铠继续这项工程，直至修复石堤。

明嘉靖四十二年（1563年）秋，风雨交加，并伴有台风，海堤尽溃，海水泛滥，漫流至城外。江南道御史林润疏请帑金修堤，奏准。东甲海堤得以粗略维修。

东甲海堤关乎兴化平原的安全，牵挂着一代又一代莆田人的心。但东甲海堤从不消停，和莆田人起伏不定的命运一样，一直波动着、翻越着，时而风平浪静，时而危机四伏。

写到这里，我不得不想起1280年前的那个伟大的官吏——裴次元，他穷尽一切的思考，科学布局，精心施工，造就一个伟大的工程，历经570余年的台风狂潮，没有发生一次溃堤，成就了莆田的繁荣、发展。局限于当时的生产水平，却能完成如此严谨的水利工程，裴次元劳苦功高，可永载史册。

三

当时间的风翻过了明王朝这页让莆田人爱恨交织的日历，莆田人依旧那样苦守着兴化平原的日出日落，苦守着那个让他们无比热爱的家。

反清复明，一直贯穿清朝前期莆田知识分子的政治思维，左右着他们的人生、他们的生活、他们的命运。但他们的反抗未能改变历史的进程，给莆田带来更加悲惨的结局。

1661年，清政府实行"截界"政策，东甲海堤被划至界外，沦落为海港，兴化平原汇成一片盐碱地。有些村庄消失了，人口锐减，莆田遭受了空前绝后的灭顶之灾。

此后的1682年、1691年、1752年、1774年、1780年、1790年、1794年，东甲海堤屡受溃决，又反复修筑，莆田人面对着东甲海堤这一巨大的水利工程，束手无策，只能募捐修复、小打小闹，成不了大气候。吹过兴化平原的海风，依旧那样咸涩，依旧那样猛烈。

历史出现了一个可喜的转机，一个莆田乡绅的出现，改变了东甲海堤的存在，也改变兴化平原的命运。

这个在莆田人心目中备受尊敬的乡绅，名叫陈池养。陈池养，字子龙，号春溟，晚号莆阳逸叟，城内后塘人，清乾隆五十三年（1788年）生，清嘉庆十二年（1807年）中举人，嘉庆十四年（1809年）中进士，历署数县知县和三个州知州。

1820 年，陈池养回归故里，从此不出仕。38 岁，风华正茂的陈池养用如此淡泊的心态，远离了五光十色的官场，选择了故乡，选择了另一种安身立命的生活。

目睹东甲海堤反反复复的决口与修复，目睹兴化平原丰歉不定的年成，陈池养吸收裴次元初筑东甲海堤的经验，内筑土堤，外筑石堤，并串设石涵洞，以泄堤内雨水，同时外堤抛叠乱石以拒海潮，经过两年的艰难修筑，东甲海堤以伟岸、坚固的雄姿，重新矗立在兴化湾畔，成为兴化平原一道坚强的屏障。

一些人的名字尽管很少出现在莆田公众生活中，但他们的名字和事迹应该让我们和我们的儿孙们记住。

1827 年，正当陈池养四处奔波，积极募捐时，闽浙总督孙尔准予以积极支持，并为其奏檄，募集资金。对于花费巨大的水利工程，财政支持起到决定性的作用，而那个连名字都没有的孙尔准夫人，慷慨地捐出所有的私房钱，购石块用于加强护堤御潮。

或许还有更多的人为东甲海堤付出努力，奉献财富，他们将和东甲海堤一样永远屹立在莆田人的心中。

经过此次大规模整修，闽浙总督孙尔准亲自为东甲海堤署书：镇海堤。

从 1820 年始，陈池养一直在兴化大地上奔波，一直处心积虑地思考着兴化平原上的水利设施，为莆田人民的安居乐业努力地奉献着自己的一切。

密密麻麻的年份，密密麻麻的水利设施，这些弥足珍贵的工程至今依旧发挥重要的排洪、泄洪、防涝、防溃作用，为兴化平原此后 100 多年的肥沃与丰收奠定了坚实的基础。

陈池养居家近 40 年，致力于莆田水利兴修，使兴化平原整体的水利设施日渐完善，确保兴化平原成为莆田人不可缺少的"粮仓"。此时的兴化府，人口剧增，人民丰衣足食，呈现了一派生机蓬勃的生活景象。

隐藏在历史的书卷里，一个可歌可泣的士子之心，一个足以大书特书的草根英雄，陈池养足以享受任何加予他的赞誉。但他依然埋没于我们的怀念之外，在莆田史书上字里行间流动的些许往事，本该呈现在一座富丽堂皇的庙宇里，让世世代代莆田人点燃不熄的烛火香烟，去追思这个伟大的平民。

四

从公元 806 年始，启开了镇海堤沧桑的历史，至公元 820 年的秋天，无疑是这本史书的封面，华丽、凝重，无论多少暴风骤雨都不能改变它最初的色泽。

而 1387 年的春天，被撕裂的长堤失去了那道用巨石相连的灵魂，长堤少了灵魂，成为海水随意淹没、吞噬的对象。前后 587 年间的凝固成了辉煌的绝唱，哀鸿遍野的往事从 1397 年那个台风吹起，一页又一页地翻动，并用海水浸过的泪水书写。

其实，镇海堤并不缺少记叙石堤与土堤的笔墨，只是大多是抒写心中的不安，这里的一寸堤都凝结着一个个人的灵魂，日夜倾听着大海的奔腾，兴化平原的鸡鸣犬吠，和一季季稻禾抽穗吐芽的声音，一家家乡亲起早摸黑的脚步声。

而那些被民间最广泛的信仰搬上庙堂与神座的人物，栩栩如生地伫立在人们的心灵之上，裴次元、林润、林兆恩、陈池养、孙尔准、孙夫人、苏儒善、原鲁山等不朽的名字，高贵而又伟大，超越时空的距离，和镇海堤一样高高地耸立，成为兴化平原的丰碑，成为莆田人民心灵的丰碑，在世世代代莆田人仰望的星空上闪烁。

心香一瓣吊南塘

——谒林墩戚继光纪念馆

林思翔

木兰溪徐徐流淌穿越莆阳平原注入兴化湾，溪水与海流的长年碰撞，冲积起海疆陆地，造就了沿海沃野平畴。林墩就是这海湾平原上的一个村庄。这个黄石镇管辖的小村，位于木兰溪入海处的宁海桥畔，与闻名遐迩的梅妃故里江东村相邻。从村头放眼，莆阳二十四景之一的"宁海初日"映入眼帘，展现出了迷人秀色；如登高远望，视线可直抵波涛滚滚、一望无际的台湾海峡。濒临大海，背靠平原，林墩自古就是鱼米之乡。千百年来，村里的百姓耕田、讨海，过着平静而淡定的日子。

明嘉靖四十一年（1562 年），祸从海起，倭寇登陆盘踞小村，烧杀抢掠，涂炭人民。这里爆发了一场震惊东南海疆的战斗，平静的小村成了腥风血雨的战场。何以如此，话还得从头讲起。

明朝建立时，日本正处于南北朝时期（1336—1392 年），南北朝廷及守护大名除互相征战外，还不时侵扰中国沿海。北朝统一日本后，失败的南朝武士流落海上，对中国沿海的侵扰更趋严重，到了明嘉靖年间（1522—1566 年），由于明政府停止对日贸易，倭患的严重达到顶峰。倭寇四处抢掠时，以当地奸民为向导，用海螺号互相联络，刀枪磨得雪亮，且大多用武士刀，杀伤力极强。由于明朝军队腐败，明军常吃败仗，以至倭寇横行，为害惨烈，沿海百姓深受其害。

时势出英雄。也正是在这时，一位顶天立地的民族英雄横空出世，走在了抗倭最前线。他就是抗倭名将戚继光。

戚继光祖籍山东登州（今蓬莱），号南塘，于嘉靖七年（1528 年）出生于山东微山。因出生翌日阳光灿烂，在朝为官的父亲戚景通给儿子取名继光，希望他继承祖上光辉，并发扬光大。出身于将门世家的戚继光，受其家庭影响，从小喜欢军事游戏。嘉靖二十三年（1544 年），戚景通因病去世，17 岁的戚继光袭任父职，做了登州卫指挥佥事，至嘉靖三十二年（1553 年），被提升为都指挥佥事，管理登州、文登、即墨三营二十五个要所，防御山东沿海的倭寇。由于戚训练士卒，严肃纪律，使山东沿海的防务大大改观。

此时，浙江沿海倭患严重，向朝廷告急。戚继光被调任浙江都司佥书，次年升任参将，镇守宁波、绍兴、台州三府。此后戚继光多次与倭寇作战，先后取得龙山、岑港、桃渚三战的胜利和台州大捷，基本平息了浙江的倭患。戚继光从无意间目睹义乌矿工打群架的场面受到启发，遂从义乌招募了近 4000 名身体粗壮、肌肉结实的农民进行严格训练，组成了英勇善战的"戚家军"。

在浙江受到沉重打击的倭寇，逃到福建，活动更为猖狂。倭寇一支筑巢于宁德城外的横屿，另一支筑巢于福清的牛田，形势非常危急。嘉靖四十一年（1562 年）戚继光受命率军 6000 多名，日夜兼程入闽剿倭，在横屿和牛田分别歼敌 2700 多人和 1000 多人。两倭巢被荡平，攻克横屿凯旋回师时，戚将军兴奋不已，与全军将士一同赏月，并即席口述《凯歌》一首，将士一起唱和，以歌代酒激励士气。

士气大振的戚家军乘胜前进来到莆田，决心拔掉福建三大倭巢的最后一个据点——林墩倭巢。濒临海边的林墩，河沟交错，四面环水，小村内聚集着 4000 多名倭寇，横行霸道，无恶不作。嘉靖四十一年（1562 年）农历九月十二日，戚家军先在林墩外围峰头、江口打了两仗，歼敌1600多人。然后部署一部分兵力进驻宁海桥，从东北面进攻林墩。戚继光亲率主力于十三日晨出发，偃旗息鼓，经囊山进到兴化府城。当晚，戚继光公开出席知府举行的欢迎宴会，迷惑敌人。夜半戚继光率兵趁着月光赶路，于拂晓到达林墩。倭寇发现戚家军后急忙占据石桥顽抗。血战一个多钟头，戚家军还未攻过桥。此时，戚将军指挥军队游过河，与敌人血拼，在驻宁海桥部队的配合下攻进村庄，倭寇在戚家军两面夹击下，遭到重创，落水淹死的就有1000多人，尸横遍地，血流成河。戚家军又乘胜前进，勇追逃往窑兜（今黄石瑶台村）的残倭，用火攻躲入窑洞的倭寇，尽数歼灭。这一仗歼敌2000多人，救出被掳百姓2100多人。林墩大捷的喜讯传出，莆田人民奔走相告。当戚继光率领军队凯旋进城时，百姓扶老携幼夹道欢迎，杀牛备酒慰劳为民除害的戚家军。

林墩大捷后，倭寇在福建的三大巢穴尽除，小村恢复了往日的平静。翌年戚家军又取得平海卫大捷和仙游保卫战的胜利，并消灭流窜惠安、晋江等地倭寇，从此骚扰福建沿海近5年的倭患得以平息。戚家军在浙江、福建、广东三省转战10年，歼灭倭寇数万人，日本海盗因惧歼而不敢再犯。戚继光"但愿海波平"的愿望终于实现。

"十年驱驰海色寒，孤臣于此望宸銮"。从此戚家军声震东南海疆，戚继光将军扬名大江南北。人们以各种不同方式表达对戚继光、对戚家军的崇敬与感激之情。

450年后的今天，我来到林墩。这个曾经是抗倭战场的村庄，如今最显眼的建筑物就是在古战场遗址上建起的戚继光纪念馆。

纪念馆坐落在南塘湖畔，与梅妃亭、梅妃宫遥遥相望。它是由始建于明嘉靖年间的戚公祠扩建的。林墩大捷的当年就开始建造戚公祠，历经三年才完成。纪念馆大门的前方耸立起高大的牌坊，飞檐翘角的坊顶缀着双龙戏塔的雕塑，显得庄严肃穆，令人萌生敬畏之情。牌坊正中石柱上楹联曰："赤胆驱倭神功扬万代，忠心报国圣德炳千秋。"纪念馆门前的巨石上镌刻着"闽海雄风"四个大字。纪念馆分为戚公史迹陈列室、戚公祠和碑廊三部分，详细介绍了戚家军抗倭的历程和功绩，尤其是林墩大捷和莆田抗倭的经过。

戚公祠的主殿耸立着戚继光塑像。戚公一身戎装，目光炯炯有神，威严中透出几分睿气。主殿后面是宗孔祠，供奉着受莆田人尊敬的明代乡贤林龙江。林龙江何以如此受人敬重，能与戚公一起被奉祀，这里也有一段来历。

明嘉靖年间，倭寇侵袭莆田达 20 年之久，给莆田人民带来深重灾难。嘉靖四十一年（1562）的除夕夜，正当百姓家家团聚围炉过节时，倭寇趁机大举侵犯莆田，肆意屠杀无辜民众。第二天（正月初一）继续烧杀，莆田大地尸体遍地，血流成河，幸存者无家可归。正月初二，倭寇被灭后，幸存者才回家寻找遇害亲人的尸体，到处腥气冲天，哭声动地。初三各家收埋好尸体，整理家园。初四日补做大岁（过年）。为了表示对死去亲人的哀悼，在张贴春联时特地在联额糊一块白纸。这就是延续至今的"除夕初四双大岁，春联额头添一白"莆田民俗的由来。在倭害期间，莆田民众直接死于兵祸的达 3 万多人。由于尸体得不到及时掩埋，四野横尸，臭气熏天，疫病流行，惨不忍睹，连新任知府也逗留福清，不敢进城。此时，莆田学者林龙江（林兆恩），筹集军费，慰劳戚家军，并组织门徒、学生收集尸骨 2 万多具，埋葬于城区乌石山、雷山和城东至黄石一带地段，埋尸的地方因堆土而隆起小墩，共"九十九墩"，即这一带有 99 处集体坟墓，如今还能看到残留的一二墩。为了牢记戚继光的功德，林墩大捷当年林龙江又捐建戚公祠。这位乐善好施的乡贤，又是与戚公志同道合的抗倭义士，后人把他与戚公奉祀在一起，自然是顺理成章的事了。

面对纪念馆介绍戚继光和戚家军功昭日月战绩的文字和图片，不禁令我想起与林墩有着同样遭遇的戚继光在我家乡抗倭的故事。记得孩提时代夏夜在村口海边纳凉时，大人们经常绘声绘色地讲述着400多年前发生在脚下这片海湾上戚家军抗倭的往事。明嘉靖年间倭寇常来家乡马鼻骚扰，百姓深受其害。戚继光率军前来平倭，为使在退潮的海涂上能追杀逃敌，戚继光采纳连江乡贤陈第建议，令将士驾上"土撬"（又称木马，能在滩涂快速滑行的工具）前进，结果大获全胜。马鼻的山顶上建有戚公祠，戚公坐像两边悬挂着一副对联，曰："报国破倭百战功高光史册，安民逐掳千秋名大著家邦。"表达乡民对戚公的敬意。逢年过节人们都来这里祭祀这位保一方安宁的大将军。后来在我工作地方的宁德听到戚继光抗倭的故事就更多了，戚家军抗倭著名战役之一的战场——横屿岛，就在宁德城边，横屿岛大捷端掉了倭巢，宁德人民永世不忘，宁德因此有了继光街、继光公园和巨型的戚继光塑像，表达人民对戚将军的感念之情。到了省城后，我到于山顶拜谒戚公祠，祠边那块镌有"醉石"二字如榻的巨石格外引人注目。当年戚继光将军在福建抗倭取得伟大胜利班师回浙时，福州官绅在于山为其设宴饯行，并勒碑记功。"醉石"便是将军宴后醉卧之处。将军的"醉"，让人分享了赶走侵略者的胜利喜悦，也感受将军军旅生涯的艰辛与劳累，油然而生敬意。有一年我出差到浙江台州，看到那里建有一座壮观的戚继光纪念馆，参观后对戚家军在浙江沿海的抗倭功绩有了较全面了解。还有一次我到天津蓟县开会，住在靠山的黄崖关宾馆，当地人介绍说，宾馆后山那延绵曲折的城墙就是戚继光当年修复的，它也是长城的一部分。又是抗倭又是戍边，戚将军足迹踏遍大江南北和沿海各地。"南北驱驰报主情，江花边月笑平生。一年三百六十日，多是横戈马上行。"这首戚将军的自述诗，也是戚公戎马生涯的真实写照。据不完全统计，全国东部各省共建有戚继光纪念馆（祠、庙）15 处（其中不少是明代的），塑有戚继光像 37 尊。

"浩气长存东海岸，心香一瓣吊南塘。"饱受倭害之苦的林墩人民更是忘不了戚继光，忘不了保家卫国的光荣传统。当年戚家军与倭寇激战的村口石桥边的墙壁上，写着"尽忠报国"四个巨字，非常醒目。这是林墩籍明嘉靖年间杭州知府洪珠的字迹，杭州岳飞墓照壁上"尽忠报国"四个字就是他写的。林墩人把洪珠书写的这四个字搬到抗倭古战场遗址上来，意在告诉人们，当年在这里抗倭的戚继光将军与抗金的岳飞将军一样，都是"尽忠报国"的民族英雄。同时也昭示着林墩人有着抗击侵略者"尽忠报国"的光荣传统，这传统将发扬光大，直至永远！

宁海桥的前世今生

黄文山

　　宁海桥又名东济桥，位于莆田荔城区黄石镇桥兜村，北连涵江区镇前村。这里地处木兰溪下游的入海口，古为宁海渡，是涵江通黄石以及秀屿港、湄洲岛的要津，来往人群络绎不绝。由于溪面宽阔，潮大流急，一旦遇到大风浪，则往往船倾楫摧，酿成灾祸。在宁海渡建一座风雨不惊的石桥，成了人们世世代代的梦想。

　　这个梦想的实现，得益于福建的桥梁建造技术。在宋代，特别是南宋，福建桥梁建造技术获得长足发展，在中外桥梁发展史中占有举足轻重的地位。我国著名桥梁专家茅以升教授在《中国古桥技术史》一书中写道："石梁石墩桥极盛于宋代，多见于福建一省，特别是泉州一府。"英国人李约瑟博士也这样评价中国古代桥梁说："在宋代有一个惊人的发展，建造了一系列巨大的板梁桥，特别是福建省，在中国其他地方或国外的任何地方都找不到和他们相比的。"这个时期福建建造的洛阳桥、安平桥更是跻身世界名桥的行列。

　　最初的宁海桥建于元代元统二年（1334 年），为龟洋寺僧越清募资所建。元代桥梁的模样，已无从稽考。由于地质复杂，此后 300 年间，六建六圮。明建文二年（1400 年），莆田同知徐则敬命寺僧湘江募款重建，郡人洪景文捐钱及田 50 亩资助，建成一座长 225 米、宽 6 米、高 12 米的石桥。石桥有 15 个桥孔，每孔架设石梁 4 至 5 根。这应该便是宁海桥的前身。后来的修建，或增或减基本上是按这个规制进行的。明弘治十一年（1498年），桥北2孔被大水冲毁，折断石梁17根，太守陈效募工修复。明嘉靖十年（1531年）桥中间2孔又毁于水，折断石梁3根，太守黄一道修复。明万历二十一年（1593年）八月，洪水又冲毁桥北2孔，太守陈玉庭捐出自己的薪俸倡修，历时2年完工。清康熙十九年（1680年）洪水再次冲毁桥梁，致使两岸陆路不通20年。福建水师提督吴英捐俸6000余金重建，于康熙四十二年（1703年）完工。现存的宁海桥，则是清乾隆十一年（1746年）八月建成的。清雍正十年（1732年）因连天暴雨，洪水肆虐，桥梁严重损坏。郡守苏本洁倡修，费银5000余两，历时15年而成。这次新修9墩，修复5墩，桥面用75条巨石铺设，宽5.8米，每孔石梁4—5根，每根石梁长10—13米不等，厚宽各1米。全桥共有15个桥孔，桥孔跨径8.8—13米不等，比著名的洛阳桥和五里桥还大。桥的两旁则修建有护栏、望柱，柱端浮雕狮子。

宁海桥头立有明代石雕"扶桥将军"，高3米，雕工粗犷生动。原为四尊，现存两尊。这两位"扶桥将军"，一位略显年轻，面带微笑；一位稍显年长，神情亲切。皆领首低眉，若有所思。他们虽然身着兜鍪铠甲，手执长剑，却全然没有威严肃穆之感。显然，他们都不是本色军人的造像。如果脱去他们身上的戎装，也许，就是当年的几位造桥工匠原型。在桥头立扶桥将军，反映出当时人们征服海洋、改造自然的决心，同时把建桥有功者作为神和将军来供奉。

横架于木兰溪上的宁海古桥不仅仅是兴化平原上的一处重要交通管钥，它还是一座无字碑，见证了一段不容磨灭的历史。明嘉靖年间，倭寇为害我国沿海，在嘉靖二十二至四十三年（1543—1564年）短短的21年间，仅莆田一地即遭难15次之多，5万多条性命惨遭杀戮。嘉靖四十一年（1562年），数路倭寇连陷宁德、连江、福清、莆田等城镇。朝廷命戚继光率精兵入闽，在取得宁德横屿、福清牛田大捷后，又挥师直指莆田倭寇巢穴林墩。林墩位于黄石镇宁海桥南，倭寇在宁海桥旁构筑阵地。戚家军兵分二路，一路由涵江飞插至宁海桥，预先埋伏在桥北阵地，另一路由莆田县城向黄石乘夜挺进。一声鼓炮，两路军队同时向宁海桥头的倭寇阵地发起进攻，倭寇腹背受击，不支遂退入林墩巢穴。戚军乘胜进攻，一举捣平盘踞在林墩的倭寇巢穴，斩杀倭寇2000余众，救出被俘百姓2100多人。这就是著名的"林墩大捷"。而宁海桥，一座和平之桥，目睹了发生在桥头的这一场正义之战。

宁海桥凌空飞架在木兰溪入海口的滔滔江流上，势如长虹卧波，雄伟壮观。初夏时节，这里是观日出的最佳地。每年端午节，拂晓时站在桥上，看旭日从海上一跃而起，而后如同一面大圆镜，放射出万道金光；桥下则波光粼粼，犹如金龙逐波，十分壮观。"宁海初日"，也因此成为"莆田二十四景"之一。

1961年5月，宁海桥被福建省人民政府公布为第一批省级文物保护单位，成为福建古桥的代表作之一，接受世人的瞻仰。而今，看到这座饱含沧桑的古桥，依稀可以想见当年建桥的艰辛，眼前自然浮现出那一个个为了桥梁建设前赴后继、鞠躬尽瘁的僧人、官吏以及众多工匠。也许，他们谁都无意留名，但他们的名字永远镌刻在滔滔的江流之上，镌刻在世世代代莆田人民的心里。

260多年过去了，宁海桥依然屹立在木兰溪的入海口，经受住一次次风雨、洪水和海潮的考验。1981年，因为修建涵江至黄石公路，在宁海古桥上修建公路桥。有关建设单位经过勘测，决定利用古桥石墩，保持原石梁，在原桥上架高2米，铺设一座钢筋混凝土空心板梁桥。

于是宁海桥便成了今天的这般模样。古桥无怨无悔地以自己坚固的身躯默默地托起了一座现代公路桥。

巍巍乎哉，宁海桥！

东阳印象

林秀美

一

东阳村位于木兰溪畔北洋水系的中心区域，涓涓溪水蜿蜒绕过村舍，滋润着这片富饶的土地，使这个自然村更显得灵韵与隽永。你看，红红的瓦房、绿绿的荔林倒映在清澈的河水中，小船划出一道悠扬的波纹，显现出壶山兰水最佳的景致，荡漾出兴化平原最美的诗意：明清两朝中，东阳村先后出了11名进士、21名举人、11名贡生。这样一个充满历史积淀的科举文化名村，深深地吸引了我好奇的目光。

三月的一天，在荔城区拱辰街道宣传委员的陪同下，我走进东阳村。村部是一座普通的砖房。二楼摆放着一二十张简易的椅子，一张小型的会议桌。墙上一块黑板，墙边放着一些奖牌。透过窗户，院子里安静地站着几棵荔枝树，那些延伸的纤细的枝上，翠绿的叶子上洒满阳光的色泽，细小的叶子上氤氲着露水散落的晶莹，玻璃片一样忽而闪烁一下。其实一株植物并没有什么特意专注的大事，只是用一片片叶，汲取世界给予它的恩泽和力量，像一个人的肢体行为、语言表达、眼神流露等代表着一个人的内心世界；像一座村庄、一些人、一些事、一些房子、一些河水等代表这个村庄的历史沉淀。我想历史沉淀的不仅是与数字有关的进士、举人、贡生，还有与他们有关的一些物，比如留下那些走过的路、住过的房、趟过的河。

　　的确，东阳村至今还保存一批古民居建筑群。村支书告诉我，东阳村明清建筑群，原先有十八祠、二十四衙、二坊、一池、一潭。1992年，东阳一批明清古民居建筑群就被评为市级第二批文物保护单位。建筑群包括御史第、通礼祠、瑞庆祠等。东阳村独特的文化现象不仅引起当地文化人的注意，也引起相关学者的重视和研究。

　　东阳村，真是一块灵气宝地！

二

　　三月的东阳能让人心生绝妙的幻想，那沿路而立的荔枝林不时闪现，满树的绿叶生机勃勃，满目的绿色让人恍入梦境。我知道，地平线之外是海，海风吹过来，湿地掀起了蓝色的大涛。这时，我离海还有一段路程，但我已听到了属于海的呼啸，声音在风中荡漾，有一种启示般的感动。

　　这种感动首先来自"御史第"。从村部走过一段不长的小巷，在村书记的介绍中我对御史第有了一些了解。到了一座古宅前，村书记告诉我到了。一抬头，眼前赫然闪现"御史第"古朴匾额，大门的两边题一副五言楹联："白简家声大，黄堂世泽长"。"白简"指御史，"黄堂"指太守，门前一对灯笼上书"祖孙父子兄弟伯至科甲"，也是标榜陈家书香门第的家风与荣耀，体现出官宦人家的建筑风格。它坐北朝南，建筑面积1800平方米，大厝的前方是一个200多平方米的大砖埕，原来一堵三开间的高大精美的大照墙早已不存在，大厝的前方就是一条5米宽的河道，绿油油的良田和雄伟的壶公山相映，成为大厝门前一幅自然美景。

　　御史第是清嘉庆十四年（1809年）进士，江西宝应直隶陈云章的宅第，陈氏并未任过御史，这"御史第"三字是借用先祖陈道潜于明永乐年间担任江西道监察御史的官职命名的，陈云章晚年解甲还乡后开始营造宅第，并建一座号为"清远楼"的藏书楼，但道光年间的一场特大火灾竟将陈宅连同藏书楼化为灰烬。其后，陈云章的两个儿子陈乔龄、陈椿龄相继考中了举人，便重新购地建起一座三进五间厢加供堂的大厝。第一进是横列一排下座照，左右两边各作一间独立的屋宇式大门面，但左边那间只作对称造型，实际不开门，真正的大门面在右边，门额上题"御史第"三个大字。

据村里老人讲，明朝永乐年间，10多岁的陈道潜就跟父亲在木兰溪摆渡谋生。沿溪一林姓富户见他健康活泼，秀外慧中，就将女儿许配他，还专门请塾师教书。陈道潜在林家10年寒窗，学终有成，30出头就先后中了举人和进士，后任监察御史等职。由于预修永乐皇帝敕撰《性理大全》，后人誉之为理学名臣。

陈道潜功成名就后，便回东阳村居住，陈家影响不断扩大，东阳成了名副其实"陈家村"，读书氛围浓厚，从明初建村至清末废除科举制度长达500年间，中进士的就有近20名。而现在东阳人考进重点大学的每年亦达10人左右，可谓家学源远流长。

陈道潜家有120间之说。陈家整座建筑面积约5000多平方米，分"大埕"和庭院两大部分。"大埕"东西长120多米，南北宽约10米，地面用红砖铺成；庭院长90多米，宽约40米，由24个院子组成，一字排开。庭院间既相对独立又相互联通，每个庭院分上下两大厅，大小房间共120间。各庭院内用石板铺成"埕头"，共设24口水井。厅堂宽敞明亮，气度不凡。厢房相对较小，大小间相间，有的只能低头而过。

厅堂与内埕头之间有一条宽约1.5米、长约100多米过道，直通各个庭院，是内部唯一通道。其巧妙设计就在各庭院既分又合，既利用墙壁隔绝将庭院分开，又通过内过道把庭院相连，可谓匠心独运。庭院间相对闭合，屋顶全用红瓦铺成，共留48口天井，增加亮度。柱子和横梁都用上等木料加工而成，梁柱结合部雕有龙凤和花鸟鱼虫图案。"御史第"整体结构亦具独特风格，规模庞大，不愧为园林式建筑群。

遗憾的是，这幢古老"御史第"和其他建筑群一样，由于年久失修，大部分成了断垣残壁，一些房屋则被人为隔离，盖起新房。整片古村落中冒出了许多新房，许多宅院的护厝或后供堂也翻建成新居。就在这样的新、旧合一中，东阳村人在他们的日子里，守着精神的家园，过着他们的生活。秋收冬藏的时候，东阳村里的屋檐，把梦悬挂在青色的瓦楞下面。窗口里闪过双双注视的眼睛，更多地看到的是那些金色的收成，渐渐忘记的是一座村庄曾经的辉煌和骄傲。

三

御史第的斜对面，是东阳村中心小学。别看这个村级小学，它已有百年的历史了。说起学校，东阳村有一处明朝年间的旧时学堂。也是一户陈姓的祖房。这是一座三开间的老房，房子有些破败。房子里至今还住着一位生活自理的80多岁的老婆婆。她倚在门边，衣着整洁，微笑着看着我们。院子里的照壁上，镶嵌着一块《庭训》石刻，其《庭训》的内容为：

家不在丰，贵在能守；业不在盈，贵在可久。

居逸无逸，虽有勿有；行必忠诚，居存孝友。

礼以律身，书不释手；远佞嫉邪，节欲止酒。

辱先有诚，著书如柳；后予生者，肯堂舆否？

庭训石刻为辉绿岩材质，训文用四言韵文，字体用行楷书写，书法刚劲有力，严谨飘逸。

从《庭训》的落款时间看，系明嘉靖丁亥（1527年）正月所立，作者为东阳村一位名叫陈俨的人。庭训和古代的"家训"一样，均指父辈对儿辈的教育。这则《庭训》，历经几百年的传承，已经成为陈家生命和血液里延续下来的精神烙印，深深刻在了每位陈家人的心里，刻下了陈家人必须遵循的为人处世的点点滴滴。"不管走到哪里，我都记得我是东阳人，是陈家的子孙，我所做的每件事情，都应对得起陈家祖先，对得起这则庭训。"陈辉掷地有声地说。改革开放以来，这里涌现了一批敢为人先，奋力拼搏，敢闯商海的弄潮儿，他们凭借过人的胆略和吃苦耐劳的精神，成为了业界精英。事业有成之后，他们没有忘记自己是文化名村的后嗣，总是不遗余力地传承足可让后辈为之骄傲的文化衣钵。陈辉就是他们中的佼佼者之一。从当年1500元的贷款起家，书香门第中走出来的儒商陈辉如今已成为国内个人建筑设备租赁行业的领军人物。

"陈耳听世界，辉光照乾坤"（全国侨联原副主席陈兰通为陈辉题字）。秉承着教育兴家、诚信持业的人生信条，如今，这些东阳儒商必将越走越远！

东阳人喜欢大海，更喜欢读书。印着汉字的纸张、墨汁的色泽、仄仄平平的读书声让这座村庄变得神采飞扬。荔枝树枝遮掩着屋檐下的一间书房，东阳村里的每一户人家，把书房作为民居建筑的必须内容。孩子就在树下游戏，在书房里朗读。夜色到来的时候，他的目光掠过树梢，便看到了满天的星斗。他们在群星中总能看到祖先的模样：陈道潜、陈岳、陈文滔、陈云衢、陈叙、陈志、陈应元、陈汝亨、陈汝梅、陈云章、陈池养。这些满腹经纶为他们所骄傲的陈氏先辈。在这些先辈中，我们不能不关注到这一位进士——陈池养，浮山三十一世，道潜孙孙，嘉庆十四年（1809年）进士。他在家乡期间，修筑东甲海堤,兴修水利20多年,农田受益250万亩。为纪念他的善德善举,村民自发筹建东甲海堤纪念馆,陈池养被塑为神像供奉。该纪念馆现已被列为国家一级文物保护单位。

说到当代东阳村人,村里人很骄傲地向我们介绍全国侨联原副主席陈兰通就是东阳村人。现在他每年都会回东阳村走一走、看一看,看看熟悉的老宅、街巷和儿时的伙伴。

是啊,时间一晃,有些已成为百年前的往事,去向不知。人类在生存的整个过程中,有一种记忆永远都是黑白色,像未曾着色的照片底版,让人感到它上面的景物早已离我们那么遥远,因而再看到它时不再觉得感动,有时甚至觉得它太陈旧古老。然而这张底片,对于东阳,却永远是那么重要。那上面,确有着一把印着生命脉络的岁月刻刀,它在一点一点地刻画着人类生命的痕迹,让我们永不能忘却。

四

是的,一个村庄不可能孤立地存在于大地之上。村里人的脚印,更多时候被他们留在了村外。在东阳村外面,是一片接一片的庄稼地,东面也是一片接一片的庄稼地。为了在村庄外面与庄稼们的成熟相遇,村里人在清晨早起,裤脚拂过石阶上的荒草,踏着野畴里草尖上的露珠,绕开树篱附近在晨雾里飘飞的夜萤,开始守候水流潺潺淌进田地里,潜入密密麻麻的根须。流水源于半坡上那些密林,浓荫覆盖着倾斜的山坡,水分滋生,它们潜藏在泥土里,被坡上的密林严严实实地围裹着。在那些不为人所知的晨昏,流水在田畴里左冲右突地穿行,常常会听见植物们的根茎发出此起彼伏的拔节的声响,雨打轩窗一样,与水声交织在一起。这时候,人们就会发现,村庄外面的田野里,到处都是诞生的生命。而这些生命居住在植物们绿色的汁液里，日复一日，夜复一夜，与村庄里人们的呼吸深情地互相唱和。

在唱和中的东阳村是安静的。四周环水的东阳村是美丽的。那条绕镇而过的蓝带子流动着灵气。淇阳八景中的第一景就是淇水环带。淇水环绕着村庄，村庄在河水的包围中静静地安睡。有一些安静的小城能让我们梦莹魂绕，像吴江的周庄、湘西的凤凰、安庆的桐城。这些韵味悠长的城镇还有很多，它们的自然景观与人文环境合写共生，成为一种背景与氛围——在一片灵动的清山秀水中，走出来一个个禀赋极高的大家，像茅盾之于乌镇、沈从文之于凤凰、桐城派之于桐城。良好的氛围孕育出大家，大家反过来又给这方水土一深厚的文化积淀。而说到东阳村，必然要提到陈则厚。

东阳文化古村的形成，是南宋嘉熙二年（1238 年），一个名叫陈则厚的迁居东阳后。因东阳地处木兰溪与延寿溪水系交汇处，夏天多台风，居民的生活受到很大影响，陈则厚到了东阳后，大力植树造林，种植榕树以抗台风；这样在村四周形成了保护屏障。东阳四周环水，居民出行不便，陈则厚组织村民修建了东阳桥、仙桥、梧桥三座桥梁。此后，东阳村与莆田城区形成了水陆两便的交通网络。自宋、元、明至清，在陈则厚及其后人的苦心经营下，东阳逐渐形成了远近闻名的淇（东）阳八景：淇水环带、两宫比翼、荔树列屏、湖山倒影、七星坠地、六桥步月、古寺依堤、绿野春光。

一个人在大地上行走，旅程上的许多驿站，大多都会被他忘记。比如，陈则厚，从哪儿出发，一直到他来东阳的这一段距离。当历史缓缓地掩上它那些覆尘的纸页，谁也无法去还原他曾经在那一段漫长的山水之间艰难行走的情形。然而，当一个人终于在千里之外的某个地方，停下来，在大地上升起了炊烟，把头贴在枕头上，梦里的景象开始出现一些新的山谷、树篱、水湄、村巷、屋檐，这个地方便会成为他生命里极深极深的一个刻度。在数百年以后，我们通过回望历史，才发现，他已经把这个地方当成了他生命里一个极为重要的转折点，向他的后人宣告了一个家族新的开始。

据悉，东阳村及周边一带已列入城市绿心的规划，在宜居城市的建设中，开发与保护、现代与传统的价值取向与文化定位将决定东阳村的未来愿景。

是啊，这个春天，壶山还是像往常一样，巍然耸立在兴化平原上。兰溪水从戴云山深处款款走来，清冽冰凉，在石头间闪着光，像女人的媚眼，只是在你的心头轻轻地一颤，一面惹你怜爱，一面又使你不能轻视。她似乎已流过千年，那水声却春秋不息。我沿河慢慢走去，在那些春意染为淡彩国画的河边上，听听风声，听听风里的水声。因为有水声，静而不寂，清爽宜人。此处的河水，是从村庄的一角拐出来，绕着村庄，环流而走。坐在河边的青石，青石是温暖的，坚硬的石头贮满了温暖的日光。河边村道上，几名村民迎面走来，男人的脖子上骑着女儿，女人走在身边，边走边逗，笑声和水声唱在一处。

东阳村就这样走到了今天，当历史的漫长让人们渐渐失去记忆，当风雨的弥漫隔断了目光的方向，一个机会的到来，让他们重新又看到了过往，听到了一个祖先在大地上发出久久回荡的声音。于是，他们用方言去验证方言，用姓氏去触摸姓氏，用目光去温暖目光。东阳村在这个时候，又有了不仅仅只属于他们的祠堂、古民居。海水里的天空，飘荡的星星一颗一颗地亮了起来，掠过梦幻似的屋角，抵达一个冰凉而欢欣的页面上。并非要记忆什么欢颜，不需要呈现欣欣向荣的乐观，快乐是那甜蜜生长出来的果实，蛰伏于内心，表达在明眸。

后　记

　　三月，正是草长莺飞、万物葱茏的季节，由福建省炎黄文化研究会和福建省作家协会联合组织的作家、记者采风团，应邀来到莆田市荔城区采风。

　　古往今来，多少文人墨客曾为荔城留下了动人的文学篇章。郭沫若先生也曾于上世纪60年代到过此地，写下了"荔城无处不荔枝"等脍炙人口的美丽诗篇。而当代福建作家、记者更是对荔城改革开放和建设，给予热情密切的关注。他们以炽热的情怀，走进荔城区城乡各地，用灵动精炼的笔触，记录并勾勒出荔城区率先跨越的壮丽画卷。

　　在本书付梓之际，我们谨向热心关注、支持本书编写和出版的莆田市委、市政府和荔城区区委、区政府，以及为本书提供各种素材、接受采访的荔城区各有关单位、乡镇和个人，向参与本书采写、编辑以及出版社的同志们，一并致以衷心的感谢。

编　者

2012 年 6 月